A Menina das Histórias

Esta é uma publicação Principis, selo exclusivo da Ciranda Cultural
© 2020 Ciranda Cultural Editora e Distribuidora Ltda.

Traduzido do original em inglês
The story girl

Texto
Lucy Maud Montgomery

Tradução
Nancy Alvez

Preparação
Valquíria Della Pozza

Revisão
Fernanda R. Braga Simon

Produção editorial e projeto gráfico
Ciranda Cultural

Diagramação
Fernando Laino Editora

Imagens
Nimaxs/shutterstock.com;
Fona/shutterstock.com;
NikaMooni/shutterstock.com;
aljosa2015/shutterstock.com;
majivecka/shutterstock.com;
Aniwhite/shutterstock.com

Dados Internacionais de Catalogação na Publicação (CIP) de acordo com ISBD

M787m	Montgomery, Lucy Maud
	A menina das histórias / Lucy Maud Montgomery ; traduzido por Nancy Alvez. - Jandira, SP : Principis, 2020.
	288 p. ; 15,5cm x 22,6cm. - (Literatura Clássica Mundial)
	Tradução de: The Story Girl
	Inclui índice.
	ISBN: 978-65-5552-210-5
	1. Literatura infantojuvenil. 2. Literatura canadense. I. Alvez, Nancy. II. Título. III. Série.
	CDD 028.5
2020-2652	CDU 82-93

Elaborado por Vagner Rodolfo da Silva - CRB-8/9410

Índice para catálogo sistemático:
1. Literatura infantojuvenil 028.5
2. Literatura infantojuvenil 82-93

1ª edição em 2020
www.cirandacultural.com.br
Todos os direitos reservados.
Nenhuma parte desta publicação pode ser reproduzida, arquivada em sistema de busca ou transmitida por qualquer meio, seja ele eletrônico, fotocópia, gravação ou outros, sem prévia autorização do detentor dos direitos, e não pode circular encadernada ou encapada de maneira distinta daquela em que foi publicada, ou sem que as mesmas condições sejam impostas aos compradores subsequentes.

SUMÁRIO

O lar de nossos pais..7

Uma rainha de copas.. 15

Lendas do velho pomar... 23

O véu de noiva da princesa presunçosa 34

Peter vai à igreja 42

O mistério do Marco Dourado... 52

Como Betty Sherman conseguiu um marido 61

Uma tragédia de infância... 71

Sementes mágicas 81

Uma filha de Eva... 87

A Menina das Histórias faz penitência............................ 97

O baú azul de Rachel Ward... 105

Um antigo provérbio com um novo significado................ 112

Fruto proibido.. 118

Um irmão desobediente.. 126

O sino fantasma 134

A prova do pudim 144

A descoberta do beijo.. 149

Uma profecia terrível... 156

O domingo do Juízo Final.. 172

Sonhadores de sonhos 179

Os livros dos sonhos 186

Do que são feitos os sonhos...194

O feitiço de Pad...203

Uma pitada de fracasso..215

Peter causa uma impressão...223

A provação das maçãs amargas.....................................232

A história da ponte do arco-íris......................................243

A sombra mais temida pelo homem................................251

Uma carta conjunta...261

No limite entre a luz e a escuridão.................................273

A abertura do baú azul..279

O LAR DE NOSSOS PAIS

"Gosto mesmo de uma estrada porque sempre se pode imaginar o que existe no fim dela." A Menina das Histórias disse isso certa vez. Felix e eu, naquela manhã de maio em que partimos de Toronto rumo à Ilha do Príncipe Edward, ainda não a tínhamos ouvido dizer isso e, na verdade, mal sabíamos da existência de uma pessoa chamada "Menina das Histórias". Não a conhecíamos com esse nome. Sabíamos apenas que uma prima, Sara Stanley, cuja mãe, nossa tia Felicity, tinha morrido, estava morando na Ilha com tio Roger e tia Olivia King numa fazenda junto à velha estância King em Carlisle. Imaginávamos que íamos conhecê-la ao chegar lá e fazíamos uma ideia, por meio das cartas de tia Olivia a papai, de que ela devia ser alguém alegre. Não pensávamos nela além disso. Estávamos mais interessados em Felicity, Cecily e Dan, que viviam na estância e que seriam, portanto, nossos colegas durante toda a estação. Mas a essência da frase dita pela Menina das Histórias e que, na época, ainda não tínhamos ouvido vibrava em nossos corações naquela manhã quando o trem deixou a cidade de Toronto. Estávamos nos lançando numa estrada longa e, embora fizéssemos alguma ideia do que poderia existir ao fim dela, havia em nós um encanto pelo desconhecido que era suficiente para acrescentar certo charme às nossas especulações.

Estávamos entusiasmados com a ideia de ver a antiga casa de papai e viver nos lugares de sua infância. Ele nos falara tanto sobre ela e descrevera os locais com tanta frequência e tão minuciosamente que acabara por nos contagiar com sua profunda afeição pelo lugar – uma afeição que não diminuíra durante todos os anos em que estivera longe de lá. Tínhamos a vaga sensação de que, de alguma forma, pertencíamos àquele lugar, ao berço da nossa família, embora nunca o tivéssemos visto. Sempre sonháramos com o dia em que, como papai prometera, ele nos levaria "para casa", para a velha construção com abetos se erguendo aos fundos e o famoso "pomar dos Kings" à frente. Nesse dia poderíamos caminhar pelo "Passeio do tio Stephen", beber água do poço profundo coberto pelo telhadinho chinês, subir à "Pedra do Púlpito" e comer maçãs das nossas "árvores de nascimento".

E o momento chegara antes mesmo do que tínhamos ousado esperar; mas, no final das contas, papai não pôde nos levar. A firma para a qual trabalhava lhe pediu para ir ao Rio de Janeiro naquela primavera, a fim de assumir o controle de sua nova filial lá. Era uma oportunidade boa demais para ser desperdiçada, já que papai era um homem pobre e sua ida significaria ser promovido e ter um aumento de salário; mas ela também significava um rompimento temporário em nosso lar. Mamãe faleceu antes de termos idade suficiente para nos lembrarmos dela; e papai não podia nos levar para o Rio de Janeiro. Por fim, decidiu nos mandar para o tio Alec e a tia Janet, na estância. E nossa governanta, que era da Ilha e agora estava voltando para lá, ia tomar conta de nós durante a viagem. Imagino que a viagem tenha sido motivo de muita ansiedade para ela, coitada. Estava sempre com receio, até justificável, de que nos perdêssemos ou acabássemos mortos. Deve ter sentido um alívio imenso ao chegarmos a Charlottetown, onde nos entregou aos cuidados do tio Alec. Na verdade, ela até disse isto:

A Menina das Histórias

– O gordinho não é tão ruim. Não se mexe muito rápido, então não some de vista num piscar de olhos, como faz o magrinho. O único jeito de se viajar em segurança com esses dois seria amarrando-os a nós com uma corda curta. E forte!

"O gordinho" era Felix, que, aliás, era muito sensível com relação a seus quilinhos a mais. Ele vivia fazendo exercícios para emagrecer, mas o resultado era sempre desanimador, já que acabava apenas engordando mais e mais. Ele dizia não se importar, mas se importava, sim. E muito! E olhou para a senhora MacLaren de um jeito muito desrespeitoso quando ela disse isso. Não a suportava desde o dia em que ela afirmara que, em breve, a altura e a largura dele seriam praticamente as mesmas.

De minha parte, fiquei até triste ao vê-la ir embora. E ela chorou e nos desejou tudo de bom; mas nós a esquecemos por completo assim que nos vimos em campo aberto, seguindo pela estrada na boleia da carroça, um de cada lado do tio Alec, pelo qual nos apaixonamos assim que o vimos. Ele era um homem pequeno, de rosto magro e traços suaves, barba grisalha cerrada e grandes e cansados olhos azuis – iguais aos de papai. Sabíamos que o tio Alec gostava de crianças e que estava feliz por receber em casa "os meninos do Alan". Nós nos sentimos à vontade com ele e não tivemos receio algum de lhe fazer perguntas sobre o que quer que nos viesse à mente. E assim nos tornamos grandes amigos naquela pequena jornada de pouco menos de quarenta quilômetros.

Ficamos um tanto desapontados ao chegarmos a Carlisle, pois já anoitecera. Estava escuro demais para que pudéssemos ver as coisas de maneira distinta quando a carroça subiu a colina até a velha estância King. Atrás de nós, a lua recentemente surgida pairava sobre os campos de sudoeste naquela doce paz de primavera, mas as sombras suaves e úmidas daquela noite de maio iam nos envolvendo aos poucos enquanto espiávamos avidamente, tentando enxergar em meio ao breu.

– Lá está o salgueiro grande, Bev! – Felix sussurrou, todo emocionado, ao cruzarmos o portão.

Lá estava ela, de fato: a árvore que o vovô King tinha plantado ao voltar para casa certa noite depois de passar o dia arando o terreno junto ao riacho. Ele chegara e enfiara no solo macio ao lado do portão o galho de salgueiro que tinha usado em seu trabalho na terra.

O galho foi criando raízes, crescendo. Nosso pai e nossos tios e tias brincaram à sua sombra. E agora transformara-se numa árvore enorme, de tronco grosso e galhos que se espalhavam, imensos, ao redor, como se cada um deles fosse, sozinho, uma árvore.

– Vou subir nele amanhã! – disse eu, feliz da vida.

À direita, havia um local mais escuro, cheio de outras árvores, que sabíamos ser o pomar. E, à esquerda, entre abetos murmurantes e pinheiros, ficava a velha casa caiada de branco que, naquele momento, tinha a porta aberta, pela qual passava uma suave luminosidade e onde apareceu tia Janet, uma mulher grande, rechonchuda e agitada, de bochechas cheias e rosadas, que veio para nos receber.

Pouco depois, já estávamos jantando à mesa da cozinha, um cômodo de teto baixo, escurecido, sustentado por grossos caibros dos quais pendiam peças de presunto e toucinho defumados. Tudo era como papai havia descrito. E nós nos sentíamos de volta ao lar, tendo deixado o exílio para trás.

Felicity, Cecily e Dan estavam sentados à nossa frente e nos observavam, achando que estaríamos ocupados demais em comer para percebermos seus olhares. Tentamos observá-los também quando eles estavam comendo e, como resultado, acabamos surpreendendo os olhares uns dos outros, o que nos causou um sentimento de embaraço e vergonha.

Dan era o mais velho deles. Tinha a mesma idade que eu: treze anos. Era um cara magro e cheio de sardas, de finos cabelos castanhos um tanto compridos, e com o nariz bem feito dos Kings. Nós reconhecemos essa característica de imediato. Sua boca era, porém, única, já que não tinha traços nem dos Kings nem do lado Ward da família; além disso, era grande e fina e um tanto curva, mas capaz de se abrir num sorriso amistoso, e tanto eu quanto Felix sentimos que íamos gostar de Dan.

Felicity tinha doze anos. Recebera o mesmo nome de tia Felicity, que era irmã gêmea de tio Felix. Papai nos contara que tia Felicity e tio Felix tinham morrido no mesmo dia, embora distantes, e estavam sepultados lado a lado no velho cemitério de Carlisle.

Ficamos sabendo, por meio das cartas de tia Olivia, que Felicity era o belo resultado da união das duas famílias e, por isso, tínhamos grande curiosidade em conhecê-la. E sua beleza realmente fez jus à nossa expectativa. Tinha o corpo bem proporcionado e covinhas no rosto. Os olhos eram grandes, bem delineados, de um peculiar tom mais escuro de azul; e os cabelos, leves como plumas, formavam cachos dourados que combinavam muito bem com a pele clara e levemente rosada. "O tom de pele dos Kings". Os Kings eram conhecidos por seu nariz e pelo tom da pele. Felicity também tinha belas mãos e pulsos. Era uma beleza vê-la movendo--os. E era um prazer imaginar como deviam ser os cotovelos.

Estava usando um vestido muito bonito de padrão cor de rosa, com um avental de musselina cheio de babados por cima. E entendemos, por causa de algo que Dan disse, que ela tinha se arrumado assim especialmente para nossa chegada. Isso fez com que nos sentíssemos importantes. Pelo que sabíamos até então, nenhuma criatura do sexo feminino tinha jamais se dado ao trabalho de vestir algo especial por nossa causa.

Cecily, que tinha onze anos, também era bonita – ou teria sido, se Felicity não estivesse lá para comparação. Era como se Felicity ofuscasse o brilho das outras meninas. Cecily parecia pálida e magra junto dela. Mas tinha feições delicadas, cabelos castanhos macios e brilhantes, e olhos também castanhos muito suaves nos quais, de vez em quando, se notava um toque de indiferença.

Lembrávamos que tia Olivia tinha escrito a papai dizendo que Cecily era uma verdadeira Ward: ela não tinha senso de humor. Não sabíamos o que isso significava, mas entendíamos que não era exatamente um elogio. Ainda assim, estávamos ambos inclinados a achar que íamos gostar mais de Cecily do que de Felicity. Na verdade, Felicity era uma beldade. Com a ágil e infalível intuição infantil que consegue perceber num instante o que, às vezes, leva muito tempo para os adultos perceberem, entendíamos que Felicity sabia muito bem o quanto era linda. E logo vimos o quanto era também cheia de si.

– É de se admirar que a Menina das Histórias não tenha vindo para ver vocês – comentou o tio Alec. – Estava muito animada com a sua chegada.

– Ela não passou bem o dia inteiro – Cecily explicou. – E a tia Olivia não deixou que saísse à noite, por causa da friagem. Mandou-a para a cama, isso sim. A Menina das Histórias ficou muito desapontada.

– Quem é a Menina das Histórias? – Felix se interessou.

– Oh, é a Sara. Sara Stanley. Nós a chamamos de Menina das Histórias em parte porque ela vive contando histórias. E muito bem! E também porque Sara Ray, que mora no sopé do morro, vem brincar conosco frequentemente e é esquisito ter duas meninas com o mesmo nome no mesmo grupo. Além do mais, Sara Stanley não gosta do próprio nome e prefere ser chamada de Menina das Histórias.

Dan, então, pronunciou-se pela primeira vez, um tanto acanhado, para nos informar de que Peter também tinha a intenção de vir, mas teve que levar a farinha que sua mãe estava esperando.

– Peter? – estranhei. Eu nunca tinha ouvido falar de nenhum Peter.

– É um menino que ajuda seu tio Roger na lida – tio Alec esclareceu. – O nome dele é Peter Craig e é um garoto bem esperto. Mas já passou por poucas e boas, aquele jovem.

– Ele quer ser namorado de Felicity – Dan acrescentou, com certa malícia.

– Não fale bobagens, Dan – tia Janet repreendeu de pronto.

Felicity jogou os cabelos para trás com desdém e lançou um olhar nada fraternal a Dan.

– Eu jamais namoraria um ajudante de fazenda – frisou.

Percebemos que a raiva dela era verdadeira, não fingida. Estava claro que não se orgulhava de ter um admirador como Peter.

Éramos garotos de muito bom apetite. E, quando já tínhamos comido tudo que era possível (e, puxa, tia Janet fazia jantares como só ela!), descobrimos que estávamos também muito cansados; cansados demais para sair e explorar os domínios de nossos ancestrais, como gostaríamos de fazer, apesar da escuridão.

Estávamos também ansiosos para ir para a cama e logo nos vimos levados ao quarto no andar de cima, que dava para o lado leste, para o bosque de abetos; o mesmo quarto que, um dia, fora do nosso pai e que íamos dividir com Dan, cuja cama ficava no canto oposto à nossa. Os lençóis e fronhas tinham um delicioso perfume de lavanda, e a colcha era um dos esmerados trabalhos de *patchwork* feitos pela vovó King. A janela estava aberta, e podíamos ouvir as rãs cantar lá no pântano junto ao campo cortado pelo riacho. Tínhamos ouvido rãs cantar em Ontário, é claro, mas as rãs da Ilha do Príncipe Edward eram, com certeza, muito mais afinadas e alegres. Ou seria apenas o encanto das antigas tradições e histórias familiares que estava nos envolvendo e emprestando sua magia a tudo que víamos e ouvíamos ao nosso redor? Estávamos em casa. Na casa que fora o lar de papai e que era, portanto, nosso lar também! Nunca tínhamos vivido tempo suficiente em uma única casa para desenvolver por ela um sentimento de afeição; mas ali, sob o teto construído pelo bisavô King noventa anos antes, esse sentimento invadiu nossos corações e almas ainda tão jovens como uma onda viva de doçura e suavidade.

– Ouça! São as mesmas rãs que o papai ouvia quando era menino – Felix sussurrou para mim.

– Não podem ser as mesmas – rebati, não com muita certeza, já que não entendia nada sobre a longevidade das rãs. – Já se passaram vinte anos desde que o papai saiu daqui.

– Bem... São as descendentes das rãs que ele ouvia, então – Felix insistiu. – E estão cantando no mesmo pântano, o que é quase a mesma coisa.

A porta estava aberta e, no quarto diante do nosso, as meninas estavam se preparando para dormir e conversando bem mais alto do que fariam se soubessem até onde suas vozes podiam alcançar.

– O que achou dos meninos? – Cecily perguntou.

– Beverley é bonito, mas Felix é gordo demais – Felicity respondeu sem hesitar.

Felix contorceu a colcha entre as mãos e soltou um grunhido. Mas eu comecei a achar que ia gostar de Felicity. Podia não ser culpa dela o fato de ser cheia de si. Afinal, como evitar ser assim quando se olhava no espelho?

– Acho que os dois são bonzinhos e bonitos – Cecily opinou.

Que bonitinha!

– Imagino o que a Menina das Histórias vai achar deles – observou Felicity, como se isso fosse, de fato, o que realmente importava.

E, de algum modo, também achávamos que era. Sentíamos que, se a Menina das Histórias não nos aprovasse, não faria diferença quem mais aprovaria ou não.

– Será que a Menina das Histórias é bonita? – Felix indagou em voz alta.

– Não, não é – Dan logo respondeu, da cama no outro lado do quarto. – Mas vão achar que é enquanto ela estiver conversando com vocês. É assim com todo mundo. É apenas quando nos afastamos dela que percebemos que, afinal, não é nem um pouco bonita.

A porta do quarto das meninas se fechou com uma batida. O silêncio tomou conta da casa. E nós mergulhamos no mundo dos sonhos imaginando se a Menina das Histórias iria ou não gostar de nós.

UMA RAINHA DE COPAS

Acordei pouco depois do amanhecer. O pálido sol de maio se infiltrava pelos abetos e um vento frio e estimulante fazia os galhos se mover.

– Felix, acorde! – chamei, num sussurro, enquanto o sacudia.

– O que houve? – ele murmurou, preguiçoso.

– Já amanheceu. Vamos nos levantar, descer e sair. Não posso esperar nem um minuto para ver os lugares de que o papai nos falou.

Saímos da cama e nos vestimos sem despertar Dan, que ainda dormia profundamente de boca aberta. As cobertas da cama dele tinham sido todas chutadas para o chão.

Tive um trabalho e tanto para convencer Felix a não tentar acertar uma bolinha de gude naquela tentadora boca aberta. Eu disse a ele que isso acordaria Dan; que ele ia querer se levantar e nos acompanhar; e que seria muito melhor irmos só nós dois naquela primeira vez.

Estava tudo mergulhado no silêncio quando descemos as escadas. Ouvimos alguém na cozinha, provavelmente o tio Alec acendendo o fogo; mas o coração da casa ainda não tinha começado a bater naquele dia.

Paramos por instantes no *hall* para olhar o grande relógio de parede. Não funcionava, mas parecia ser um velho conhecido nosso, com aquelas bolas douradas nas três pontas de cima, o pequeno mostrador e a agulha que indicavam as fases da lua, e a marca na porta de madeira que tinha sido feita pelo papai quando menino, durante uma crise de birra.

Abrimos então a porta e saímos, o peito invadido por um arrebatamento. Uma brisa suave soprou contra nós, vinda do sul; as sombras dos abetos se projetavam longas e bem recortadas; o delicado céu matutino, tão azul, parecia ter sido penetrado pelo vento; bem para o lado oeste, além do campo onde corria o riacho, havia um vale longo e uma colina tingida pelo tom arroxeado dos pinheiros distantes, na qual faias e bordos pareciam formar uma espécie de renda com seus galhos sem folhas.

Atrás da casa estava o bosque de abetos e pinheiros: um local úmido e fresco onde os ventos gostavam de ronronar e onde sempre havia um agradável aroma de resina e madeira. Mais para o lado, havia uma plantação de bétulas prateadas e delicadas, e álamos murmurantes. Mais além ainda, ficava a casa do tio Roger.

Bem diante de nós estava o famoso pomar dos Kings, delimitado por uma cerca viva de abetos podados. A história desse pomar estava retratada em nossas mais tenras recordações. Sabíamos tudo sobre ele através das descrições que o papai nos fizera e, em nossa imaginação, havíamos andado por entre suas árvores em muitas e frequentes ocasiões.

Ele existia havia aproximadamente sessenta anos, já. Fora iniciado quando Vovô Abraham King trouxera sua jovem esposa para casa. Antes do casamento, ele tinha erguido uma cerca para separar da casa o grande prado ao sul, que se erguia a favor do sol. Era o melhor, o mais fértil terreno da fazenda, e os vizinhos costumavam dizer-lhe que ali ele teria excelentes plantações de trigo. Sendo um homem de poucas palavras, ele lhes sorrira apenas; mas, em sua mente, podia visualizar os anos por vir e, neles, não via a colheita dourada do trigo, mas grandes avenidas de árvores frondosas carregadas de frutos para encher de brilho e alegria os olhos dos seus filhos e netos ainda não nascidos.

A Menina das Histórias

Era uma visão que chegaria lentamente a todo o seu esplendor. Vovô King não tinha pressa alguma. Não formou seu pomar inteiro de uma vez, pois queria que ele se desenvolvesse junto com sua vida, sua história, e que estivesse ligado a tudo de bom e alegre que viria a acontecer em sua casa. Assim, na manhã após trazer sua esposa para o novo lar, eles foram juntos ao campo sul e plantaram suas árvores nupciais. Essas árvores já não existiam mais quando eu e Felix estivemos lá, mas existiam quando o papai era menino, e toda primavera se cobriam de flores tão delicadamente coloridas quando o rosto de Elizabeth King ao caminhar pelo velho campo sul no alvorecer de sua vida e de seu amor.

A cada filho nascido, uma nova árvore foi plantada no pomar de Abraham e Elizabeth para comemorar sua chegada. Tiveram quatorze ao todo e cada um deles teve sua "árvore do nascimento". Cada festa em família era também comemorada, e cada visitante que passasse uma noite sob seu teto era também convidado a plantar uma árvore no pomar dos Kings. Foi assim que cada uma daquelas árvores se tornou um monumento vivo a algum tipo de afeição ou bom momento vivido ao longo dos anos que se passaram. E cada um dos netos teve, também, sua árvore, plantada ali pelo vovô assim que a notícia do nascimento chegou até ele. Não era sempre uma macieira. Podia ser uma ameixeira, ou cerejeira, ou pereira. Mas a árvore sempre ganhava o nome da pessoa por quem ou em homenagem a quem fora plantada.

Felix e eu sabíamos que havia "as peras da tia Felicity", "as cerejas da tia Julia", "as maçãs do tio Alec" e "as ameixas do reverendo Scott", como se tivéssemos nascido e sido criados entre elas.

E agora tínhamos chegado ao pomar; ele estava diante de nós; tínhamos apenas que abrir aquele portãozinho pintado de branco na cerca viva e nos encontraríamos dentro de seu histórico domínio. Mas, antes de chegarmos ao portãozinho, olhamos à nossa esquerda, para a alameda gramada delimitada pelos abetos que levava à fazenda do tio Roger; ao fim desse gramado estava uma menina e, aos pés dela, um gato cinza. Ela ergueu uma das mãos e acenou alegremente para nós. Seguimos em sua direção, esquecendo-nos momentaneamente do pomar, pois sabíamos que aquela devia ser a Menina das Histórias e, naquele seu gesto gracioso e feliz, havia um encanto impossível de ser negado ou contrariado.

Quando nos aproximamos, olhamos para ela com tamanho interesse que esquecemos por completo a timidez. Não, ela não era bonita. Era alta para seus quatorze anos, magra e sem curvas. Emoldurando seu rosto longo e pálido (aliás, longo demais e pálido demais) havia comportados cachos castanho-escuros presos acima das orelhas por fitas vermelhas em formato de rosinhas. A boca se curvava num sorriso, vermelha como uma papoula, e os olhos amendoados, cor de avelã, brilhavam. Mas não a consideramos bonita.

Então ela nos cumprimentou:

– Bom dia!

Nunca tínhamos ouvido uma voz como a dela. Nunca, em toda a minha vida, eu ouvira algo assim. Não consigo descrevê-la. Posso dizer que era uma voz limpa; posso dizer que era doce; também posso dizer que era vibrante, empostada e sonora. Tudo isso seria verdade, mas não daria a ideia exata da qualidade especial que tornava a voz da Menina das Histórias o que ela era de fato.

Se as vozes tivessem cor, a dela seria como um arco-íris. Ela dava vida às palavras! O que quer que falasse tornava-se uma entidade, não uma simples fala ou enunciado. Na época, eu e Felix éramos jovens demais para compreender ou analisar a impressão que aquela voz teve sobre nós; mas entendemos de pronto, com aquela saudação matinal, que era, realmente, um bom dia. O melhor dia que já houvera neste mundo maravilhoso.

– Vocês são Felix e Beverley! – ela prosseguiu, apertando nossas mãos com uma camaradagem sincera, muito diferente do jeito feminino e reservado de Felicity e Cecily. Daquele momento em diante, foi como se tivéssemos sido amigos há mais de cem anos. – Estou tão feliz em conhecê--los! Fiquei muito frustrada por não poder vir ontem à noite. Mas me levantei cedo hoje porque tinha certeza de que vocês também o fariam e que gostariam que eu lhes contasse algumas coisas. Sei contar coisas bem melhor do que Felicity e Cecily. Vocês acham que Felicity é muito linda?

– É a menina mais linda que já vi – respondi com entusiasmo, lembrando que Felicity havia me chamado de "bonito".

– Os meninos todos acham – comentou a Menina das Histórias, não muito satisfeita, como pude notar. – Eu acho que ela é, mesmo. E sabe cozinhar muito bem também, embora tenha só doze anos. Eu mesma não sei cozinhar. Estou tentando aprender, mas não tenho progredido muito. A tia Olivia diz que não tenho o bom senso necessário para ser uma boa cozinheira, mas eu gostaria de ser capaz de fazer bolos e tortas tão bons quanto os que Felicity faz. No entanto, ela é burra. Não é maldade minha dizer isso. É a verdade, e vocês logo iam perceber sozinhos. Gosto muito de Felicity, mas ela é burra. Cecily é muito mais esperta. E é uma querida. O tio Alec também é. E tia Janet é boazinha, também.

– Como é a tia Olivia? – Felix quis saber.

– A tia Olivia é muito bonita. Até parece uma flor. Um amor-perfeito! Toda suave, como veludo. E roxinha, douradinha.

Pode parecer estranho, mas Felix e eu enxergamos, lá dentro de nossas mentes, uma mulher aveludada, roxinha e dourada, exatamente como a Menina das Histórias descrevera.

– Mas ela é boazinha? – perguntei. Essa era a principal pergunta no que se referia aos adultos. A aparência deles não era importante para nós.

– É adorável. Mas tem vinte e nove anos, sabem? Muito velha. Ela não me aborrece muito. Tia Janet diz que eu não teria educação nenhuma se não fosse pela tia Olivia. E a tia Olivia diz que basta deixar que as crianças cresçam, que tudo já foi predestinado para elas antes mesmo de nascerem. Não entendo bem isso. Vocês entendem?

Não, não entendíamos, mas sabíamos, por experiencia própria, que os adultos costumavam dizer coisas difíceis de compreender.

– E como é o tio Roger? – foi nossa próxima pregunta.

– Bem, eu gosto dele – ela respondeu, um tanto pensativa. – É grandão e alegre, mas costuma arreliar as pessoas um pouco além da conta. Se você fizer uma pergunta séria a ele, vai receber uma resposta ridícula. Ele quase nunca me dá bronca, nem fica bravo, e isso é muito importante! É um velho solteirão.

– Ele não pretende se casar nunca? – Felix estranhou.

– Não sei. A tia Olivia gostaria que se casasse porque está cansada de fazer todo o serviço de casa para ele e quer ir morar com a tia Julia na Califórnia. Mas ela diz que o tio Roger nunca vai se casar porque ele procura pela mulher perfeita e, quando a encontrar, ela é que não vai querer ficar com ele.

Nesse momento da conversa, já estávamos sentados nas raízes retorcidas dos abetos, e o gato que viera com ela já tinha se aproximado para fazer amizade conosco. Era um animal grande, de porte nobre, com pelo cinza-prateado rajado com listras mais escuras. Gatos dessa cor costumam ter patas cinza ou brancas, mas as dele eram pretas, como o focinho. Essas características davam-lhe um ar distinto e o tornavam extraordinário, muito diferente dos gatos que se veem por aí. Parecia ter uma boa opinião sobre si mesmo, e sua reação aos nossos carinhos tinha um certo ar de condescendência.

– Esta não é a Topsy, é? – indaguei e soube de imediato que a pergunta fora idiota. Topsy, a gata da qual o papai nos falara, vivera trinta anos antes, e suas sete vidas, com certeza, não teriam durado tanto tempo.

– Não. Mas é ta-tataraneto dela – a Menina das Histórias esclareceu com ar austero. – E é um menino. O nome dele é Paddy. É meu gato particular. Temos outros gatos na fazenda, mas Paddy não se junta a eles. Eu me dou muito bem com todos os gatos. Eles são tão lustrosos e macios; e tão cheios de dignidade! E é tão fácil fazê-los felizes! Oh, estou tão feliz por vocês terem vindo morar na casa do tio Alec! Aqui nada de diferente acontece. Os dias passam iguais, e a gente precisa encontrar nossa própria diversão neles. Tínhamos poucos meninos aqui antes de vocês chegarem: somente Dan e Peter, contra quatro meninas.

– Quatro meninas? – estranhei, mas logo me lembrei: – Ah, sim! Sara Ray. Felicity nos falou dela. Como ela é? Onde mora?

– No sopé do morro. Vocês não conseguem ver a casa por causa do bosque de abetos. Sara é uma menina boazinha. Tem só onze anos, e a mãe dela é terrivelmente severa. Ela nunca permite que Sara leia uma história!

A Menina das Histórias

Nem uma sequer! Conseguem imaginar isso? A consciência de Sara está sempre pesada por fazer coisas que acha que a mãe não aprovaria, o que, porém, não impede que ela as faça. O problema é que isso estraga sua diversão. O tio Roger diz que uma mãe que não deixa você fazer nada e uma consciência que não deixa você se divertir formam uma combinação terrível, por isso ele não se admira por Sara ser tão pálida, magra e tensa. Mas, cá entre nós, acredito que o real motivo disso é que a mãe dela não a alimenta direito. Não que ela seja sovina, sabem, mas acha que não é saudável que as crianças comam muito, e sim que comam apenas certas coisas. Não é uma sorte não termos nascido numa família assim?

– Acho que é muita sorte nós todos termos nascido na mesma família – Felix observou.

– Não é? Também penso assim. E acho que teria sido horrível se o vovô e a vovó King nunca tivessem se casado. Imagino que nenhum de nós estaria aqui hoje; ou, se estivéssemos, seríamos parte outra pessoa e isso seria quase tão ruim quanto! Sempre que penso no assunto, só posso agradecer por o vovô e a vovó King terem se casado, já que havia tantas outras pessoas que eles poderiam ter escolhido.

Felix e eu estremecemos. Sentimos, de repente, que tínhamos escapado de um grande perigo: o perigo de termos nascido outras pessoas. E foi a Menina das Histórias quem nos fez ver o quanto isso seria aterrador e o risco terrível que tínhamos corrido anos antes de nós, ou nossos pais, termos existido.

– Quem mora ali? – perguntei, apontando para uma casa do outro lado dos campos.

– Ah, aquela é a casa do Homem Esquisito. O nome dele é Jasper Dale, mas todo mundo o chama de Homem Esquisito. Dizem que escreve poesia. Ele chama sua casa de "Marco Dourado". Eu sei por quê, já que li os poemas de Longfellow[1]. Ele não socializa com as pessoas porque é muito

---

[1] Henry Wadsworth Longfellow (1807-1882) foi um poeta norte-americano, autor do poema *The Golden Milestone* (em tradução livre "O Marco Dourado"), em que descreve as sensações que uma casa antiga pode guardar. (N.T.)

esquisito. As meninas riem dele, e ele não gosta. Sei de uma história sobre ele e algum dia vou contar a vocês.

– E quem mora naquela outra casa? – Felix indagou, olhando para o vale que ficava do lado oeste e onde se podia ver um telhadinho cinza entre as árvores.

– A velha Peg Bowen. Ela é muito estranha. Vive lá com uma porção de animais no inverno; e, no verão, fica andando por aí e pedindo comida. Dizem que é louca. As pessoas sempre tentam nos intimidar dizendo que Peg Bowen virá nos pegar caso nos comportemos mal. Não tenho mais medo dela como tinha antes, mas acho que não gostaria que ela me levasse. Sara Ray morre de medo de que Peg venha pegá-la. Peter Craig diz que ela é uma bruxa e que aposta que é a responsável quando a manteiga não dá ponto. Mas não acredito nisso. Bruxas são tão raras hoje em dia! Deve haver algumas espalhadas pelo mundo, mas não logo aqui na Ilha do Príncipe Edward. Havia muitas delas no passado. Conheço histórias ótimas sobre bruxas que vou lhes contar qualquer dia. Vão fazer seu sangue gelar nas veias.

Não duvidávamos. Se havia alguém capaz de fazer nosso sangue gelar nas veias, esse alguém era a Menina das Histórias e sua voz maravilhosa. Mas aquela era uma linda manhã de maio, e nosso sangue estava correndo alegremente dentro de nós. Sugerimos que uma visita ao pomar seria bem mais agradável.

– Certo! Também conheço histórias sobre o pomar – ela anunciou enquanto caminhávamos pelo quintal, seguidos por Paddy e seu rabo ondulante. – Oh, não estão felizes por ser primavera? A beleza do inverno é que ele faz a gente valorizar a primavera.

O trinco do portão estalou sob o comando de sua mão e, no instante seguinte, estávamos no pomar dos Kings.

LENDAS DO VELHO POMAR

Do lado de fora do pomar, a grama estava começando a crescer, mas ali dentro, protegida contra o vento pelos ramos dos abetos e avançando terreno acima em busca do sol que brilhava do lado sul, ela já tinha a aparência de um maravilhoso tapete verde de veludo. As folhas das árvores estavam começando a reaparecer em grupinhos emaranhados de um leve tom cinzento e havia violetas brancas de bordas roxas crescendo na base da Pedra do Púlpito.

– É tudo exatamente como o papai descreveu! – Felix comentou, num suspiro maravilhado. – E ali está o poço com o telhadinho chinês!

Corremos até lá, pisando sobre pés de hortelã que começavam a subir pela parede externa do poço. Era muito profundo, e a borda era feita de pedras empilhadas e irregulares. Sobre ele, o telhadinho em forma de pagode chinês dava um toque alegre; fora construído pelo tio Stephen ao voltar de uma viagem à China e agora estava meio coberto por vinhas ainda sem folhas.

– Fica tão lindo quando as folhas das vinhas crescem e se esparramam lá de cima em festões compridos! – descreveu a Menina das Histórias.

– Os passarinhos fazem ninhos nelas. Há um casal de canários-da-terra que vem todos os verões. E as samambaias crescem nos vãos das pedras por toda a parede interior do poço até onde se consegue ver. A água é deliciosa. O tio Edward fez seu melhor sermão sobre o poço de Belém, de onde os soldados de Davi lhe trouxeram água, usando este poço para ilustrá-lo. *Este* poço, acreditam!? E também falou como sentia falta de sua água fresca quando estava em terras distantes. Portanto, podem ver o quanto este poço é famoso.

– Tem até uma xícara como a que estava aqui na época do papai! – Felix exclamou, apontando para uma xícara velha de leve tom de azul que estava numa prateleirinha sobre a borda.

– É a mesma xícara – a Menina das Histórias esclareceu em tom solene. – Que coisa incrível, não? Essa xícara está aqui há quarenta anos, centenas de pessoas a usaram para beber água, e ela nunca se quebrou! Certa vez, a tia Julia a derrubou dentro do poço, mas eles a pescaram de volta praticamente intacta, a não ser por aquela marquinha minúscula na borda. Acho que ela é parte da fortuna da família King, como em *A Sorte do Edenhall*[2], no poema de Longfellow. É a última xícara do segundo melhor aparelho de louça da vovó King. O melhor de todos ainda está completo. A tia Olivia está com ele. Vocês precisam pedir a ela para vê-lo. É tão lindo! Tem desenhos de frutinhas vermelhas em todas as peças, e um bulezinho para creme de leite gordinho muito engraçado. A tia Olivia nunca o usa, a não ser nos aniversários da família.

Bebemos água do poço na xícara azul e seguimos para encontrar nossas "árvores de nascimento". Ficamos um tanto decepcionados por vermos que eram grandes, robustas. Achávamos que deviam ainda estar no estágio inicial de suas vidas, que correspondesse à nossa pouca idade.

– As maçãs da sua árvore são deliciosas – elogiou a menina para mim.

– As da árvore do Felix, porém, são boas só para fazer tortas. Aquelas

---

[2] *A Sorte do Edenhall* é um poema traduzido do alemão por Longfellow, no qual o autor faz referência a um antigo copo de vidro feito na Síria ou no Egito no século XIV e que supostamente traria sorte a seus proprietários. (N.T.)

duas árvores por trás das suas são as árvores gêmeas: da minha mãe e do tio Felix, vocês devem saber. As maçãs delas são tão doces que ninguém a não ser nós, crianças, e os meninos franceses conseguem comê-las. E aquela árvore alta e fina ali adiante, com os galhos todos crescendo retos, é uma muda que nasceu sozinha. Ninguém consegue comer suas maçãs porque são azedas e amargam a boca. Nem mesmo os porcos as comem. A tia Janet tentou fazer tortas com elas uma vez, porque disse que detestava vê-las desperdiçadas, mas nunca mais tentou. Disse que era melhor desperdiçar somente as maçãs, e não as maçãs e o açúcar também. Depois disso, tentou doá-las aos trabalhadores franceses das fazendas, mas eles nem as levaram para casa.

As palavras da Menina das Histórias eram como pérolas e diamantes flutuando no ar matinal. Até mesmo suas preposições e conjunções tinham um encanto ímpar, tecendo mistérios, risadas e magia para enriquecer tudo que ela mencionava. Tortas de maçã, mudas azedas e porcos de repente permearam-se do *glamour* contido nos romances.

– Gosto de ouvir você falar – Felix revelou, naquele seu jeito de falar grave e um tanto quanto denso.

– Todo mundo gosta – ela observou, com certa frieza. – Que bom que gosta do meu modo de falar. Mas quero que goste de mim, também, tanto quanto gosta de Felicity e de Cecily. Não mais. Houve uma época em que eu queria, mas já superei. Descobri, na Escola Dominical, no dia em que o nosso pastor estava nos ensinando, que isso era egoísmo da minha parte. Mas quero que gostem de mim "também".

– Então está bem. Vou gostar – Felix prometeu enfaticamente. Acho que ele tinha se lembrado de que Felicity o chamara de gordo.

Cecily veio juntar-se a nós. Parecia que, naquele dia, era a vez de Felicity ajudar no preparo do café da manhã, então ela não pôde vir.

Fomos todos ao Passeio do tio Stephen, que ficava entre uma fileira dupla de macieiras perfiladas do lado oeste do pomar. O tio Stephen era o primogênito do vovô Abraham e da vovó Elizabeth King. Ele não tinha o mesmo amor leal do vovô pelos bosques e campos e pela generosa terra vermelha da fazenda. A vovó King tinha sido uma Ward antes de se casar, e nas veias do tio Stephen corria o sangue imperioso dos que são atraídos pelo mar. Assim, ele precisava ir para o mar, apesar das súplicas e das lágrimas da mãe, que relutava em deixá-lo ir. E foi do mar que ele voltou para criar a sua alameda no pomar, com árvores trazidas de outras terras.

Então ele partiu novamente para o mar, e o navio em que velejava desapareceu para sempre. Os cabelos castanhos da vovó King começaram a se tingir de cinza naqueles meses todos de espera. E, pela primeira vez, o pomar ouviu o som do pranto e foi regado pelas lágrimas da tristeza.

– Quando as árvores florescem, é maravilhoso caminhar aqui – informou a Menina das Histórias. – É como se fosse um sonho numa terra encantada, como se a gente estivesse caminhando no palácio de um rei. As maçãs são deliciosas e, no inverno, é um lugar esplêndido para se deslizar terreno abaixo.

Dali nos dirigimos à Pedra do Púlpito, uma enorme rocha cinzenta e arredondada, da altura de um homem, que ficava na parte sudeste do pomar. Era reta e lisa na parte da frente, mas, na parte de trás, tinha reentrâncias que mais pareciam degraus, com um descanso maior ao meio, onde se podia ficar em pé. Tinha sido uma parte importante nos jogos e brincadeiras de nossos tios e tias e, neles, servira como castelo fortificado, emboscada contra indígenas, trono, púlpito, ou plataforma para concertos, conforme a ocasião pedisse. O tio Edward fez seu primeiro sermão ali, aos oito anos de idade, pregando para seus fiéis imaginários. E a tia Julia, cuja voz era um deleite para os ouvidos, cantou seus primeiros madrigais ali, naquela velha rocha cinzenta.

A Menina das Histórias subiu os degraus até o descanso, sentou-se à sua beirada e olhou para nós. Pad ajeitou-se à base e, com movimentos delicados, começou a se lamber e se lavar com as patinhas pretas.

– E, agora, vamos às suas histórias sobre o pomar! – incentivei.

A MENINA DAS HISTÓRIAS

– Há duas histórias importantes – ela esclareceu. – A história do Poeta Beijado e o conto sobre O Fantasma da Família. Qual dos dois vocês querem que eu conte?

– Os dois! – Felix respondeu de pronto, animado. – Mas conte o do fantasma primeiro!

– Não sei... – Ela pareceu estar indecisa. – Esse tipo de história é para ser contada ao pôr do sol, quando começa a ficar escuro. Assim vocês ficariam arrepiados de medo.

Achamos que seria mais agradável não ficarmos arrepiados de medo e votamos na história do fantasma.

– É mais confortável ouvir histórias de fantasmas à luz do dia – Felix justificou.

A Menina das Histórias começou sua narração tendo toda a nossa ávida atenção. Cecily, que já tinha ouvido a história muitas vezes antes, também ouvia de bom grado. Ela me disse, pouco tempo depois, que não importava quantas vezes a Menina das Histórias contasse uma delas, pois sempre parecia ser nova e emocionante, como se você a estivesse ouvindo pela primeira vez.

– Há muito, muito tempo – ela começou, sua voz dando-nos a impressão de que estávamos em tempos remotos –, antes mesmo que o vovô King tivesse nascido, uma de suas primas, que era órfã, viveu aqui com os pais. O nome dela era Emily King. Era uma garota miúda e muito doce. Tinha olhos castanhos suaves, tímidos demais para olhar de frente para as pessoas. Como os de Cecily. E tinha cabelos também castanhos, longos e lisos como os meus. Ela também tinha uma marquinha de nascença numa das bochechas, que parecia uma borboleta cor de rosa. Bem aqui.

Ela apontou para uma de suas bochechas e prosseguiu:

– Claro que não havia este pomar na fazenda, naquela época. Era apenas um campo, mas havia um bosquezinho de bétulas brancas nele, bem ali onde aquela árvore grande, frondosa, do tio Alec, está agora. Emily gostava de se sentar entre as samambaias, sob as bétulas, e ler ou costurar. Ela tinha um namorado. Seu nome era Malcolm Ward, e ele era bonito como

27

um príncipe. Emily o amava apaixonadamente, e ele também a amava, mas nenhum deles jamais tinha falado a respeito disso. Costumavam se encontrar à sombra das bétulas e conversar sobre tudo, menos sobre amor. Um dia, ele disse que, no dia seguinte, quando se encontrassem, ia fazer uma pergunta muito importante a Emily e que teria de ser exatamente ali. Ela prometeu que estaria esperando.

A Menina das Histórias interrompeu a narrativa para comentar:

– Tenho certeza de que ela não conseguiu dormir naquela noite, pensando no encontro do dia seguinte, na pergunta importante que Malcolm lhe faria, embora já soubesse muito bem do que se tratava. *Eu saberia.* – E voltou à história: – E, no dia seguinte, ela colocou um belo vestido de musselina azul pálido, penteou seus cachos e, sorrindo, seguiu para o bosquezinho de bétulas. Enquanto esperava e se deleitava com pensamentos felizes, um dos ajudantes do vizinho veio correndo. Era um menino que não sabia sobre o amor entre Emily e Malcolm. E veio gritando que Malcolm tinha morrido, atingido por um disparo acidental de sua arma. Emily só conseguiu levar as mãos ao peito e caiu ali mesmo, pálida e devastada, entre as samambaias. Ao voltar de seu desmaio, nunca se lamentou nem chorou. Mas ela mudou! Nunca, nunca mais foi a mesma e nunca mais se sentiu bem, a não ser quando usava seu vestido azul de musselina e ficava ali, no bosquezinho de bétulas. Foi ficando mais e mais pálida com o passar do tempo, mas sua marquinha em formato de borboleta tornou-se aos poucos mais vermelha, até se parecer com uma mancha de sangue sobre sua pele tão clara. Quando o inverno chegou, Emily morreu. Na primavera seguinte, porém...

A Menina das Histórias baixou a voz até que ficasse um sussurro, o qual, entretanto, era tão audível e arrepiante quanto seus tons de voz mais altos. E completou sua história:

– ... as pessoas começaram a dizer que Emily podia, às vezes, ser vista ainda à espera de seu amado no bosquezinho de bétulas. Ninguém sabe quem foi a primeira pessoa a dizer isso, mas muitos a viram. O vovô a viu quando era menino. E minha mãe também a viu uma vez.

A Menina das Histórias

– E você? Já a viu? – Felix perguntou, cético.

– Não. Mas ainda vou ver se continuar acreditando nela – a Menina das Histórias respondeu com confiança.

– Eu não gostaria de vê-la. Ficaria com medo – comentou Cecily, num súbito estremecimento.

– Não teria por que ficar com medo – confortou-a a Menina das Histórias. – Afinal, não é um fantasma estranho. É um fantasma da nossa própria família, então, é claro, jamais nos faria mal.

Não tínhamos tanta certeza disso. Fantasmas eram entidades perigosas, mesmo sendo da nossa família. A Menina das Histórias tinha tornado aquela muito real para nós, e estávamos felizes por não a termos ouvido à noite. Como conseguiríamos voltar para casa entre as sombras e ramos oscilantes de um pomar imerso na escuridão? Pois se já estávamos com medo de olhar para trás e ver, talvez, a pobre Emily esperando, em seu lindo vestido azul, junto à árvore do tio Alec! Tudo que vimos, porém, foi Felicity cruzar o gramado, os cachos loiros flutuando conforme andava, como se fossem uma linda nuvem dourada.

– Felicity deve achar que perdeu alguma coisa – a Menina das Histórias observou, parecendo se divertir por dentro. – Seu café da manhã já está pronto, Felicity, ou ainda tenho tempo para contar aos meninos a história do Poeta Beijado?

– O café está pronto – Felicity rebateu –, mas não vamos tomá-lo até que o papai termine de cuidar da vaca que está doente; então você tem, sim, tempo suficiente.

Felix e eu não conseguíamos tirar os olhos dela. A pressa com que viera tinha lhe tingido as faces com um lindo tom avermelhado e colocado um brilho suave em seus olhos. E, no rosto, parecia exibir a flor da juventude. Quando a Menina das Histórias recomeçou a falar, porém, nós nos esquecemos de olhar para Felicity.

– Mais ou menos dez anos depois que o vovô e a vovó King se casaram, um rapaz veio visitá-los. Era um parente distante da vovó. E era um poeta. Estava começando a ficar conhecido, mas, depois, tornou-se muito famoso. Ele entrou no pomar a fim de escrever mais um de seus poemas e acabou por adormecer, apoiando a cabeça num banco que havia embaixo da árvore do vovô. Foi então que nossa tia-avó Edith também entrou no pomar. Naquela época, ela ainda não era uma tia-avó, claro. Tinha só dezoito anos. Era uma jovem de cabelos e olhos negros, e lábios bem vermelhos. Dizia-se que era muito travessa. Tinha estado fora e acabara de voltar para casa e não sabia que o poeta estava de visita na estância. Mas, quando o viu dormindo ali, achou que era um primo que estava para chegar da Escócia. Assim, foi se aproximando nas pontas dos pés. Deste jeito.

A Menina das Histórias demonstrou o andar de Edith e, conforme seguia narrando, continuou a imitar seus gestos:

– E se inclinou assim e beijou-o na bochecha. Ele abriu seus grandes olhos azuis e deu de cara com Edith. Ela enrubesceu, pois sabia que tinha feito algo muito errado. Aquele não podia ser seu primo escocês! Soube porque ele lhe havia escrito uma carta na qual dizia ter olhos tão escuros quanto os dela. Edith, então, saiu correndo e se escondeu; e, claro, sentiu-se ainda pior quando veio a descobrir que se tratava de um poeta. Mais tarde, porém, ele escreveu um dos seus mais belos poemas sobre esse incidente e o enviou para Edith, além de publicá-lo em um livro.

Nós todos chegamos a visualizar a história: o gênio adormecido, a menina travessa de lábios vermelhos, o beijo depositado com a suavidade de uma pétala de rosa sobre a face aquecida pelo sol.

– Eles deviam ter se casado – Felix suspirou.

– Bem, se fosse num livro, eles teriam, mas aconteceu na vida real – explicou a Menina das Histórias. – Às vezes, encenamos essa história aqui. Gosto quando Peter faz o papel do poeta. Não gosto quando é Dan porque ele tem tantas sardas e espreme os olhos para fingir que está dormindo. Mas é difícil convencer Peter a participar, a não ser quando Felicity faz o papel de Edith. Aí ele fica feliz em ser o poeta.

– Como ele é?

– Ah, Peter é sensacional! A mãe dele mora na estrada para Markdale e lava roupas para fora. O pai foi embora e os abandonou quando Peter tinha apenas três anos. Nunca mais voltou, e eles não sabem se está vivo ou morto. Que bela maneira de tratar a família, não? Peter trabalha para se manter desde os seis anos de idade! Tio Roger o manda para a escola e paga um salário por seu trabalho no verão. Todos nós gostamos de Peter, menos Felicity.

– Gosto dele desde que fique no seu lugar – Felicity se defendeu, um tanto quanto afetadamente. – Mamãe diz que você o considera demais. Afinal, ele é apenas um ajudante e não foi criado de modo apropriado, além de não ter muito estudo. Acho que você não deveria nivelá-lo a nós, como faz.

A Menina das Histórias soltou uma risada, que foi como um raio de sol que ilumina um campo de trigo antes de um vento forte.

– Peter é um cavalheiro – rebateu. – E é muito mais interessante do que você jamais seria, mesmo se fosse criada e educada durante cem anos!

– Ele mal sabe escrever! – Felicity insistiu.

– Guilherme, o Conquistador era analfabeto – a Menina das Histórias replicou.

Felicity, porém, negava-se a ser vencida:

– Ele nunca vai à igreja e nunca faz suas orações!

– Faço, sim! – exclamou Peter, aparecendo de repente através de uma passagem na cerca viva. – Faço minhas orações às vezes, sim.

Peter era um garoto esbelto, de corpo bem talhado, olhos brilhantes e alegres, e cabelo muito escuro e ondulado. Apesar de estarmos no começo da estação, estava descalço. Usava uma camisa de algodão desbotada e calças de veludo canelado largas que estavam um tanto curtas para sua altura. Mas ele as usava com um ar tão despojado que parecia estar trajado no melhor dos linhos e vestido bem melhor do que realmente estava.

– Você não reza com frequência – Felicity o contrariou.

– Bem, Deus vai querer me ouvir muito mais se eu não O incomodar o tempo todo.

Para Felicity, as palavras dele eram pura heresia, mas a Menina das Histórias parecia compreender o significado por trás delas.

– Você nunca vai à igreja – Felicity continuou rebatendo, determinada a não se deixar vencer.

– Ora, não vou frequentar a igreja enquanto não me decidir entre ser metodista ou presbiteriano. Minha tia Jane era metodista. Minha mãe não é nada, mas eu pretendo ser um dos dois. É mais respeitável ser metodista ou presbiteriano, ou outra coisa qualquer, do que não ser nada. Quando eu decidir o que vou ser, então irei à igreja como você faz.

– Não é a mesma coisa que já nascer com uma opção religiosa – Felicity observou, com orgulho.

– Pois eu acho que é muito melhor escolher sua própria religião do que ter uma só porque é a religião da sua família. – Peter não iria deixar por menos.

– Ora, vamos parar com essa discussão – Cecily se intrometeu. – Deixe Peter em paz, Felicity. – Ela se virou para ele. – Peter, este é Beverley King, e este é Felix, irmão dele. E vamos todos ser bons amigos e ter um verão maravilhoso juntos. Pensem nas brincadeiras que nos esperam! Mas, se vão ficar brigando o tempo todo, vão estragar tudo! Peter, o que vai fazer hoje?

– Vou passar o rastelo no campo junto ao bosque e cavar os canteiros de flores da sua tia Olivia.

– Tia Olivia e eu plantamos ervilhas ontem – a Menina das Histórias esclareceu. – E eu plantei um canteiro só meu. Não vou cavar meus pés de ervilhas este ano para ver se criaram mudas. Não faz bem para eles. Vou tentar ser paciente, não importa quanto tempo demorem para crescer.

– Vou ajudar a mamãe a plantar a horta hoje – Felicity anunciou.

– Não gosto de hortas – a Menina das Histórias comentou. – A não ser quando estou com fome. Então gosto, sim, de ir até lá e ver as fileiras de cebolas e beterrabas. Mas adoro um jardim! Acho que eu seria uma menina muito boazinha se vivesse num jardim de flores o tempo todo.

– Adão e Eva viveram. E estavam longe de ser bons – Felicity observou.

– Mas, se não tivessem vivido num jardim, eles poderiam não ter se mantido tão bons quanto foram.

A Menina das Histórias

Fomos chamados para o café da manhã nesse momento. Peter e a Menina das Histórias se foram, pela abertura na cerca. Paddy os seguiu. E o resto de nós seguiu para a saída do pomar, em direção à casa.

– Bem, o que acharam da Menina das Histórias? – Felicity nos perguntou.

– Ela é ótima! – Felix respondeu, entusiasmado. – Nunca ouvi histórias serem contadas do jeito que ela faz!

– Ela não sabe cozinhar – Felicity apontou. – E sua pele também não é muito boa. Imaginem, ela diz que vai ser atriz quando crescer... Não é horrível?

Não víamos exatamente por que seria.

– Porque atrizes são sempre gente ruim – ela explicou em tom chocado. – Mas aposto que a Menina das Histórias vai ser atriz, sim, tão logo possa. O pai dela vai apoiá-la nessa decisão. Ele é artista, sabem?

Estava claro que Felicity considerava artistas e atrizes iguais uns aos outros, sendo que nenhum deles valia muito.

– A tia Olivia sempre diz que a Menina das Histórias é fascinante – Cecily ofereceu.

Essa era a palavra! Felix e eu percebemos na hora! Sim, a Menina das Histórias era fascinante, e essa era a palavra final sobre o assunto.

Dan desceu quando o café da manhã já ia pela metade, e tia Janet falou com ele de um jeito que nos fez compreender que aquele era, como maldosamente se costumava dizer, "o lado áspero de sua língua". Bem, mas, considerando-se tudo, gostamos muito das perspectivas para aquele verão. Tínhamos Felicity para o deleite dos nossos olhos, a Menina das Histórias para o prazer dos nossos ouvidos, Cecily para nos admirar, e Dan e Peter para nos acompanharem em nossas brincadeiras. O que mais dois meninos sensatos poderiam desejar?

O VÉU DE NOIVA DA PRINCESA PRESUNÇOSA

Depois de passarmos duas semanas em Carlisle, era como se já fizéssemos parte do lugar; desfrutávamos de toda a liberdade conferida a seus habitantes mais jovens. Tornamo-nos muito amigos de Peter, Dan, Felicity, Cecily, da Menina das Histórias e da pequena Sara Ray, de olhos cinzentos e rosto muito pálido. Íamos à escola, claro, e também recebíamos a responsabilidade de desempenhar pequenas tarefas domésticas. Tínhamos muito tempo para brincar, porém. Até mesmo Peter desfrutava de tempo suficiente para isso assim que seu trabalho no plantio das sementes terminava.

Em geral, nós nos dávamos muito bem, apesar de algumas diferenças de opinião de vez em quando. Quanto aos adultos daquele nosso pequeno mundo, bem, eles também eram bons conosco. Adorávamos a tia Olivia. Ela era bonita, alegre e gentil; e, acima de tudo, era perita na arte de deixar as crianças em paz. Se nos mantivéssemos tolerantemente limpos e evitássemos brigar e usar gírias, a tia Olivia não nos incomodava. Tia Janet, em contrapartida, dava-nos tantos bons conselhos e nos mandava fazer isto ou não fazer aquilo com tanta frequência que nem nos lembrávamos de suas orientações, ou sequer tentávamos.

O tio Roger, como nos tinha sido dito, era alegre e gostava de provocar as pessoas. Gostávamos dele, mas tínhamos a desconfortável sensação de que o significado de suas palavras nem sempre era o que ele, de fato, dizia. Às vezes, parecia estar zombando de nós; e nossa seriedade juvenil se ressentia disso.

Mas era do tio Alec que mais gostávamos. Sentíamos que ele era nosso amigo de verdade, que nos defenderia fosse lá o que tivéssemos ou não feito. E nunca precisávamos virar sua fala do avesso para entender o que realmente queria dizer.

O foco da vida social para as crianças de Carlisle concentrava-se na escola e, em particular, na Escola Dominical. Estávamos especialmente interessados nesta, já que tínhamos uma professora que tornava as aulas tão fascinantes que já não víamos a Escola Dominical como uma obrigação semanal desagradável, e sim como algo aguardado com prazer. Por isso tentávamos seguir os preceitos que a professora gentilmente nos ensinava ali, pelo menos até segunda ou terça-feira, já que, no resto da semana, o que havíamos aprendido ia aos poucos se dissipando.

Ela também se interessava muito por missões. Uma das suas palestras sobre esse assunto inspirou a Menina das Histórias a fazer um pequeno trabalho missionário por conta própria. E a única coisa que poderia pensar em fazer seria persuadir Peter a ir à igreja.

Felicity não aprovou a ideia e declarou sua opinião a respeito abertamente:

– Ele não vai saber como se comportar, já que nunca entrou numa igreja em toda a sua vida – alertou à Menina das Histórias. – Vai fazer alguma coisa de ruim, e aí você vai se arrepender e desejar nunca o ter levado para lá. E todos nós ficaremos envergonhados. Tudo bem termos nossa caixa de esmolas para os pagãos e enviarmos missionários até eles, afinal estão distantes e não temos que conviver com eles, mas não quero ser obrigada a me sentar no mesmo banco de igreja em que esteja um ajudante de fazenda.

Mesmo assim, a Menina das Histórias continuou corajosamente a persuadir Peter. Entretanto, não era uma tarefa simples. Peter não vinha de uma família de frequentadores de igreja; além disso, alegou que ainda não tinha se decidido entre ser presbiteriano ou metodista.

– Não faz a menor diferença qual dos dois você venha a ser – ela argumentou. – Tanto metodistas quanto presbiterianos vão para o céu.

– Mas um dos caminhos deve ser mais fácil ou melhor do que o outro – Peter contestou. – Quero encontrar o caminho mais fácil. E tenho uma certa inclinação para os metodistas. Minha tia Jane era metodista.

– E não é mais? – Felicity indagou, impertinente.

– Bem, não sei ao certo. Ela já morreu – ele respondeu, em tom repreensivo. – As pessoas continuam sendo o que eram depois que morrem?

– Mas é claro que não! Elas se tornam anjos. Não metodistas ou qualquer outra coisa, mas anjos. Isso, é obvio, se forem para o céu.

– E se elas forem para o "outro lugar"?

Todo o conhecimento de Felicity terminava ali. Deu as costas a Peter e se afastou, cheia de desdém.

A menina das Histórias voltou, então, ao ponto principal com um novo argumento:

– Temos um pastor adorável, Peter. Ele até se parece com uma gravura de São João que meu pai me enviou, só que bem mais velho, com cabelos brancos. Tenho certeza de que você gostaria dele. E, mesmo que prefira ser metodista, não vai lhe fazer mal algum frequentar a igreja presbiteriana. A igreja metodista mais próxima fica a quase dez quilômetros daqui, em Markdale, e você não poderia frequentá-la agora. Vá à igreja presbiteriana até que tenha idade suficiente para ter um cavalo.

– Mas e se eu gostar demais de ser presbiteriano e não puder mais mudar? – Peter teimou.

A Menina das Histórias

Foi, de fato, uma missão e tanto para a Menina das Histórias. No entanto, ela continuou a tentar. E, certo dia, veio nos contar que, por fim, Peter cedera.

– Ele vai à igreja conosco amanhã! – anunciou, triunfante.

Estávamos na colina de pasto do tio Roger, sentados numas rochas arredondadas embaixo de um grupo de bétulas. Atrás de nós havia uma cerca velha, com violetas e dentes-de-leão em suas extremidades. Logo abaixo ficava o vale de Carlisle com seus férteis prados e fazendas cobertas com caramanchões de flores e árvores frutíferas. A parte de cima do vale estava mergulhada numa delicada névoa de primavera, e o vento soprava sobre o campo trazendo ondas de aromas diversos, como o de bálsamo e o de samambaias.

Comíamos torcidinhos de geleia que Felicity havia feito para nós. Os torcidinhos que ela fazia eram perfeitos! Eu a olhava e me indagava por que não era suficiente ser tão linda. Mas não. Ela também sabia fazer aqueles torcidinhos maravilhosos. Se, ao menos, Felicity fosse uma menina mais interessante!... Mas ela não tinha nem a mínima parte do encanto e do charme indizível que havia em cada pequeno movimento da Menina das Histórias e que se manifestava na menor de suas palavras e no mais rápido de seus olhares. É. Não se pode ter todos os bons atributos. A Menina das Histórias não tinha covinhas em seus braços magrinhos e queimados de sol.

Todos estávamos adorando os torcidinhos, menos Sara Ray. Ela havia comido os seus, mas sabia que não devia tê-lo feito. Sua mãe não aprovava merendas entre as refeições, nem torcidinhos de geleia em momento algum.

Certa vez, quando Sara estava absorta em suas ideias, eu lhe perguntei no que estava pensando.

– Estou tentando encontrar alguma coisa que mamãe não tenha proibido – foi sua resposta, num suspiro.

Todos ficamos contentes com a notícia de que Peter iria, por fim, à igreja, exceto Felicity. Ela logo se encheu de pressentimentos e alertas.

– Estou surpresa com você, Felicity King! – Cecily ralhou. – Deveria estar feliz por aquele pobre garoto estar, finalmente, no caminho certo.

– Há um remendo enorme na calça dele! – foi tudo que Felicity pôde responder.

– Bem... Melhor do que um furo, não acha? – replicou a Menina das Histórias, como se falasse com um de seus torcidinhos. – Deus não vai notar o remendo.

– Não, mas as pessoas de Carlisle vão! – Felicity argumentou, num tom que deixava claro que a opinião dos habitantes de Carlisle era o que, de fato, importava. – E acho que Peter não tem uma meia decente! Como você vai se sentir se ele aparecer na igreja com a pele das canelas aparecendo pelos furos das meias, senhorita Contadora de Histórias?

– Não estou nem um pouco preocupada com isso. Peter sabe que não deve fazer algo assim.

– Bem, espero que ele, ao menos, lave atrás das orelhas. – Felicity pareceu resignar-se.

– Como está Pad hoje? – Cecily perguntou para mudar o rumo da conversa.

– Nem um pouco melhor – a Menina das Histórias informou, um tanto quanto ansiosa. – Fica só andando pela cozinha, todo amuadinho. Fui ao celeiro e vi um camundongo. Então, peguei um pedaço de madeira e dei um golpe nele. Assim! – Ela mostrou o movimento. – Ele morreu na mesma hora. Então o levei para Paddy. Vocês acreditam que ele nem o olhou? Estou muito preocupada. O tio Roger disse que ele precisa de uma dose de remédio. O problema é: como vamos fazer com que ele a tome? Misturei o pozinho num pouco de leite e tentei jogar pela garganta dele abaixo enquanto Peter o segurava. Olhem só os arranhões que ele me deu! E o leite se espalhou para todos os lados, mas Paddy não bebeu uma gota sequer!

– Seria tão terrível se... se algo de ruim acontecesse a Pad – Cecily lamentou.

– Ah, poderíamos fazer um belo funeral para ele – Dan ofereceu.

A MENINA DAS HISTÓRIAS

Nós todos o olhamos com tanto horror que ele logo se explicou:

– Eu mesmo ficaria muito triste se Pad morresse, mas, se isso acontecesse, teríamos de dar a ele um funeral apropriado. Afinal, Pad é como se fosse da família.

A Menina das Histórias terminou o torcidinho que estivera comendo e se espreguiçou. Então apoiou o queixo nas mãos e olhou para o céu. Estava sem chapéu, como sempre, e tinha uma fita vermelha cruzando-lhe a cabeça de orelha a orelha. Havia enroscado dentes-de-leão recém colhidos em torno dela, e o efeito era o de uma coroa de pequenas estrelas brilhantes sobre seus cabelos castanhos.

– Sabem aquela nuvem longa, fina, que parece uma tira de renda? O que ela lembra a vocês, meninas?

– Um véu de noiva! – Cecily forneceu de imediato.

– E é exatamente o que ela é! O véu de noiva da Princesa Presunçosa. Sei uma história que fala dela. Eu a li num livro. Era uma vez uma princesa... – Os olhos da Menina das Histórias tornaram-se sonhadores, e suas palavras passaram a flutuar no ar como se fossem suaves pétalas de rosa: – ... que era a mais linda princesa do mundo. Reis de todas as partes vinham para cortejá-la, querendo tê-la por esposa. Mas o orgulho dela era tão grande quanto sua beleza. E ela ria com desdém de todos os seus pretendentes. E quando o rei, seu pai, mandou-a escolher entre um deles para ser seu marido, ela se levantou altivamente. Assim!

A Menina das Histórias se pôs de pé de repente e, por um instante, conseguimos ver a princesa presunçosa da história em todo o seu adorável desdém.

– E disse: "Só me casarei com um rei que possa vencer todos os outros reis! Assim serei a esposa do rei do mundo, e nenhuma outra mulher poderá estar acima de mim!" Então, todos os reis foram à guerra para provar que podiam vencer todos os demais; e houve um grande derramamento de sangue e muita, muita infelicidade. A Princesa Presunçosa, no entanto, ria e cantava. Ela e suas damas de companhia começaram a fazer um magnífico véu de renda que ela iria usar quando o rei de todos os reis retornasse para pedi-la em casamento. Era um véu belíssimo, mas as damas de companhia cochichavam entre si, dizendo que, para cada ponto dado naquele véu, um homem havia morrido e uma mulher tivera seu coração partido. Quando um dos reis achava que tinha vencido todos os outros, aparecia outro para vencê-lo; e, dessa maneira, a luta continuou até que não parecia mais possível que a Princesa Presunçosa viesse, afinal, a ter um marido. Ainda assim, seu orgulho era tão grande que ela não cedia, muito embora todos, exceto os reis que queriam se casar com ela, passaram a odiá-la pelo sofrimento que havia causado. Certo dia, uma trombeta soou junto aos portões do castelo e um homem alto, vestido numa armadura, mas com a viseira fechada, entrou, montado num lindo cavalo branco. Quando disse que viera para se casar com a princesa, todo mundo riu, pois ele não possuía comitiva nem belas roupas e adornos, muito menos uma coroa de ouro. "Eu sou o rei que vence todos os reis", ele declarou. "Deve provar o que diz antes que eu me case com você", a princesa impôs. Mas então ela estremeceu e ficou muito pálida, pois havia algo na voz daquele rei que a assustou. E, quando ele riu, sua risada foi ainda mais apavorante. "Posso prová-lo com facilidade, linda princesa", disse. "Você terá, porém, que vir comigo ao meu reino para obter tal prova. Case-se comigo agora e, então, nós dois, acompanhados de seu pai e de toda a corte, seguiremos direto aos meus domínios. Se não ficar satisfeita com a prova de que sou o rei que vence todos os demais reis, poderá devolver-me meu anel e voltar para casa, pois estará livre de mim para sempre." Aquelas eram palavras muito estranhas, e os amigos da princesa lhe imploraram para recusar-se a ir. Entretanto, seu grande orgulho segredava-lhe que seria maravilhoso ser a rainha de um rei que governava o mundo todo. Assim, ela aceitou. Suas damas de companhia a vestiram e colocaram sobre seus cabelos o longo e belo véu de renda que levara tantos anos para ser feito. E eles se casaram imediatamente; o noivo, porém, nunca ergueu sua viseira e ninguém viu seu rosto. A Princesa Presunçosa parecia estar mais cheia de orgulho do que jamais estivera, embora sua palidez fosse tamanha, assemelhando-se à cor do seu véu. Não houve risadas nem conversas animadas como sempre há nos casamentos, e todos se entreolhavam com medo. Depois das bodas, o noivo ergueu a noiva nos braços e a colocou sobre o cavalo. O rei e os membros da corte também montaram em seus animais e os seguiram. E todos cavalgaram enquanto o céu tornava-se mais e mais escuro e o vento começava a soprar cada vez mais forte, até que as sombras da noite finalmente tomaram a terra. E eles continuaram a cavalgar por um vale escuro, cheio de túmulos e sepulturas. "Por que você me trouxe a este lugar?", gritou a princesa, com raiva. "Este é o meu reino", respondeu o noivo. "Estas são as lápides dos reis que venci. Olhe bem, linda princesa! Eu sou a Morte!" Ele ergueu, então, sua viseira. Todos viram seu rosto horrível. A Princesa Presunçosa soltou um grito. "Venha para meus braços, minha noiva!", chamou a morte. "Ganhei você de maneira justa. Sou o rei que vence todos os reis!" Ele a puxou contra si e esporeou seu cavalo branco em direção aos túmulos. Uma terrível tempestade desabou sobre o vale e impediu que os outros pudessem continuar a vê-los. Tristes e abatidos, o rei e seus cortesãos voltaram para casa, e nunca mais a Princesa Presunçosa foi vista. Mas, quando nuvens longas e brancas passam pelo céu, as pessoas do país em que ela viveu dizem: "Vejam! Lá está o véu da Princesa Presunçosa".

O estranho encanto provocado por essa história pairou no ar, entre nós, por alguns instantes após a Menina das Histórias ter terminado de contá-la. Tínhamos caminhado com ela pelo vale da morte e nos arrepiado com o horror que tinha gelado o coração daquela infeliz princesa. Foi Dan quem quebrou o encanto, ao dizer:

– Está vendo, Felicity? Não é bom ser orgulhosa. – Ele a cutucou com o cotovelo. – Você não deveria falar dos remendos nas roupas de Peter.

PETER VAI À IGREJA

Não houve Escola Dominical naquela tarde porque o superintendente e os professores quiseram estar presentes à comunhão em Markdale. O culto em Carlisle aconteceu no começo da noite e, ao pôr do sol, estávamos esperando por Peter e pela Menina das Histórias à porta da frente da casa do tio Alec.

Nenhum dos adultos iria à igreja. A tia Olivia estava com dor de cabeça, e o tio Roger decidiu ficar em casa com ela. Tia Janet e o tio Alec tinham ido ao culto em Markdale e ainda não tinham voltado.

Felicity e Cecily estavam usando seus vestidos de verão novos pela primeira vez. E estavam muito conscientes disso. Felicity estava linda como sempre, com o rosto corado um tanto coberto pelo delicado chapéu de palha adornado com lindos miosótis entrelaçados. Cecily, porém, tinha torturado seus cabelos com papelotes a noite anterior inteira e agora os cachos lhe caíam, avassaladores, ao redor do rosto, quase destruindo a suave expressão de pureza que lhe era peculiar. Ela nutria um profundo rancor contra o destino por este não a ter presenteado com os cachos naturais das outras meninas. Conseguia, porém, atenuar seu desejo por eles pelo

A Menina das Histórias

menos aos domingos, e isso a satisfazia. Seria impossível convencê-la de que o brilho acetinado das tranças que usava nos outros dias da semana combinava muito melhor com seus traços.

Peter e a Menina das Histórias logo apareceram, e todos ficamos mais ou menos aliviados por ver que ele até parecia estar bem arrumado, apesar do remendo na calça. Tinha o rosto corado, os cabelos tinham sido penteados, e o nó da gravata estava bem feito. Eram, porém, suas pernas que nos preocupavam. A um primeiro olhar, elas até que estavam bem; uma inspeção mais apurada, entretanto, revelou algo não muito comum.

– O que há de errado com suas meias, Peter? – Dan indagou sem muito tato.

– Ah... Eu não tinha um par que não tivesse furos – ele explicou sem maior preocupação. – Mamãe não teve tempo de cerzi-las nesta semana. Então calcei dois pares. Os furos não ficam nos mesmos lugares e não se nota, a menos que se observe de muito perto.

– Você trouxe uma moeda para a hora do ofertório? – Felicity indagou.

– Tenho um centavo americano. Acho que é suficiente, não?

Felicity negou com a cabeça veementemente.

– Não, não, não. Um centavo americano pode bastar para uma compra pequena no armazém, ou para comprar ovos, mas não para ser doado à igreja.

– Então não vou doar nada, porque não tenho outro – disse Peter, simplório. – Recebo só cinquenta centavos por semana e dei tudo para minha mãe ontem à noite.

Peter, porém, precisava ter um centavo que não fosse americano. Felicity lhe teria dado um (e ela não era generosa quando se tratava de suas moedas), mas não o deixaria ir à igreja sem levar o dinheiro necessário. Dan, no entanto, prontificou-se a emprestar um a Peter com a condição de que fosse devolvido na semana seguinte.

Tio Roger passou por nós nesse momento e, ao ver Peter, disse:

– Então, Saul está entre os profetas também... Não consigo imaginar o que possa tê-lo convencido a ir à igreja, Peter, já que nenhuma das tentativas de Olivia funcionou, mesmo sendo todas elas tão gentis. Ah! O velho argumento infalível, talvez? Imagino... "A beleza é capaz de nos arrastar usando um único fio de cabelo". – Tio Roger lançou um olhar inquisitivo a Felicity.

Não sabíamos a que suas citações se referiam, mas entendemos que ele achava que Peter estava indo à igreja por causa de Felicity. Ela simplesmente jogou os cabelos para trás.

– Não tenho culpa se ele vai à igreja – alegou rapidamente. – Isso é coisa da Menina das Histórias.

Tio Roger se sentou à soleira da porta e entregou-se a um daqueles seus acessos de riso controlado, mas profundo, que nós todos considerávamos tão ofensivos. E então meneou a cabeça loira, fechou os olhos e murmurou:

– Não é sua culpa? Oh, Felicity, você vai acabar matando este seu tio se não tomar cuidado.

Felicity se afastou, toda ofendida, e nós a seguimos. Íamos pegar Sara Ray, lá no sopé do morro.

A igreja de Carlisle era antiga. Tinha uma torre quadrada por onde a hera subia cada vez mais alto. Olmos bem altos faziam sombra sobre ela e era completamente rodeada pelo cemitério. Muitas das lápides ficavam bem próximas às suas janelas. Sempre seguíamos pela trilha do canto para atravessar o campo santo, passando pelo lote dos Kings, onde nossos ancestrais de quatro gerações dormiam na solidão verdejante sobre a qual luz e sombra se revezavam.

Lá estava a lápide plana do bisavô King, feita com o arenito áspero da Ilha e já tão tomada pela hera que mal podíamos ler a longa inscrição na qual sua trajetória de vida estava resumidamente gravada, terminando com oito versos compostos por sua viúva. Não acredito que a poesia fosse o forte da bisavó King. Lembro-me de que, quando Felix leu seus versos, em nosso primeiro domingo em Carlisle, seu comentário foi de que parecia, mas não soava como poesia.

Ali também descansava em paz a Emily cujo espírito fiel supostamente assombrava o pomar. Edith, que beijara o poeta adormecido, não estava

A MENINA DAS HISTÓRIAS

entre os seus, porém; falecera num país muito distante, e o murmúrio de outro mar soava sobre sua sepultura.

Pedras de mármore branco sobre as quais se curvavam salgueiros chorões marcavam onde o vovô e a vovó King tinham sido sepultados, e uma pedra única de granito escocês ficava entre as sepulturas de tia Felicity e tio Felix. A Menina das Histórias parou ali por instantes para depositar um ramo de violetas azuis do campo, de perfume muito suave, sobre a sepultura de sua mãe; e leu em voz alta a frase que ali estava gravada:

– "Adoravelmente bons e gentis, pela vida eles passaram; e, na morte, não se separaram."

O som de sua voz nos trouxe a beleza e o afeto pungentes e imortais daquele belo lamento antigo. As meninas secaram as lágrimas que lhes vieram aos olhos, e nós, meninos, teríamos feito o mesmo se ninguém estivesse olhando. Que melhor epitáfio poderia alguém desejar do que ser lembrado por sua gentileza e bondade? Quando ouvi a Menina das Histórias ler aquelas palavras, jurei a mim mesmo que viveria de um modo que merecesse um epitáfio assim.

– Eu gostaria que minha família tivesse um lote no cemitério – Peter comentou com certa melancolia. – Não tenho nada que vocês têm. Os Craigs são simplesmente enterrados onde morrem.

– Eu gostaria de ser enterrado aqui quando morrer – Felix divagou. – Mas espero que isso ainda demore muito a acontecer – acrescentou, num tom mais leve, conforme nos dirigíamos à igreja.

O interior dela era tão antigo quanto o exterior. Era mobiliada com bancos quadrados para os fiéis, e o púlpito era desses com formato de taça de vinho, para o qual o pastor subia por uma estreita escada em caracol. O banco do tio Alec ficava bem lá na frente da nave, próximo ao púlpito.

A aparência de Peter não chamou a atenção que tínhamos esperado. Na verdade, ninguém pareceu sequer notá-lo. Os lampiões ainda não estavam acesos, e a igreja se enchia de uma claridade muito suave e de um silêncio tranquilizador. Lá fora, o céu se tingia de tons arroxeados e dourados com mesclas muito claras de prata e verde e um toque de rosa por trás das nuvens acima dos olmos.

– É tão tranquilo e sagrado aqui dentro, não? – Peter observou, num sussurro reverente. – Eu não sabia que as igrejas eram assim. É agradável.

Felicity olhou-o e franziu o cenho enquanto a Menina das Histórias apenas o tocou de leve com o pé, para lembrá-lo de que não se devia falar ali dentro. Peter se endireitou, entendendo, e ficou em silêncio durante todo o culto. Ninguém poderia ter se comportado melhor. Mas, quando o sermão terminou e a coleta de doações começou entre os presentes, ele acabou por conseguir a reação que sua entrada não tinha provocado.

Elder Frewen, um homem alto e pálido, com largas suíças amareladas veio até a ponta do nosso banco, trazendo um prato de coleta. Conhecíamos Elder Frewen muito bem e gostávamos dele. Era primo de tia Janet e a visitava com frequência. O contraste que havia entre seu jeito alegre durante a semana e a solenidade sublime de suas feições no domingo sempre nos parecera muito engraçado. E Peter pareceu perceber essa mudança também e ter a mesma impressão sobre ela porque, ao soltar sua moeda sobre o prato, caiu na risada.

Todos se voltaram para o nosso banco. Sempre imaginei como Felicity conseguiu não morrer de vergonha naquele momento. A Menina das Histórias empalideceu, e Cecily ficou vermelha como um tomate. Peter, coitado, encheu-se de culpa e vergonha e não mais ergueu a cabeça até o final da celebração.

Ele nos seguiu para fora da igreja e através do cemitério como um cachorro enxotado. Nenhum de nós disse uma palavra até chegarmos à estrada iluminada pela lua clara daquela noite de maio. Foi Felicity quem quebrou o silêncio ao observar, para a Menina das Histórias:

– Eu avisei!

Não houve resposta. Peter se adiantou até elas.

– Sinto muito, de verdade – desculpou-se. – Não foi minha intenção rir daquele jeito, mas escapou! Não pude me controlar!

– Não fale mais comigo – avisou a Menina das Histórias, como se lutasse por controlar a raiva que sentia. – Vá ser metodista, ou muçulmano, ou o que bem entender! Não me importa! Você me humilhou!

Ela acelerou os passos e se aproximou de Sara Ray, que caminhava mais à frente, e ambas se afastaram do grupo. Peter voltou para junto de nós, com uma expressão assustada no rosto.

– Mas o que foi que eu fiz para ela? – sussurrou. – O que significa essa palavra que ela disse: "humilhou"?

– Deixe para lá – respondi, sem muita paciência porque também achava que ele tinha nos deixado em situação embaraçosa. – Ela só está furiosa; e não admira que esteja. Por que riu daquele jeito, Peter?

– Ora, não foi de propósito! Tive vontade de rir duas vezes antes e me controlei! Foram as histórias dela que me fizeram rir. – Ele apontou para a Menina das Histórias. – E não acho justo que agora fique tão zangada. Ela não devia me contar coisas sobre as pessoas se não quer que eu ria quando as vejo. Quando vi Samuel Ward, por exemplo, quase pude vê-lo se levantar no culto, certa noite, e alegar que precisava ser guiado quando ficava contrariado ou deprimido. Lembrei-me de que ela o levou para fora e me deu vontade de rir. E depois olhei para o púlpito e me lembrei da história que ela contou sobre um velho pastor escocês que era gordo demais para passar pela portinhola do púlpito e que teve, então, de se apoiar com as mãos nos dois lados dele para tentar saltar por cima, mas se entalou e, ao falar com o outro pastor, atraiu a atenção de todo mundo para o que tinha feito. Ele disse: "Esta portinhola foi feita para espíritos passarem, não homens!" Eu não podia deixar de rir! E aí o senhor Frewen veio com o pratinho e me lembrei da história que ela contou sobre suas suíças: a esposa dele tinha morrido de inflamação nos pulmões e ele começou a cortejar Celia Ward, mas ela lhe disse que não se casaria com ele a menos que raspasse as suíças. Mas, como é teimoso, ele não o fez e, um dia, uma delas pegou fogo quando ele estava queimando folhas e galhos secos. Então todo mundo achou que ele teria de raspar a outra, já que aquela se fora. E ele não o fez! Ficou andando por aí com uma suíça só, esperando que a outra voltasse a crescer. Celia Ward, então, acabou cedendo e aceitou seu pedido de casamento porque viu que ele mesmo nunca iria ceder. E eu me lembrei dessa história bem naquela hora e imaginei como teria sido ele, com uma suíça só, todo solene, passando com o pratinho de coleta. E minha risada acabou saindo sem que eu pudesse me controlar.

Nós todos explodimos numa gargalhada quando ele terminou de falar. A senhora Abraham Ward, que passou naquele instante em sua carroça, ficou horrorizada com nosso comportamento. Ela foi à estância no dia seguinte para contar o que vira a tia Janet. Disse que tínhamos nos comportado escandalosamente quando voltávamos da igreja. Ficamos envergonhados porque sabíamos que as pessoas deviam agir de maneira decente e apropriada nas idas e vindas do culto. Mas, infelizmente, como acontecera com Peter, nossas risadas tinham criado vida própria.

Até mesmo Felicity não conseguiu se controlar e não ficou tão brava com Peter quanto se poderia esperar. Ela até caminhou ao lado dele e deixou que carregasse sua Bíblia. Os dois chegaram a conversar baixinho. Talvez ela o tenha perdoado com tanta facilidade porque, afinal, ele acabara de provar que as previsões que fizera se justificavam e isso deu a Felicity uma sensação de triunfo em relação à Menina das Histórias.

– Vou continuar a frequentar a igreja – Peter prometeu a Felicity. – Eu gostei. Os sermões são mais interessantes do que eu imaginava; e gostei da cantoria. Gostaria de poder me decidir logo entre ser presbiteriano ou metodista. Acho que vou conversar com os pastores a respeito disso.

– Não, não! Não faça isso! – Felicity protestou. – Os pastores não iam gostar de se aborrecer com uma dúvida assim.

– Por que não? Para que servem se não conseguem explicar a uma pessoa como chegar ao céu?

– Bem... Os adultos podem fazer perguntas a eles, claro. Mas não é respeitoso que meninos o façam, em especial meninos ajudantes de fazenda.

– Não vejo por quê. De qualquer maneira, talvez nem adiantasse porque um pastor presbiteriano me diria para ser presbiteriano, e um pastor metodista me diria para ser metodista. Afinal, Felicity, qual é a diferença entre as duas coisas?

– Ora, eu... eu não sei – ela respondeu, hesitante. – Acho que as crianças não entendem desses assuntos. Deve haver uma diferença enorme, com certeza. Se soubéssemos qual é... De qualquer modo, sou presbiteriana e gosto de sê-lo.

Continuamos a andar em silêncio por algum tempo, tomados por nossos próprios pensamentos. Mas eles logo se desvaneceram com a repentina e surpreendente pergunta que Peter fez a seguir:

– Qual é a aparência de Deus?

Ao que parecia, nenhum de nós fazia a menor ideia.

– A Menina das Histórias saberia nos dizer – Cecily observou.

– Eu gostaria de saber – Peter ponderou, todo sério. – Gostaria de ver uma gravura dele. Isso O tornaria bem mais real para mim.

– Eu mesma já me perguntei muitas vezes como Ele é – Felicity revelou. Parecia que até mesmo ela era capaz de ter pensamentos profundos.

– Já vi gravuras de Jesus – Felix lembrou. – Ele parece ser um homem como os outros, mas melhor, sabem? Mais bondoso. Mas, agora que vocês falaram nisso, eu também nunca vi uma gravura de Deus.

– Bem, se não havia uma em Toronto, certamente não deve haver em lugar nenhum – Peter comentou, um tanto decepcionado. E acrescentou: – Vi uma gravura do diabo certa vez, num livro que minha tia Jane tinha. Ela o ganhou como prêmio na escola. Minha tia Jane era muito inteligente.

– Não devia ser um livro muito bom, já que tinha uma gravura dessas – Felicity analisou.

– Ah, mas era muito bom, sim! – Peter rebateu, emburrado. – A tia Jane não teria um livro ruim.

Ele se recusou a continuar com o assunto, o que nos desapontou, já que nunca tínhamos visto uma gravura como a mencionada e estávamos muito curiosos a respeito.

– Vamos pedir a Peter para descrever a tal figura num outro momento qualquer, quando estiver mais bem humorado – Felix nos segredou.

– Lá adiante, Sara Ray tinha se virado para o caminho que levava ao portão de sua casa. Corri até lá para ficar ao lado da Menina das Histórias e continuar caminhando com ela. Começamos a subir a colina devagar. Ela já tinha recuperado sua tranquilidade de sempre, mas não fez referência alguma a Peter.

Quando chegamos ao caminho para a estância e passamos sob o grande salgueiro plantado pelo vovô King, o perfume que vinha do pomar nos atingiu como uma onda deliciosa. Podíamos ver as longas fileiras de árvores graças ao luar generoso daquela noite. Para nós, era como se aquele pomar em especial tivesse algo diferente dos outros que já tínhamos visto. Éramos jovens demais para analisar essa nossa vaga sensação. Nos anos que se seguiriam, seríamos capazes de entender que nós a sentíamos porque aquele pomar não produzia apenas flores de macieira, mas também todo o amor, a fé, a alegria, a felicidade imaculada e a tristeza profunda daqueles que o tinham criado e caminhado entre as suas árvores.

– O pomar parece ser um lugar completamente diferente à luz do luar – observou a Menina das Histórias com sonhos no olhar. – É lindo, mas diferente. Quando eu era pequenininha, acreditava que as fadas dançavam nele nas noites enluaradas. Gostaria de ainda acreditar nisso, mas não consigo.

– Por que não? – indaguei.

– Ah, é tão difícil acreditar em coisas que você sabe que não são verdadeiras!... O tio Edward foi quem me disse que fadas não existem. Eu tinha sete anos e, como ele é pastor, é claro que só podia estar falando a verdade. Era seu dever me contar e não posso culpá-lo, mas nunca mais consegui me sentir como antes em relação a ele.

E quem consegue se sentir como antes em relação às pessoas que destroem nossas ilusões? Eu poderia, um dia, perdoar a criatura embrutecida que me disse que Papai Noel não existia? Foi um menino, três anos mais velho do que eu, que agora deve ser um respeitável e útil membro da sociedade, benquisto por seus iguais. Mas sei muito bem o que ele é na minha opinião!

Esperamos à porta do tio Alec enquanto os outros chegavam. Peter se manteve meio que nas sombras, um pouco envergonhado ainda, mas a raiva que a Menina das Histórias demonstrara antes já tinha desaparecido por completo.

– Espere por mim, Peter! – ela chamou, indo até ele com a mão estendida. – Eu perdoo você – exclamou, cheia de graça.

Felix e eu tivemos um mesmo pensamento: seria muito bom deixá-la brava só para depois sermos perdoados com aquela voz tão doce.

Peter rapidamente tomou-a pela mão e confessou:

– Vou lhe dizer uma coisa, Menina das Histórias: sinto muito, mesmo, por ter dado risada na igreja, mas não precisa se preocupar porque jamais farei isso de novo. De jeito nenhum! E vou passar a frequentar a igreja e a Escola Dominical, e também vou fazer as minhas orações todas as noites. Quero ser como vocês. E sabe de mais uma coisa? Eu me lembrei de como a tia Jane costumava dar remédio para os gatos. Você pega o remédio, mistura com um pouquinho de banha e passa nas patas e nas laterais do corpo dele. Como não gosta de se sentir sujo, ele vai lamber tudo. Se Paddy não tiver melhorado amanhã, vamos fazer isso com ele.

Eles se afastaram, de mãos dadas, como as crianças costumam fazer, subindo o caminho formado pelos abetos no qual o luar incidia ao trespassar os ramos altos. E uma paz silenciosa se espalhou sobre aquela terra florida e suave, atingindo em cheio os nossos corações.

O MISTÉRIO DO MARCO DOURADO

No dia seguinte, Paddy foi besuntado com remédio misturado à banha. Todos nós assistimos ao ritual, embora a Menina das Histórias fosse a alta sacerdotisa. Depois, privado de tapetinhos e almofadas, ele foi mantido preso na tulha até ter lambido tudo e deixado seu pelo limpo novamente. Esse procedimento se repetiu todos os dias durante uma semana, e Pad finalmente recuperou sua saúde e bem estar costumeiros.

Quanto a nós, partimos para uma próxima aventura: coletar fundos para montar uma biblioteca na escola. Nosso professor achava que seria excelente se tivéssemos uma e sugeriu que cada aluno tentasse ver quanto dinheiro conseguiria arrecadar para o projeto durante o mês de junho. Podíamos ganhar esse dinheiro em troca de trabalho honesto ou angariar fundos através de arrecadação com amigos e conhecidos.

O resultado foi uma disputa acirrada entre os alunos para ver quem conseguia mais dinheiro. E essa disputa tornou-se ainda mais intensa em nosso círculo familiar.

A Menina das Histórias

Nossos parentes começaram nos dando um quarto de dólar cada. Sabíamos que teríamos de levantar o resto com nosso próprio esforço. A princípio, Peter saiu perdendo, já que não tinha familiares para financiá-lo.

– Se minha tia Jane fosse viva, ela teria me dado alguma coisa – alegou. – E, se meu pai não tivesse ido embora, também poderia ter me ajudado. Mas vou dar o melhor de mim. Sua tia Olivia diz que posso recolher os ovos para ela e que posso ficar com um ovo em cada dúzia para vendê-lo depois e juntar o dinheiro.

Felicity fez um acordo parecido com a mãe. A Menina das Histórias e Cecily receberiam dez centavos cada uma por semana se lavassem a louça em suas respectivas casas. Felix e Dan ficaram incumbidos de manter o jardim livre de ervas daninhas e pragas. Eu fui pescar trutas no riacho do vale de abetos e as vendi a um centavo cada.

Sara Ray era a única entre nós que não estava feliz. Ela não podia fazer nada. Não tinha parentes em Carlisle a não ser sua mãe, e esta não aprovava o projeto para financiar a biblioteca da escola, portanto não deu uma moeda sequer a Sara nem permitiu que encontrasse um meio de conseguir dinheiro. Para Sara, isso era uma humilhação indescritível. Ela se sentia à parte, uma verdadeira estranha em nosso pequeno círculo de amigos, no qual, todos os dias, cada membro contava, com prazer, as moedinhas que faziam crescer a quantia arrecadada.

– Acho que vou rezar para Deus me enviar algum dinheiro – Sara anunciou, por fim.

– Não acho que vá dar certo – Dan comentou. – Ele nos dá muitas coisas, mas não dinheiro, porque as pessoas conseguem ganhá-lo sozinhas.

– Eu não consigo! Ele deveria considerar minha situação! – Sara desafiou, com ousadia.

– Não se preocupe, querida – interferiu Cecily, que sempre estava pronta para consolar. – Se não conseguir dinheiro algum, todos saberão que não foi por sua culpa.

– Não vou ter coragem de ler nenhum livro da biblioteca se não colaborar com nada – Sara se lamentou.

Dan, as meninas e eu estávamos sentados lado a lado na cerca ao redor do jardim da tia Olivia enquanto observávamos Felix arrancar as pragas. Ele trabalhava bem, embora não gostasse desse serviço.

– Gordinhos não gostam, mesmo – Felicity comentou.

Ele fingiu não ter ouvido, mas eu sabia que ele ouviu, porque suas orelhas ficaram vermelhas. Felix nunca enrubescia, mas suas orelhas sempre o traíam. Quanto a Felicity, bem, ela não dizia esse tipo de coisas por maldade. Nunca lhe ocorrera que Felix não gostava de ser chamado de "gordinho".

– Sempre tenho pena das ervas daninhas, coitadinhas – a Menina das Histórias ponderou. – Deve ser muito triste ser arrancada pela raiz.

– Elas não deveriam crescer nos lugares errados – Felicity rebateu, sem piedade.

A Menina das Histórias, no entanto, prosseguiu, sem se deixar atingir:

– Acho que, quando as ervas daninhas vão para o céu, elas se transformam em flores.

– Você pensa cada coisa!...

– Um homem muito rico lá em Toronto tem um relógio de flores no jardim – eu me lembrei. – Igualzinho a um mostrador de relógio. E há flores nele que abrem conforme as horas, então é sempre possível dizer que horas são.

– Oh, eu gostaria de ter um desses aqui! – Cecily exclamou, embevecida.

– Para quê? – a Menina das Histórias indagou com certo desprezo. – Ninguém quer saber que horas são num jardim.

Nesse momento, decidi sair de fininho porque me lembrei de que estava na hora de tomar uma dose de sementes mágicas. Eu as tinha comprado de Billy Robinson três dias antes, na escola. Billy tinha garantido que essas sementes me fariam crescer depressa.

Eu havia começado, secretamente, a me preocupar por não estar crescendo. Tinha ouvido tia Janet dizer que eu seria baixo, como o tio Alec.

A Menina das Histórias

Eu adorava o tio Alec, mas queria ser mais alto do que ele. Então, quando Billy me revelou, exigindo segredo absoluto, que tinha sementes mágicas capazes de fazer meninos crescer e que me venderia uma caixinha delas por dez centavos, agarrei a oportunidade sem pestanejar. Billy era mais alto do que qualquer outro garoto da sua idade em Carlisle e me garantiu que isso acontecia porque ele próprio tomava as sementes mágicas.

– Minha altura era normal antes de eu começar a tomá-las – afirmou ele. – E olhe como estou alto agora. Eu as comprei de Peg Bowen. Ela é bruxa, você sabe. Jamais vou me aproximar dela de novo, nem por um quilo dessas sementes. Foi uma experiência terrível! Não me sobraram muitas, mas tenho o suficiente para garantir que eu cresça o quanto quero. Você deve tomar uma pitada delas a cada três horas enquanto anda para trás e não deve jamais contar a alguém que as está tomando, ou não vão funcionar. Eu não dividiria minhas sementes com ninguém além de você.

Eu me senti muito agradecido e um tanto arrependido por não ter gostado muito dele antes. Na verdade, ninguém gostava muito de Billy Robinson, mas jurei que me esforçaria por gostar dele no futuro. Dei a ele os dez centavos e, feliz da vida, tomei o remédio como prescrito, com o cuidado de medir minha altura diariamente, baseando-me numa marca que havia na porta do *hall*. Ainda não tinha notado nenhum avanço no meu crescimento, mas, afinal, tinha começado a tomar as sementes havia apenas três dias.

Certo dia, a Menina das Histórias teve uma ideia:

– Vamos pedir contribuições ao Homem Esquisito e ao senhor Campbell! Tenho certeza de que ninguém mais pediu porque ninguém em Carlisle é parente deles. E vamos juntos. Se nos derem alguma coisa, vamos dividir em partes iguais para cada um de nós.

Era uma proposta ousada aquela, já que tanto o Homem Esquisito quanto o senhor Campbell eram considerados pessoas excêntricas. O senhor Campbell, dizia-se, detestava crianças. Mas seguiríamos a Menina das Histórias até a morte, então na tarde do dia seguinte, um sábado, lá fomos nós.

Pegamos um atalho até o Marco Dourado, passando por um terreno comprido e muito verde, onde o sol parecia ter adormecido. A princípio, tudo nos pareceu pouco harmonioso. Felicity estava de mau humor; quis usar seu segundo melhor vestido, mas tia Janet lhe disse que as roupas escolares eram boas o suficiente para ir "se sujar por aí". Então, a Menina das Histórias chegou usando algo nada parecido com um segundo melhor vestido, mas, sim, um belo vestido com chapéu combinando que seu pai lhe enviara de Paris. Era um vestido de seda macia, em um tom de vermelho muito bonito; e o chapéu era de panamá, enfeitado com papoulinhas também vermelhas. Uma roupa assim jamais combinaria com Felicity ou Cecily, mas a Menina das Histórias ficou perfeita nela. Parecia haver calor, alegria, brilho naquele vestido porque era ela quem o estava usando, como se seu temperamento tão peculiar ficasse visível, palpável naquele colorido e naquela textura.

– Não achei que fosse usar seu melhor vestido para ir angariar dinheiro para a biblioteca – Felicity observou, mordaz.

– A tia Olivia disse que, quando você vai a um encontro importante com um homem, tem que se vestir da melhor forma possível. – A Menina das Histórias rodopiou e sorriu com o efeito criado pelo movimento em seu vestido.

– Tia Olivia mima você demais.

– Isso não é verdade, Felicity King! A tia Olivia é apenas uma mulher doce. Ela sempre me dá um beijo de boa-noite quando vou me deitar, e sua mãe nunca beija você!

– Minha mãe acha que beijos não devem ser algo corriqueiro, mas nos dá tortas deliciosas todas as noites no jantar!

– A tia Olivia também.

– Sim, mas olhe a diferença no tamanho dos pedaços! – Felicity não se daria por vencida. – E a tia Olivia só dá leite desnatado a você. Nossa mãe nos dá creme de leite!

– Pois o leite desnatado da tia Olivia é tão bom quanto o creme da sua mãe! – a Menina das Histórias já estava quase gritando.

A Menina das Histórias

– Meninas, não briguem – Cecily, a pacificadora, interveio. – O dia está tão bonito e vamos nos divertir muito se vocês não estragarem tudo brigando.

– Não estamos brigando! – Felicity protestou. – E eu gosto da tia Olivia, mas minha mãe é tão boa quanto ela, ora!

– É claro que é – a Menina das Histórias concordou. – Tia Janet é ótima.

Elas sorriram amigavelmente. Aliás, gostavam muito uma da outra por baixo de toda aquela aspereza criada quando não dividiam a mesma opinião.

– Uma vez, você disse que conhecia a história do Homem Esquisito – Felix lembrou à Menina das Histórias. – Por que não a conta para nós?

– Está bem – ela aceitou. – O problema é que não conheço a história inteira. Mas vou contar o que sei. Eu a chamo de "O Mistério do Marco Dourado".

– Acho que essa história não é verdadeira – Felicity interferiu. – A senhora Griggs inventou muito. Mamãe sempre diz que ela adora exagerar.

– Sim, mas acho que ela jamais conseguiria inventar tanto. Então, deve ser verdade. Seja como for, esta é a história, meninos. – E a Menina das Histórias começou a nos encantar com sua narrativa mais uma vez: – Vocês sabem que o Homem Esquisito vive sozinho desde que sua mãe morreu há dez anos. Abel Griggs é seu ajudante; ele e a esposa vivem numa casinha junto ao caminho que leva à casa do Homem Esquisito. A senhora Griggs é quem faz o pão e limpa a casa para ele de vez em quando. Ela diz que ele mantém tudo muito arrumado, mas, até o outono passado, havia lá um cômodo em que ela nunca tinha entrado, do lado oeste da casa, voltado para o jardim, e que estava sempre trancado. Um dia, no outono, o Homem Esquisito foi a Summerside, e a senhora Griggs foi limpar sua cozinha. Ela, então, andou por toda a casa para dar uma limpada e tentou abrir a porta desse cômodo. É uma mulher muito, muito curiosa. O tio Roger diz que as mulheres têm um grau de curiosidade que lhes é suficiente, mas que a senhora Griggs tem bem mais. Ela achou que a porta estaria trancada, como de costume. Mas não estava! Então a abriu e entrou. O que acham que ela encontrou lá dentro?

57

– Algo como... o quarto secreto do Barba Azul? – Felix sugeriu, em tom assustado.

– Não. Não! – a Menina das Histórias exclamou, com horror. – Algo assim jamais poderia acontecer aqui na Ilha do Príncipe Edward! Mas, mesmo que houvesse lindas esposas penduradas pelos cabelos em todas as paredes daquele quarto, a senhora Griggs não teria ficado mais espantada. O quarto nunca fora mobiliado na época da mãe do Homem Esquisito, mas agora estava decorado com móveis elegantes. E a senhora Griggs disse que não faz ideia de quando ou como aquela mobília entrou ali! Ela disse que nunca tinha visto uma casa de fazenda decorada daquele jeito. Era como se fossem um quarto e uma sala conjugados. No chão, havia um tapete de veludo verde e, nas janelas, lindas cortinas rendadas. Também havia belos quadros nas paredes. Numa delas, estavam a cama, branca e pequena, e uma penteadeira. Numa outra, ficava uma estante com livros, uma cadeira de balanço e um aparador sobre o qual havia uma cesta de costura. Um retrato de mulher estava na parte de cima da estante. A senhora Griggs disse que teve a impressão de ser uma fotografia colorida, mas ela não sabe de quem. De qualquer modo, era de uma moça muito bonita. A coisa mais impressionante de todas, porém, era que um vestido de mulher estava às costas de uma cadeira junto ao aparador. A senhora Griggs afirmou que aquele vestido nunca fora da mãe de Jasper Dale, já que aquela senhora considerava pecado vestir-se com qualquer outra coisa que não fosse lã ou algodão xadrez, e aquele vestido era de seda azul! Além do vestido, havia um par de sandálias de quarto também de seda e também azuis! Sandálias de salto alto! E sabem o que mais? Nas folhas de rosto dos livros, estava escrito o nome "Alice". Mas nunca houve nenhuma Alice entre os conhecidos dos Dale e nunca alguém soube que o Homem Esquisito tivesse uma namorada. Então? Não é um mistério interessante?

– É uma história bem estranha – Felix comentou. – Eu me pergunto se seria verdadeira e... o que significa de fato.

– Pretendo descobrir do que se trata – a Menina das Histórias prometeu. – Um dia qualquer vou fazer amizade com o Homem Esquisito e descobrir esse segredo chamado Alice.

A Menina das Histórias

– Não vejo como vai conseguir fazer amizade com ele – Felicity contrapôs. – Ele nunca vai a lugar algum, a não ser à igreja; só fica em casa e lê livros quando não está trabalhando. Mamãe diz que ele é um perfeito ermitão.

– Vou dar um jeito – insistiu a Menina das Histórias. E sabíamos que daria, mesmo. – Mas preciso esperar até ser um pouco mais velha, porque ele jamais contaria o segredo daquele quarto a uma menina. Também não devo esperar demais, já que ele tem medo de moças, pois acha que elas riem de sua esquisitice. Tenho certeza de que vou gostar dele. O senhor Dale tem um rosto calmo, mesmo sendo estranho. Ele me parece ser do tipo de homem a quem se pode contar coisas.

– Bem, eu gostaria de um homem que conseguisse se movimentar sem tropeçar nos próprios pés – Felicity opinou. – E a aparência dele, então? O tio Roger diz que ele é comprido, magro, ossudo e tenso.

– As coisas sempre parecem ser piores do que são de verdade quando o tio Roger as descreve. O tio Edward diz que Jasper Dale é muito inteligente e que é uma pena ele não ter terminado seu curso na faculdade. Ele esteve na faculdade por dois anos, sabiam? Mas aí o pai dele morreu e Jasper ficou em casa com a mãe porque ela tinha a saúde muito frágil. Acho que essa é a atitude de um herói! Fico pensando se é verdade que ele escreve poesia. A senhora Griggs diz que sim. Disse que já o viu escrever num livro de capa marrom; que não conseguiu se aproximar para ver o que ele estava escrevendo, mas que era poesia, com certeza, devido ao formato da escrita.

– É, pode ser. Se a história daquele vestido de seda azul for verdadeira, vou acreditar em qualquer coisa que se diga sobre ele – Felicity concluiu.

Já estávamos próximos ao Marco Dourado. A casa era grande, um tanto escurecida pela ação do tempo; videiras e roseiras subiam por suas paredes. Havia algo nas três janelas quadradas do segundo andar que dava a impressão de a casa estar piscando amigavelmente para nós através das videiras. Pelo menos, essa foi a opinião da Menina das Histórias. E, de certa forma, tivemos a mesma sensação assim que ela a descreveu.

Não entramos na casa. O Homem Esquisito estava no jardim e deu um quarto de dólar a cada um de nós para a biblioteca da escola. Não nos pareceu tímido nem esquisito, mas, afinal, éramos apenas crianças, e ele estava em seu território. Era um homem alto, esbelto, que não parecia ter quarenta anos, já que não tinha rugas na testa alta, e seus grandes olhos azuis conservavam o brilho da juventude. Também não havia fios prateados nos cabelos escuros e um tanto quanto compridos. As mãos e os pés eram grandes, e caminhava com uma certa inclinação do corpo.

Acho que acabamos por olhar para ele de uma forma um pouco rude enquanto a Menina das Histórias lhe falava. Mas, afinal, ele era o Homem Esquisito que vivia sozinho, mantinha um vestido de seda azul num quarto oculto, e possivelmente escrevia poesia. Isso não seria razão suficiente para atiçar nossa curiosidade e atrair nosso olhar fixo? Digam-me se não.

Quando saímos de lá, comparamos nossas impressões e descobrimos que tínhamos, todos, gostado dele, apesar de ter falado pouco e parecer ansioso por se ver livre da nossa presença.

– Ele nos deu o dinheiro como um verdadeiro cavalheiro – a Menina das Histórias analisou. – Senti que não agiu de má vontade. Bem, mas, agora, vamos ao senhor Campbell. Foi por causa dele que pus meu vestido vermelho. Acho que o Homem Esquisito nem o notou, mas, se não estou enganada, o senhor Campbell vai notar.

COMO BETTY SHERMAN CONSEGUIU UM MARIDO

Não compartilhávamos o entusiasmo da Menina das Histórias em visitar o senhor Campbell. Na verdade, estávamos apavorados com a ideia. Se, como se dizia, ele detestava crianças, que tipo de recepção nos aguardava?

O senhor Campbell era um fazendeiro rico e aposentado que levava uma vida boa. Tinha estado em Nova Iorque, em Boston e também em Toronto e Montreal. Tinha até chegado à costa do Pacífico! Assim, todos em Carlisle o consideravam um homem viajado; e dizia-se que era muito culto e inteligente. Sabia-se também que nem sempre estava de bom humor. Se gostasse de uma pessoa, não havia o que não faria por ela; mas, se não gostasse... Bem, se não gostasse, a pessoa logo saberia. Em resumo, tínhamos a impressão de que o senhor Campbell se assemelhava muito à famosa menina que conhecíamos e que tinha cabelos castanhos e uma bela voz. Quando era bom, podia ser extremamente bom; e, quando era mau, podia ser terrível. E se esse fosse um de seus dias terríveis?

– Vocês sabem que ele não pode nos fazer nada de mal – afirmou a Menina das Histórias. – Pode ser rude, mas isso não vai machucar ninguém, a não ser a ele próprio.

– "Palavras duras não quebram ossos" – citou Felicity filosoficamente.

– Mas podem ferir sentimentos – Cecily observou, em sua candura. – Tenho medo do senhor Campbell.

– Talvez fosse melhor desistirmos e voltarmos para casa – Dan sugeriu.

– Podem voltar se quiserem – a Menina das Histórias permitiu, com certa ironia. – Eu vou visitá-lo. Sei que posso lidar com ele. Mas, se eu for sozinha e ele me der alguma coisa, vou ficar com tudo, já estou avisando.

Isso definiu a situação. Não permitiríamos que ela ficasse à nossa frente em termos de arrecadação de fundos.

Foi a governanta do senhor Campbell quem nos recebeu e nos encaminhou à sala de visitas, para depois se retirar. O senhor Campbell não demorou a aparecer à porta e nos observou com ar inquisitivo. Nós nos animamos. Ele parecia estar em um dos bons dias, pois havia um leve ar de riso em seu rosto largo, forte, bem barbeado. Era um homem alto, de cabeça bem grande coberta por cabelos grossos, escuros, permeados de fios grisalhos. Os olhos também eram negros e grandes e havia muitas rugas em torno deles. E a boca de lábios finos tinha um contorno firme. Nós o achamos até bonito, considerando-se a idade que tinha.

Seu olhar passou por nós com certa indiferença, mas parou na Menina das Histórias, que estava sentada numa poltrona. Ela parecia um lírio vermelho delicado em sua atitude despretensiosamente graciosa. Um brilho de interesse faiscou nos olhos dele.

– Isto é uma comissão da Escola Dominical? – perguntou, irônico.

– Não. Viemos para lhe pedir um favor. – A Menina das Histórias foi direta. A magia de sua voz exerceu seu poder sobre o senhor Campbell, como acontecia a todo mundo.

Ele se adiantou, sentou-se, enfiou um polegar no bolso do colete e sorriu para ela.

– E que favor seria? – indagou.

A Menina das Histórias

– Estamos angariando fundos para formar a biblioteca da nossa escola e viemos pedir-lhe uma colaboração.

– Por que eu deveria colaborar com a biblioteca da sua escola?

Isso era um enigma para nós. Por que ele deveria colaborar, afinal? Mas a Menina das Histórias não se abalou. Inclinou-se para a frente e, com aquele seu indescritível feitiço na voz, nos olhos e no sorriso, respondeu:

– Porque uma dama está lhe pedindo.

O senhor Campbell soltou um riso abafado.

– Esse é o melhor dos motivos – comentou. – Mas, veja, minha jovem dama, sou um velho sovina, avarento mesmo, como já deve ter ouvido dizer. Detesto gastar meu dinheiro, mesmo que seja por um bom motivo. E nunca o desperdiço, a não ser que receba um benefício em troca. Agora pergunto: o que eu ganharia ao contribuir para sua bibliotecazinha? Absolutamente nada. No entanto, vou lhe fazer uma proposta. O traquinas do filho da minha governanta disse-me que você é especialista em contar histórias. Conte-me uma. Aqui e agora. E vou lhe pagar de acordo com o grau de entretenimento que conseguir me proporcionar. Vamos lá! Dê o melhor de si!

Havia um tom de escárnio em suas palavras que acendeu instantaneamente a impetuosidade da Menina das Histórias. Ela se levantou e uma transformação incrível pareceu ocorrer em todo o seu ser. Os olhos se acenderam, e as bochechas ganharam um belo tom rosado.

– Então vou lhe contar a história das meninas Shermans e de como Betty Sherman conseguiu um marido! – anunciou.

Todos prendemos a respiração. Ela tinha enlouquecido? Ou se esquecera de que Betty Sherman fora a própria bisavó do senhor Campbell e que o modo como ela conseguira seu marido não estava exatamente de acordo com as tradições próprias ao decoro?

Mas o senhor Campbell riu de novo.

– Será um excelente teste! – aceitou. – Se conseguir me entreter com essa história em particular, deve ser, de fato, uma contadora de histórias maravilhosa. Já a ouvi ser contada tantas vezes que meu interesse por ela é o mesmo que tenho pelas letras do alfabeto.

– Certo dia, num inverno muito gelado – começou a Menina das Histórias sem mais delongas –, há oitenta anos, Donald Fraser estava sentado junto à janela da sua casa nova, tendo por companhia o som de uma rabeca, que tocava enquanto olhava para a baía branca e congelada adiante de sua porta. Fazia muito, muito frio e uma tempestade estava se formando. Mas, com ou sem tempestade, Donald pretendia cruzar a baía nessa noite para ver Nancy Sherman. Ele pensava nela enquanto tocava "Annie Laurie", pois Nancy era ainda mais bonita do que a garota descrita naquela canção. "Seu rosto é o mais belo que a luz do sol já viu", Donald cantou, num murmúrio. E era isso exatamente o que pensava sobre Nancy. Não sabia se ela correspondia ao seu amor ou não, já que havia muitos concorrentes ao coração dela. Mas sabia que, se Nancy não viesse a ser sua esposa e a viver em sua companhia naquela casa, nenhuma outra jamais o faria. Então, continuou sentado ali, naquela tarde fria, sonhando com ela e tocando lindas canções antigas e modinhas animadas em sua rabeca. E, enquanto tocava, um trenó se aproximou e parou em frente à casa. Neil Campbell o conduzia. Donald não ficou muito satisfeito em vê-lo, já que suspeitava para onde estava indo. Neil Campbell era escocês, viera das Terras Altas e vivia em Berwick. E era também um dos pretendentes de Nancy Sherman. O pior, porém, era que o pai de Nancy tinha predileção por Neil porque era mais rico do que Donald Fraser. Donald, no entanto, não deixaria transparecer seus pensamentos. Os escoceses nunca o fazem. Assim, fingiu estar contente em vê-lo e o recebeu calorosamente. Neil se sentou junto à lareira; parecia estar feliz da vida.

Nesse ponto, ela fez uma pausa na história para explicar:

– A distância entre Berwick e a margem da baía era de mais ou menos dezesseis quilômetros, e fazer uma parada numa casa aconchegante era muito bom. Donald decidiu servir-lhe um uísque. Era costume, sabem, há oitenta anos. Se você fosse mulher, podia servir chá a suas visitas; mas, se fosse homem e não lhes oferecesse um trago de uísque, seria considerado muito mesquinho ou muito ignorante.

A Menina das Histórias

E então, tomando novo fôlego, prosseguiu:

– "Você parece estar com frio", disse Donald, com sua voz forte. "Venha mais para perto do fogo, homem, e aqueça o sangue dessas veias! O dia está gelado hoje. E agora conte-me as novidades de Berwick. Jean McLean já se decidiu por um noivo? E é verdade que Sandy McQuarrie vai se casar com Kate Ferguson? Eles fazem um belo casal! Sandy, com certeza, não vai deixar aquela beldade ruiva escapar". Neil tinha muitas novidades para contar. E, quanto mais uísque bebia, mais novidades contava. E nem percebeu que Donald não estava bebendo muito. Foi falando e falando e logo começou a revelar coisas que teria sido melhor não mencionar. Por fim, acabou por dizer que estava a caminho da casa de Nancy Sherman para, nessa mesma noite, pedi-la em casamento. E, se ela aceitasse, Donald e todos os habitantes da região veriam o que era uma festa de casamento de verdade. Donald foi pego de surpresa. Isso era muito mais do que esperava ouvir. Neil nem tinha cortejado Nancy por tanto tempo assim! Ele jamais poderia imaginar que o sujeito fosse pedi-la em casamento tão cedo! A princípio, ele não soube o que fazer. Sentia, bem no fundo do coração, que Nancy também o amava. Ela era muito tímida e recatada, mas uma moça sabe dar sinais a um rapaz de que gosta dele mesmo sendo discreta. Donald sabia, no entanto, que, se Neil a pedisse em casamento antes, estaria em vantagem. Era rico, e os Shermans eram pobres; além do mais, a palavra final seria do velho Elias Sherman, pai de Nancy. Se ele ordenasse à filha para se casar com Neil, ela nem sonharia em desobedecer. Elias era um homem autoritário, mas, se Nancy tivesse prometido se casar com outro antes da proposta de Neil, seu pai não a forçaria a quebrar a promessa feita.

A Menina das Histórias interrompeu sua narrativa novamente e olhou para cada um à sua volta.

– Que situação difícil para Donald, não? – perguntou. E prosseguiu seu relato: – Mas ele era escocês e, como sabem, um escocês não se deixa abater por muito tempo. E logo um novo brilho surgiu em seus olhos, pois ele se lembrou de que, no amor e na guerra, vale tudo. "Beba mais, Neil.

Beba!", instigou, em tom persuasivo. "Vai ajudá-lo a enfrentar o vento gelado lá fora. Vamos, mais um. Há muito mais de onde este veio". Neil nem precisou ser persuadido. Bebeu ainda mais e perguntou: "E você? Não vai cruzar a baía também?" Donald negou com a cabeça antes de dizer: "Pensei nisso, mas acho que uma tempestade vem aí, e meu trenó ficou na oficina do ferreiro para um conserto. Se eu fosse, teria que ser montando meu velho Black Dan, e ele teme um galope sobre o gelo tanto quanto eu em meio a uma tempestade. O melhor lugar para um homem estar nesta noite, meu caro Campbell, é junto ao fogo de sua lareira. Mas tome mais um gole, vamos!" Neil assim fez, de gole em gole, conforme o tempo passava, enquanto Donald se mantinha sóbrio, mas rindo por dentro, sempre insistindo para que o rival bebesse mais e mais. Por fim, a cabeça de Neil tombou sobre o peito, e ele adormeceu profundamente. Donald se levantou, vestiu o sobretudo, colocou o boné e saiu. "Que seu sono seja longo e suave, Neil", desejou, num sorriso. "Quando acordar... bem, aí acertaremos as contas". E desatou o nó que prendia a égua de Neil a uma estaca para depois subir no trenó e jogar sobre as costas a pele de búfalo que ali estava. "Vamos lá, Bess querida. Dê o melhor de si", disse à égua. "Muito mais do que você pode imaginar depende da sua velocidade. Se Campbell acordar a tempo e montar o velho, mas rápido Black Dan, pode apostar que ele vai nos alcançar e nos deixar para trás. Vamos lá, garota!" Bess lançou-se à superfície gelada com a leveza de uma corça enquanto Donald começava a imaginar o que diria a Nancy e, mais importante ainda, o que ela lhe diria em resposta. E se estivesse enganado? E se a resposta dela fosse um "não"? "Neil riria de mim", ele avaliou. Mas Neil estava mergulhado num sono profundo. Além disso, a tempestade se avizinhava. Com certeza, o vento forte formaria um grande redemoinho sobre a baía. "Espero que nada de mal aconteça a ele se decidir cruzar a baía mesmo assim", Donald continuou preocupando-se. "Quando acordar, vai estar tão furioso que nem vai pensar no perigo. Bem, Bess, estamos aqui nós dois. E vamos adiante! Donald Fraser, deixe o coração de lado e aja como homem! Não tema só porque os lindos olhos azuis de uma garota já

A Menina das Histórias

lhe pareceram desdenhosos". Apesar de suas palavras carregadas de coragem, o coração de Donald estava acelerado quando atravessou o jardim da casa dos Shermans. Nancy estava lá, ordenhando uma vaca junto à porta do estábulo, mas se levantou assim que o viu se aproximar. Ela era linda! Tinha cabelos claros que eram como uma cascata de seda dourada, e os olhos tinham um tom de azul igual ao das águas do golfo quando o sol surge após um temporal. Donald estava mais ansioso do que nunca, mas sabia que precisava aproveitar a oportunidade ao máximo. Talvez não se encontrasse a sós com Nancy novamente antes de Neil chegar. Tomou-a pela mão e começou a falar, com certo receio: "Nan, querida, eu amo você. Talvez ache que é precipitado da minha parte, mas essa é uma história que eu talvez venha a lhe contar um outro dia. Sei bem que não estou à sua altura, mas, se um homem pode se tornar digno de uma mulher através do amor que sente por ela, então não vou permitir que nenhum outro se declare a você antes de mim. Quer se casar comigo, Nan?" Nancy não respondeu se aceitava ou não. Mas toda ela pareceu mostrar-lhe que sim, e Donald a beijou lá fora mesmo, na neve. Na manhã seguinte, a tempestade já tinha passado, e Donald sabia que Neil devia estar em seus calcanhares. Ele não queria que a casa dos Shermans se tornasse o cenário de uma briga, então decidiu sair de lá antes que o rival aparecesse. Convenceu Nancy a fazer uma visita a alguns amigos no povoado vizinho e, quando estava conduzindo o trenó de Neil para a frente da casa, viu um ponto mais escuro no meio da baía. Sorriu e avaliou: "Black Dan é rápido, mas não vai chegar aqui a tempo". Meia hora depois, Neil entrou correndo pela cozinha dos Shermans. Estava cuspindo fogo. Não havia ninguém ali a não ser Betty Sherman, e Betty não tinha medo dele. Aliás, ela nunca teve medo de ninguém. Era uma garota bonita, de cabelos castanhos da cor das nozes de outubro, olhos escuros e rosto corado. E sempre fora apaixonada por Neil Campbell. "Bom dia, senhor Campbell!", ela saudou, com um balanço de cabeça. "Ainda é bem cedo! E vejo que veio montando Black Dan. Estou enganada ou Donald Fraser disse, certa vez, que seu cavalo preferido jamais seria montado por outro homem a não ser ele próprio?

Eu diria, porém, que uma troca não é roubo e que Bess é também um bom animal". "Onde está Donald Fraser?", Neil quis saber, já de punho erguido. "É a ele que procuro e é ele que vou encontrar! Onde ele se meteu, Betty Sherman?!" Ela não se abalou. "Donald Fraser deve estar bem longe daqui agora", gracejou. "Como é um sujeito prudente e tem juízo por baixo daqueles cabelos loiros, só poderia estar. Chegou aqui ontem ao fim do dia, com um cavalo e um trenó que não lhe pertencem, e pediu a Nan para se casar com ele. Lá no estábulo. Se um homem me pedisse em casamento ao lado de uma vaca, quando eu estivesse segurando um balde de leite, ele não receberia mais do que uma resposta fria. Mas Nan pensa de maneira diferente e lá ficaram, sentados até tarde, conversando. Fui acordada por minha irmã no meio da noite, quando ela veio se deitar, para ouvir uma linda história de amor. A história de um belo rapaz que deixou seu segredo escapar quando o uísque lhe tomou o bom senso e que depois adormeceu, permitindo assim que seu rival fosse se declarar à garota que ele amava e que acabou ficando com o outro. Conhece essa história, senhor Campbell?" "Ah, conheço, sim", Neil respondeu, alterado. "Donald Fraser saiu por aí para rir de mim e contar essa história, não foi? Mas ele vai parar de rir quando eu o encontrar! E vai haver outra história para ser contada!" "Ora, deixe-o em paz!", Betty repreendeu. "Não há por que ficar tão furioso! Só porque uma garota bonita prefere cabelos claros e olhos cinzentos a cabelos escuros e olhos azuis das Terras Altas? Você não é frágil como um passarinho, Neil Campbell! Se eu estivesse em seu lugar, mostraria a Donald Fraser que era capaz de conquistar uma garota com a mesma velocidade com que qualquer um das Terras Baixas consegue! Ah, sim, eu o faria! Muitas garotas aceitariam sua proposta de casamento, Neil! Eu, por exemplo. Por que não se casa comigo? Dizem que sou tão bonita quanto Nancy, e eu poderia amar você tanto quanto ela ama Donald. Poderia amá-lo muito mais, até."

Mais uma vez, a Menina das Histórias se dirigiu a nós:

– O que acham que Campbell respondeu? Claro, a única coisa que deveria responder: aceitou de imediato o que Betty lhe propôs. E, pouco

A MENINA DAS HISTÓRIAS

tempo depois, houve um casamento duplo! Dizem que Neil e Betty eram o casal mais feliz do mundo. Mais, ainda, do que Donald e Nancy! Assim, tudo ficou bem porque acabou bem.

A Menina das Histórias fez uma longa mesura, até a barra de seu vestido tocar o chão. Então voltou a se sentar na poltrona e olhou para o senhor Campbell toda afogueada, triunfante, ousada.

Já conhecíamos aquela história. Ela fora publicada num jornal de Charlottetown e a tínhamos lido no livro de recordações da tia Olivia, por meio do qual a Menina das Histórias também a conhecera. Mas nós a ouvimos contá-la extasiados. Eu anotei a história, da forma como ela a contou, mas jamais conseguirei reproduzir o encanto, a cor, a vida que ela deu a cada palavra. Era como se a história tivesse ganhado vida. Donald e Neil, Nancy e Betty tinham estado naquela sala conosco. Pudemos ver as expressões em seus rostos, ouvimos suas vozes, fossem elas alteradas ou suaves, zombeteiras ou alegres, nos sotaques das Terras Altas e Baixas. Percebemos toda a astúcia feminina, os sentimentos, o desafio na fala ousada de Betty Sherman. E acabamos por nos esquecer por completo do senhor Campbell.

Ele, em absoluto silêncio, buscou sua carteira, tirou dela uma nota e, muito sério, entregou-a à Menina das Histórias.

– Aqui estão cinco dólares para você – ofereceu. – Sua história valeu cada centavo. Você é, realmente, uma maravilha. Um dia, o mundo vai se dar conta disso. Já viajei muito, ouvi coisas muito boas, mas jamais apreciei uma narrativa tanto quanto essa, que acabou de fazer, de uma história tão gasta, tão antiga, que conheço desde que nasci. E, agora, você me faria um favor?

– Mas é claro que sim! – ela respondeu com prazer.

– Recite a tabuada.

Nós nos entreolhamos, chocados. O senhor Campbell era, de fato, excêntrico. Por que queria que a Menina das Histórias recitasse a tabuada? Até mesmo ela ficou surpresa. Mesmo assim, começou a recitar de pronto, de duas vezes um até chegar a doze vezes doze. E o fez de um jeito natural.

Mas sua voz ia mudando de tom conforme as tábuas de multiplicação se sucediam. Nunca imaginamos que a tabuada pudesse ser tão interessante. Enquanto ela seguia adiante com os números, o fato de que três vezes três era nove passou a ser delicadamente ridículo; cinco vezes seis quase nos trouxe lágrimas aos olhos; oito vezes sete tornou-se a coisa mais trágica e assustadora que já tínhamos ouvido; e doze vezes doze soou como um imponente toque de vitória ao som de um clarim.

O senhor Campbell assentiu, parecendo estar satisfeito.

– Achei, mesmo, que conseguiria – observou. – Outro dia, vi esta frase num livro: "A voz dela seria capaz de transformar a tabuada em algo encantador". E me lembrei dela quando ouvi a sua. Não acreditei que pudesse ser verdade, mas agora acredito.

E então ele nos deixou ir embora.

– Viram? – a Menina das Histórias comentou, no caminho de volta para casa. – Não é necessário ter medo das pessoas.

– Mas não somos todos Meninas das Histórias – Cecily observou.

Nessa noite, ouvimos Felicity e Cecily conversar em seu quarto.

– O senhor Campbell nem nos notou. Só teve olhos para a Menina das Histórias – Felicity queixou-se. – Se eu também tivesse colocado meu melhor vestido, talvez ela não tivesse sido o centro das atrações.

– Você acha que teria sido capaz de agir como Betty Sherman? – Cecily indagou, desconversando.

– Não. Mas aposto que a Menina das Histórias teria – foi a resposta rápida e direta.

UMA TRAGÉDIA DE INFÂNCIA

A Menina das Histórias foi passar uma semana em Charlottetown em junho, para visitar a tia Louisa. A vida pareceu perder a cor sem ela, e até mesmo Felicity admitiu sentir-se solitária. Mas, três dias depois de sua partida, Felix nos contou algo, no caminho de volta da escola, que, de imediato, acrescentou um pouco de sabor à nossa existência.

– Sabem de uma coisa? – começou ele, em tom solene, mas cheio de entusiasmo. – Jerry Cowan me contou, durante o intervalo desta tarde, que viu uma gravura representando Deus; que ela está em sua casa, num livro de capa vermelha que fala sobre a história do mundo. E que já o abriu para vê-la várias vezes!

Jerry Cowan tinha visto uma gravura de Deus? E várias vezes? Ficamos tão impressionados quanto Felix queria que estivéssemos.

– Ele disse como Deus é? – Peter interessou-se.

– Não. Disse apenas que era uma gravura de Deus caminhando pelo Jardim do Éden.

– Oh! – Felicity suspirou. Todos falávamos sussurrando quando se tratava de Deus, pois considerávamos e tratávamos o nome do Senhor com reverência, apesar da avassaladora curiosidade que nos consumia. – Oh, será que Jerry poderia levar o livro à escola e deixar que víssemos também?

– Pedi a ele para fazer isso assim que me contou – Felix revelou. – Jerry disse que poderia, mas que não ia prometer porque teria de pedir permissão à mãe. Se ela deixar, ele vai levá-lo amanhã.

– Oh, vou morrer de medo de olhar! – Sara Ray murmurou, trêmula.

Acho que todos partilhávamos seu medo, de certa forma. Mesmo assim, fomos à escola no dia seguinte fervilhando de curiosidade. E nos desapontamos. Talvez, durante a noite, Jerry Cowen tivesse caído em si; ou talvez sua mãe o tivesse feito ver o que pretendia fazer. O fato foi que ele alegou não poder levar o livro à escola, mas, se quiséssemos realmente ver a gravura, ele arrancaria a página que a continha e a venderia para nós por meio dólar.

Naquele início de noite, fomos ao pomar e formamos um conclave para discutir seriamente o assunto. Estávamos todos sem muito dinheiro, já que tínhamos doado praticamente tudo para a formação da biblioteca da escola. Mas chegamos ao consenso geral de que precisávamos ter aquela gravura, não importavam os sacrifícios financeiros que teríamos de fazer. Se pudéssemos dar mais ou menos sete centavos cada, teríamos a quantia necessária. Peter só pôde contribuir com quatro, mas Dan deu onze, para equilibrar o valor.

– Cinquenta centavos seria caro demais para pagarmos por qualquer outra gravura, mas isto é diferente – explicou.

– E ainda vamos ver o Jardim do Éden também – acrescentou Felicity.

– Vender a imagem de Deus! – Cecily murmurou, horrorizada.

– Somente um Cowan faria isso, mesmo! – Dan concordou.

– Assim que ela estiver em nossas mãos, vamos guardá-la dentro da Bíblia da família – Felicity decidiu, em tom solene. – É o lugar certo para ela estar.

– Mal consigo imaginar como deve ser!... – Cecily suspirou, sonhadora.

Todos nos sentíamos como ela. No dia seguinte, na escola, concordamos com os termos impostos por Jerry Cowan, e ele prometeu nos levar a folha com a gravura na tarde seguinte, na casa do tio Alec.

A Menina das Histórias

Na manhã do sábado, estávamos alvoroçados. Para nossa grande decepção, porém, começou a chover pouco antes do almoço.

– E se Jerry não trouxer a gravura por causa da chuva? – indaguei.

– Não se preocupe – Felicity garantiu. – Um Cowan faria qualquer coisa por meio dólar.

Após o almoço, todos lavamos as mãos e o rosto e nos penteamos. Isso sem que tivéssemos combinado de fazê-lo. As meninas puseram seus segundos melhores vestidos e nós, meninos, usamos camisas de colarinho. Todos partilhávamos a mesma sensação muda de que devíamos honrar aquela gravura da melhor forma possível. Felicity e Dan começaram a discutir por alguma coisa, mas pararam de pronto quando Cecily ralhou:

– Como ousam brigar quando estão a ponto de ver a imagem de Deus!?

Por causa da chuva, não pudemos nos reunir no pomar, onde pensávamos fazer negócio com Jerry. Não queríamos que os adultos estivessem por perto em nosso grande momento, então seguimos para a parte superior da tulha, no bosque de abetos, de cuja janela podíamos avistar a estrada e acenar para Jerry quando ele aparecesse. Sara Ray, muito pálida e tensa, juntou-se a nós. Ao que parecia, tivera um desentendimento com a mãe referente a sair de casa em tempo chuvoso.

– Sinto que fiz muito mal em vir contra a vontade da mamãe – lamentou, toda acabrunhada. – Mas eu não podia esperar mais! Queria ver a gravura com vocês!

Esperamos ali, olhando pela janela. O vale estava tomado pela névoa, e a chuva caía em pingos inclinados sobre o topo dos abetos. Durante nossa espera, porém, as nuvens pesadas começaram à se afastar e logo o sol voltou a brilhar, radiante. As gotas de chuva sobre as folhas dos abetos brilhavam, parecendo minúsculos diamantes.

– Acho que Jerry não virá – avaliou Cecily, quase com desespero. – A mãe dele deve ter pensado melhor e achado que seria horrível vender a gravura.

– Lá está ele! – Dan anunciou, num grito emocionado; e passou a acenar freneticamente da janela.

– Está trazendo uma cesta de pesca – Felicity estranhou. – Vocês acreditam que ele está trazendo a gravura numa cesta de pesca!?

Sim, ele a trouxe numa cesta de pesca, como vimos pouco depois, quando subiu a escada da tulha. A folha do livro estava embrulhada com jornal, em cima do arenque defumado contido na cesta. Nós lhe demos o dinheiro, mas não abrimos o jornal até que ele se foi.

– Cecily, você é a melhor de nós – Felicity murmurou. – Abra você.

– Oh, não sou melhor do que vocês – respondeu ela, sem voz. – Mas posso abrir se quiserem.

E o fez, com dedos trêmulos. Nós nos juntamos para ver. Mal respirávamos. Ela desdobrou o papel e o ergueu. E então vimos.

Sara começou a chorar.

– Oh, Deus é assim? – soluçou.

Felix e eu nada dissemos. Em nosso silêncio, havia decepção e um sentimento ainda pior. Então Deus era daquele jeito? Um ancião de cara amarrada e olhar repreensivo com cabelos brancos esvoaçantes e barba longa da mesma cor?

– Imagino que sim, já que esta é uma gravura que O representa – Dan respondeu, em tom de tristeza.

– Parece estar muito bravo – Peter opinou em sua simplicidade.

– Oh, gostaria de nunca ter visto essa gravura! – Cecily também chorava.

Todos nós gostaríamos, mas agora era tarde. A curiosidade nos levara ao Sagrado dos Sagrados que não deveria ser profanado por olhos humanos e estávamos sendo punidos.

– Eu bem que desconfiei – murmurou Sara entre as lágrimas. – Não era certo comprar nem olhar para a imagem de Deus.

Ali, sentindo-nos as piores das criaturas, ouvimos passos apressados e uma voz alegre que vinha de baixo:

– Crianças, onde vocês estão?

A Menina das Histórias tinha voltado! Em qualquer outro momento, teríamos corrido para encontrá-la, transbordando alegria, mas estávamos arrasados demais, infelizes demais para sequer nos movermos.

– O que aconteceu com vocês? – ela estranhou, ao aparecer no topo da escada. – Por que Sara está chorando? O que você tem na mão, Cecily?

– Uma imagem de Deus – ela soluçou. – É horrível! Feia! Olhe só!

A Menina das Histórias se aproximou e olhou. E uma expressão de descaso se formou em seu rosto.

– Vocês, com certeza, não acreditam que Deus seja assim – desdenhou, um tanto impaciente, enquanto seus lindos olhos brilhavam. – Porque não é. Não poderia jamais ser. Ele é lindo e maravilhoso. Estou surpresa com vocês, sabiam? Isso não passa de uma gravura de um homem velho e rabugento.

Uma chama de esperança surgiu em nossos corações, embora não estivéssemos totalmente convencidos.

– Não sei... – Dan duvidou. – Embaixo da gravura está escrito: "Deus no Jardim do Éden". Está impresso aqui.

– Bem, imagino que essa seja a imagem que o desenhista fazia de Deus – a Menina das Histórias analisou sem grande preocupação. – Mas não pode saber ao certo. Não mais do que vocês, já que nunca viu Deus.

– Muito bem. *Você* diz isso – Felicity contrapôs. – Mas também não sabe. Eu gostaria de achar que esta não é a imagem de Deus, mas não sei em que acreditar.

– Você pode não acreditar em mim, mas imagino que acredite no pastor. Vá perguntar a ele. Aproveite que ele está aqui neste exato momento, já que veio conosco na charrete.

Num outro momento qualquer, nenhum de nós teria perguntado fosse o que fosse ao pastor. Mas situações desesperadas exigem medidas desesperadas. Tiramos a sorte com hastes de palha para ver quem iria fazer a pergunta ao pastor, e o sorteado foi Felix.

– É melhor esperar até que o senhor Marwood saia e então alcançá-lo no caminho – a Menina das Histórias sugeriu. – Dentro de casa, você teria muitos adultos por perto.

Felix achou que era um bom conselho. E, pouco depois, quando o senhor Marwood já estava caminhando tranquilamente pela estradinha que levava para fora da estância, foi abordado por um garoto gordinho de rosto pálido e olhos determinados.

Estávamos ali também, mas esperamos, mais afastados.

– Bem, Felix, do que se trata? – perguntou o pastor com seu jeito bondoso.

– Por favor, senhor, Deus realmente é assim? – Felix mostrou-lhe a gravura. – Esperamos que não seja, mas queremos saber a verdade, e é por isso que o estou importunando. Por favor, desculpe-nos, mas diga a verdade.

O pastor olhou para o papel. Uma expressão severa tomou conta de seus olhos azuis, e ele quase franziu o cenho.

– Onde conseguiram isto? – perguntou.

Pronto! Começamos a respirar melhor.

– Compramos de Jerry Cowan. Ele a encontrou num livro de capa vermelha que fala sobre a história do mundo. Aqui diz que esta é a imagem de Deus.

– Não, não é. – O senhor Marwood parecia estar indignado. – Não existe uma imagem de Deus, Felix. Nenhum ser humano sabe como Ele é. Nem poderia saber. Não devemos nem tentar saber qual é Sua aparência. Mas, Felix, saiba que Deus é infinitamente mais bonito, mais amoroso, gentil e bondoso do que jamais poderíamos supor. Nunca acredite em algo diferente disso, meu rapaz. Quanto a isto, é sacrilégio. Pode levar e queimar.

Não sabíamos o que a palavra "sacrilégio" significava, mas sabíamos que o senhor Marwood tinha afirmado que aquela gravura não era a imagem de Deus. E isso nos bastou. Sentimos como se um peso enorme tivesse sido tirado de nossas cabeças.

– Não acreditei muito na Menina das Histórias – confessou Dan, aliviado e feliz –, mas, claro, o pastor sabe.

– Perdemos cinquenta centavos nisso – Felicity resmungou.

Tínhamos perdido bem mais do que cinquenta centavos, embora não tivéssemos percebido naquela época. As palavras do pastor removeram de nossa mente a crença de que Deus era como estava representado naquela

A Menina das Histórias

gravura, mas, em algum lugar bem mais profundo e duradouro, uma impressão se formara e nunca mais poderia ser apagada. O dano estava feito. Daquele momento até os dias atuais, pensar ou falar em Deus nos traria de volta, mesmo que involuntariamente, a visão de um velho severo, zangado. Esse era o preço a pagar por ceder à curiosidade que cada um de nós havia, como Sara Ray, pressentido que não deveria ser saciada.

– O senhor Marwood disse que devo queimar isto – Felix anunciou, mostrando a folha de papel.

– Não me parece uma atitude muito reverente – Cecily observou. – Mesmo que não seja a imagem de Deus, Seu nome está escrito embaixo.

– Enterre, então – sugeriu a Menina das Histórias.

E, de fato, depois do chá, enterramos a folha de papel bem fundo no bosque de abetos. E depois seguimos para o pomar. Era tão bom termos a Menina das Histórias de volta! Ela tinha enfeitado os cabelos com uma coroa de campânulas e nos parecia ser a imagem viva de rimas, histórias e sonhos.

– Campânula é um ótimo nome para estas flores, não acham? – observou ela. – Uma campânula é um sininho, e isso nos faz pensar em catedrais e sons de sinos. Que tal irmos até o Passeio do tio Stephen e nos sentarmos nos galhos da árvore grande? A grama está molhada, e eu conheço uma história, uma história verdadeira, sobre uma senhora idosa que vi quando estava na cidade na casa da tia Louisa; uma senhora adorável, com lindos cabelos prateados.

Depois da chuva, o ar parecia estar permeado de odores trazidos pelo vento morno que soprava de oeste. Um cheiro intenso de resina vinha dos pinheiros, misturado a um toque de menta e à essência silvestre das samambaias e da grama dos campos iluminados pelo sol; e, para arrematar, o leve aroma das pastagens distantes, junto às colinas.

Ao longo do Passeio do tio Stephen, florezinhas de tons claros se espalhavam, desabrochando em meio à a grama. Não sabíamos que nome tinham, e ninguém parecia saber sobre elas. Já estavam ali quando o bisavô King comprou aquelas terras. Nunca as vi em outro lugar, nem catalogadas em nenhum livro sobre botânica. Nós as chamávamos de Damas Brancas. A Menina das Histórias as batizara assim. Alegou que pareciam ser as almas de mulheres bondosas que tinham sofrido muito na vida e que, mesmo assim, sempre haviam sido muito pacientes. Eram muito graciosas e tinham um perfume suave e peculiar que só podia ser sentido de muito perto, mas que desaparecia se nos curvássemos sobre elas. Morriam logo se fossem arrancadas da terra e, embora alguns visitantes se encantassem com sua beleza e, muitas vezes, levassem consigo mudas e sementes, elas jamais cresciam em outro lugar.

– Minha história é sobre a senhora Dunbar e o capitão do navio *Fanny* – ela anunciou, acomodando-se num galho, a cabeça recostada ao tronco principal. – É uma história triste, mas linda e real. Adoro contar histórias que sei que aconteceram de verdade! A senhora Dunbar é vizinha da tia Louisa, lá na cidade. É uma mulher tão doce! Quando se olha para ela, mal se pode imaginar que passou por uma grande tragédia. Mas passou. Foi a tia Louisa quem me contou a história. Tudo aconteceu há muito, muito tempo. Parece-me que coisas assim, tão interessantes, aconteciam, mesmo, muitos anos atrás, mas não acontecem mais. A história se passou em 1849, quando houve a corrida do ouro na Califórnia. Tia Louisa disse que foi como uma febre. As pessoas aqui na Ilha também foram afetadas por ela, e muitos rapazes decidiram ir para a Califórnia para tentar encontrar ouro. Agora é fácil ir para lá, mas, naquela época, não era. Não havia as ferrovias de hoje e, se alguém quisesse ir à Califórnia, teria que ser de navio, passando pelo Cabo Horn. Era uma viagem longa e perigosa e, às vezes, demorava mais de seis meses. Ao chegar lá, não havia como mandar notícias para casa, a não ser fazendo o mesmo caminho de volta. Mais de um ano podia se passar até que a família da pessoa tivesse alguma notícia. Imaginem como ficava o coração das pessoas que tinham permanecido por aqui! Mas os jovens que seguiam para a Califórnia sequer pensavam nisso. Estavam fascinados pelo sonho do ouro. Arrumavam a mala e embarcavam no brigue chamado *Fanny*, que os levaria até lá. O capitão do *Fanny* é o herói da minha história. Seu nome era Alan Dunbar, e ele era jovem e muito bonito. Os heróis sempre são, como sabem. Mas a tia Louisa disse que ele era, mesmo. E estava apaixonado, loucamente apaixonado por Margaret Grant. Ela era uma beldade! Um sonho! Tinha olhos azuis muito suaves e cabelos loiros e macios. E, adivinhem? Amava Alan Dunbar tanto quanto ele a amava. No entanto, os pais dela eram contra esse romance e a proibiram de ver e de falar com Alan. Não que tivessem algo contra sua pessoa; o problema era a profissão. Não queriam que a filha desperdiçasse a vida casando-se com um homem do mar. Bem, ao saber que teria de levar o *Fanny* à California, Alan se desesperou. Não queria ir para um lugar tão distante e por tanto tempo, e deixar sua Margaret para trás. E Margaret sentiu que não poderia deixá-lo ir. Sei exatamente como ela se sentiu.

– Como pode saber? – Peter a interrompeu de repente. – Você nem tem idade para ter um namorado.

A Menina das Histórias olhou para ele com o cenho franzido. Não gostava de ser interrompida quando estava contando uma história.

– Isso não *se sabe. Sente-se* – rebateu.

Peter não se convenceu, mas recolheu-se à sua insignificância. E ela prosseguiu:

– Margaret acabou por fugir com Alan, e eles se casaram em Charlottetown. Ele pretendia levá-la consigo para a Califórnia no *Fanny*. Se a viagem já era difícil para os homens, seria ainda mais para uma mulher, mas Margaret arriscaria qualquer coisa por seu amor. Os dois tiveram três dias, apenas três dias de felicidade, e então veio o golpe. A tripulação e os passageiros do navio recusaram-se a aceitar que o Capitão Dunbar levasse sua esposa na viagem. Exigiram que ele a deixasse na cidade. E não houve como convencê-los a mudar de ideia. Dizem que Alan falou aos homens no deque da embarcação enquanto lágrimas desciam por seu rosto, mas eles não cederam, e o capitão foi obrigado a deixar Margaret para trás. Oh, que despedida triste foi aquela!

A voz da Menina das Histórias encheu-se de sofrimento, e lágrimas afloraram aos nossos olhos. Ali, no caramanchão do Passeio do tio

Stephen, choramos movidos pela dor de uma separação cuja angústia estivera adormecida por muitos anos.

– Depois da despedida – ela retomou –, os pais de Margaret a perdoaram e ela voltou para casa para esperar. E esperar. Oh, é tão terrível ter de esperar e não poder fazer nada além disso!... Margaret esperou por quase um ano. Deve ter parecido muito mais tempo para ela! Por fim, chegou uma carta, mas não era de Alan. Porque ele estava morto! Tinha morrido e sido enterrado na Califórnia. Durante todo o tempo em que Margaret havia pensado nele, ansiado por sua volta, rezado por sua segurança, ele jazia em sua distante e solitária sepultura.

Cecily se levantou, aos prantos.

– Oh, não continue! – implorou. – Não suporto ouvir mais.

– Não há mais. A história acaba assim. Esse foi o fim para Margaret. Ela não morreu, mas seu coração, sim.

– Eu gostaria de dar uma boa lição naqueles sujeitos que não deixaram o capitão levar a esposa! – esbravejou Peter.

– Ah, foi muito triste, mesmo – Felicity comentou enquanto passava os dedos pelas lágrimas. – Mas aconteceu há muito tempo e não adianta chorar agora. Vamos voltar para casa e comer alguma coisa. Fiz umas tortinhas de ruibarbo deliciosas nesta manhã.

Fomos. Apesar da decepção recente com a gravura e a tristeza pela história antiga, tínhamos um bom apetite. E Felicity sabia fazer tortinhas como ninguém.

SEMENTES MÁGICAS

Quando chegou a hora de reunirmos a quantia que tínhamos angariado para a biblioteca da escola, vimos que Peter foi quem conseguira mais dinheiro: três dólares. Felicity foi a segunda, com dois dólares e meio. Isso simplesmente porque as galinhas tinham sido muito produtivas.

– Se tivesse que pagar ao papai por todos os punhados de trigo com que alimentou as galinhas, senhorita Felicity, você não teria tanto dinheiro assim – Dan reclamou, com certo despeito.

– Mentira! – ela protestou. – As galinhas da tia Olivia também botaram muitos ovos, e ela mesma as alimentou com a quantia de grãos de sempre.

– Não faz mal – Cecily contemporizou. – Todos nós conseguimos um pouco para doar. Se vocês fossem como a coitadinha da Sara Ray, que não conseguiu juntar nada, aí, sim, poderiam ficar chateados.

Sara Ray, porém, tinha algo a doar. Ela veio nos ver depois do chá e estava radiante. Quando Sara Ray sorria (e ela não costumava desperdiçar sorrisos), até que ficava bonitinha, embora de um jeito meio lamurioso; uma covinha aparecia, ela mostrava os dentes certinhos, pequenos e brancos, um verdadeiro colarzinho de pérolas.

– Olhem! – anunciou. – Tenho aqui três dólares e vou doar tudo para o fundo da biblioteca. Recebi uma carta do tio Arthur, que está em Winnipeg, e ele me enviou este dinheiro. Disse para eu gastar como quiser, então mamãe não pôde impedir que eu doasse para a escola. Ela disse que é um desperdício enorme, mas sempre faz o que o tio Arthur quer. Rezei tanto para que Deus me mandasse algum dinheiro fosse como fosse, e agora ele está aqui! Estão vendo como a oração tem poder?

Acho que não ficamos tão altruisticamente felizes com a sorte de Sara quanto deveríamos. Tínhamos trabalhado duro para podermos dar nossas contribuições, ou optado pelo método não menos desagradável de pedir. E Sara tinha conseguido sua parte com reza; seu dinheiro praticamente caíra do céu, como num milagre.

– Ela rezou pelo dinheiro – Felix comentou depois que Sara Ray já tinha voltado para casa.

– Que jeito mais fácil de conseguir – Peter resmungou, ressentido. – Se não tivéssemos feito nada, somente rezado, quanto acham que teríamos conseguido? Não me parece justo!

– Ah, mas é diferente para Sara – Dan explicou. – Nós podíamos angariar fundos; ela, não. Mas vamos deixar isso de lado. Vamos para o pomar. A Menina das Histórias recebeu uma carta do pai hoje e vai lê-la para nós.

Fomos sem mais delongas. Uma carta do pai da Menina das Histórias era sempre um evento. E ouvi-la ler era quase tão bom quanto ouvi-la contar histórias.

Antes de virmos para Carlisle, o tio Blair Stanley não passava de um nome para nós. Agora ganhara personalidade. Suas cartas para a Menina das Histórias, os desenhos que lhe enviava e o fato de ela frequentemente mencioná-lo com adoração tinham-no tornado muito real. Sentíamos, na época, o que só iríamos entender de fato anos depois: que nossos parentes adultos em geral não aprovavam nem admiravam o tio Blair. Ele vivia num mundo diferente do deles. Nunca o tinham conhecido intimamente, muito menos o compreendido. Entendo agora que o tio Blair era um tipo boêmio. Uma espécie de vagabundo respeitável. Se fosse pobre, talvez tivesse sido um artista mais bem-sucedido. Mas era dono de uma pequena fortuna e, sem ter

A Menina das Histórias

que passar por necessidades, além de lhe faltar uma ambição a seguir, permaneceu sendo apenas um amador inteligente. De vez em quando pintava um quadro que mostrava sua habilidade; quanto ao resto do tempo, satisfazia-se em viajar pelo mundo, feliz e despreocupado. Sabíamos que a Menina das Histórias era considerada muito semelhante a ele tanto na aparência quanto no temperamento, mas havia nela muito mais paixão, intensidade e força de vontade: herança dos Kings e dos Wards. Jamais ficaria satisfeita em ser apenas uma tagarela contadora de histórias; fosse qual fosse a carreira que viesse a abraçar, seria capaz de dedicar-se a ela de corpo e alma.

Uma coisa, no entanto, o tio Blair conseguia fazer de modo único: escrever cartas. Que cartas ele escrevia! Em contrapartida, eu e Felix sentíamos certa vergonha das que o papai nos enviava. Ele falava muito bem, mas, como Felix costumava dizer, o que escrevia não valia um centavo. As cartas que nos mandara desde sua chegada ao Rio de Janeiro não eram mais do que rabiscos, orientando-nos a sermos bons meninos e não darmos trabalho à tia Janet, e incidentalmente acrescentando estar bem de saúde e com saudade. Felix e eu sempre ficávamos felizes ao receber suas cartas, claro, mas nunca as líamos em voz alta no pomar para um círculo de ouvintes interessados.

O tio Blair estava passando o verão na Suíça; e a carta que a Menina das Histórias estava lendo para nós, ali onde as frágeis Damas Brancas se espalhavam pela grama e o vento do oeste ora soprava devagar como um suspiro, ora com pressa, passando suavemente por nossos rostos com a *suavidade* das pétalas de um cardo, bem, essa carta veio cheia do *glamour* dos lagos suíços cercados por montanhas altas, dos chalés nos vales e dos milenares picos cobertos de gelo. Assim, escalamos o Mont Blanc, vimos o Monte Jungfrau desaparecer nas nuvens e caminhamos entre os pilares da prisão Bonnevard. Ao final, a Menina das Histórias contou-nos sobre O Prisioneiro de Chillon[3], nas palavras do poeta Lord Byron, mas com sua peculiar, encantadora voz.

---

[3] *O Prisioneiro de Chillon* é um poema escrito por Lord Byron a respeito de François Bonivard, uma rica autoridade eclesiástica, que ficou aprisionado por quatro anos no Castelo de Chillon, na Suíça. (N.T.)

– Deve ser maravilhoso ir à Europa – Cecily comentou, com ar sonhador.

– Eu irei um dia – afirmou a Menina das Histórias alegremente.

Nós a olhamos com uma admiração ao mesmo tempo reverente e incrédula. Para nós, naquela época, a Europa era quase tão remota e inalcançável quanto a lua. Era difícil imaginar que um de nós poderia, um dia, viajar para lá. Mas a tia Julia tinha ido e fora criada em Carlisle na mesma estância em que nos encontrávamos. Era, então, possível que a Menina das Histórias pudesse ir também, um dia.

– O que vai fazer lá? – Peter quis saber, com seu jeito prático de ver as coisas.

– Vou aprender a contar histórias para o mundo inteiro – foi a resposta dada com leveza, como num devaneio.

Aquele foi um entardecer adorável, tingido de dourado e marrom; o pomar e as terras da estância, mais adiante, cobriam-se de uma luminosidade rosada e de sombras que se tocavam. Mais para o leste, acima da casa do Homem Esquisito, o Véu de Noiva da Princesa Presunçosa flutuava no céu e logo foi marcado por tons mais densos de rosa, como se tivesse sido manchado pelo sangue do coração da princesa. Ficamos ali sentados, conversando, até que a primeira estrela apareceu, brilhando sobre a colina das faias.

Foi então que me lembrei de não ter tomado minha dose de sementes mágicas e me apressei em fazê-lo, embora estivesse começando a perder a fé em seu poder. Eu não crescera nada, como bem atestava a porta do *hall*.

Tirei a caixinha de sementes do meu baú e, no quarto inundado pela penumbra do entardecer, engoli a dose prescrita. E ouvi a voz de Dan logo atrás de mim:

– Beverley King, o que você tem nessa caixinha?

Enfiei a caixa de sementes de volta no baú e me voltei para confrontá-lo:

– Nada do seu interesse!

– É do meu interesse, sim. – Dan estava sério demais para dar atenção a palavras desafiadoras. – Olhe aqui, Bev! São sementes mágicas? E você as comprou de Billy Robinson?

A Menina das Histórias

Dan e eu nos olhamos com desconfiança.

– O que você sabe sobre Billy Robinson e as sementes mágicas? – perguntei.

– Vou lhe dizer o que sei: comprei uma caixa dele por... por certa quantia. Ele disse que não ia vender para mais ninguém. Mas vendeu para você, não foi?

– Sim, vendeu – admiti a contragosto, pois estava começando a entender que as sementes mágicas de Billy não passavam de uma grande fraude.

– E para quê? – Dan estranhou. – Sua boca tem o tamanho normal.

– Minha boca? As sementes não têm nada a ver com a minha boca. Ele disse que me fariam crescer, mas não fizeram! Nem um centímetro sequer! Não vejo por que você as comprou também, já que é bem alto.

– Comprei para diminuir minha boca – Dan explicou, com um meio sorriso envergonhado. – As meninas da escola riem de mim por causa dela. Kate Marr até disse que ela parece uma rachadura numa torta que passou do ponto. Billy disse que as sementes a encolheriam um pouco.

Então, era isso! Billy enganara nós dois! Talvez nem fôssemos as únicas vítimas da sua malandragem. Naquele momento, porém, não tínhamos como saber. Na verdade, o verão já estaria praticamente no fim quando nos seriam reveladas, em toda a sua extensão, a perversidade e a falta de vergonha de Billy Robinson. Mas vou adiantar neste capítulo a sucessão de golpes que ele empreendeu.

Todos os alunos da escola de Carlisle, ao que parecia, tinham comprado as tais sementes mágicas e feito uma promessa solene de manter a transação em segredo. Felix tinha acreditado, todo feliz, que elas o fariam emagrecer; os cabelos de Cecily se tornariam naturalmente cacheados, e Sara Ray nunca mais teria medo de Peg Bowen; Felicity seria tão inteligente quanto a Menina das Histórias, e a Menina das Histórias teria os mesmos dotes culinários de Felicity. Para que Peter havia comprado as sementes continuou sendo segredo por mais algum tempo. Por fim, na noite anterior ao que achávamos que seria o Dia do Julgamento Final, Peter me confessou que tinha comprado e tomado as sementes na esperança de que Felicity viesse a se interessar por ele. Billy tinha, então, com muita sagacidade, jogado com nossas fraquezas para tirar proveito delas.

O ponto máximo da humilhação ocorreu quando descobrimos que as sementes mágicas não passavam de cominho, que crescia em abundância na propriedade do tio de Billy, em Markdale. Peg Bowen nada tinha a ver com elas.

Bem, todos tínhamos sido vilmente enganados. Não alardeamos o engodo, porém; nem chamamos Billy às falas. Achamos que, quanto menos tocássemos no assunto, melhor seria. Tomamos muito cuidado para que os adultos não ficassem sabendo, em especial o terrível tio Roger.

– Deveríamos saber que não podemos confiar em Billy Robinson – Felicity comentou, ao trazer o assunto à tona certa noite quando tudo já tinha sido descoberto. – Afinal, o que se pode esperar de um porco a não ser grunhidos?

Não nos surpreendeu o fato de Billy Robinson ter contribuído com a maior quantia para o fundo da biblioteca da escola. Cecily comentou que não queria ter uma consciência pesada como a dele. Mas acho que ela media a culpa que o patife poderia sentir através de seus próprios valores. Duvido que as ações de Billy lhe pesassem, de algum modo, na consciência.

UMA FILHA DE EVA

– Detesto pensar que vou crescer – comentou a Menina das Histórias, pensativa. – Porque, quando for adulta, não vou mais poder andar descalça e ninguém mais vai ver como meus pés são bonitos.

Estava sentada ao sol na beirada da janela do palheiro, no enorme celeiro do tio Roger. E os pés descalços que mostrava abaixo do vestido estampado eram, sim, lindos: pequenos, bem feitos e macios como cetim; a parte superior deles formava um arco suave, os dedos eram delicados, e as unhas tinham um tom rosado, parecendo minúsculas conchinhas do mar.

Estávamos todos no palheiro. A Menina das Histórias estivera até agora nos contando uma delas: "um conto sobre tristes, antigos fatos distantes e batalhas emocionantes".

Felicity e Cecily estavam recolhidas a um canto, e os meninos estavam espalhados ociosamente sobre os fardos de feno perfumados, aquecidos pelo sol. Havíamos arrumado o feno no palheiro para o tio Roger naquela manhã, então achávamos que tínhamos o direito de relaxar em nosso "sofá" perfumado. Palheiros são lugares deliciosos onde a sombra existe no ponto certo e onde barulhinhos esquisitos nos dão um toque de mistério muito agradável. Andorinhas voavam sobre nós, entrando e saindo dos ninhos, e, quando um raio de sol mais ousado penetrava por uma fenda, o ar parecia se inundar de lindas partículas douradas. Do lado de fora víamos a imensidão do céu ensolarado e intensamente azul, no qual flutuavam nuvens fofas que faziam lembrar embarcações leves num oceano sem fim. O ar estava leve, alegre e, nele, os topos dos abetos e dos bordos pareciam espiar para dentro, querendo nos ver.

Pad estava ali conosco, claro, perambulando furtivamente aqui e ali ou dando saltinhos rápidos e sem propósito em direção às andorinhas, mesmo sem poder pegá-las. Um gato num palheiro é um lindo exemplo de como as coisas se encaixam perfeitamente no mundo. Não tínhamos até então ouvido falar dessa perfeição entre elas, mas todos tínhamos consciência de que Paddy estava em seu lugar certo ali, no palheiro.

– Acho que é muita presunção falar sobre o que temos de bonito – Felicity reprovou.

– Não sou nem um pouco presunçosa – respondeu a Menina das Histórias, coberta de razão. – Não é presunção reconhecer seus próprios pontos fortes. Seria muita estupidez não o fazer. Presunção é quando a pessoa se vangloria dos próprios dons. Não sou bonita. Meus únicos pontos fortes são meus cabelos, meus olhos e meus pés. Assim, acho muito errado que um desses traços tenha de ficar encoberto na maior parte do tempo. Fico sempre contente quando está quente e posso andar descalça. Mas, quando crescer, meus pés terão de ficar cobertos o tempo todo, o que é injusto!

– Você vai ter que calçar meias e sapatos para ir ao *show* da lanterna mágica hoje à noite – Felicity observou, num tom que traía sua satisfação.

– Não sei... Estou pensando em ir descalça.

– Não ousaria! – Felicity horrorizou-se. – Sara Stanley, não pode estar falando a sério!

A Menina das Histórias piscou para mim e Felix, que estávamos junto dela, no lado oposto a Felicity. A parte do seu rosto voltado para as meninas, porém, não moveu um só músculo. Ela bem que gostava de provocar Felicity de vez em quando.

– Eu o faria se quisesse – insistiu. – Por que não, se meus pés estiverem limpos como minhas mãos e meu rosto?

– Não! Não pode fazer isso! Seria um horror! – A pobre Felicity estava à beira do desespero.

– Fomos à escola descalços o mês de junho inteiro – ela argumentou, maldosa. – Qual é a diferença entre ir descalça à escola à luz do dia e ir à noite?

– Toda a diferença do mundo! – Felicity não se conformava. – Não sei como explicar, mas todo mundo sabe qual é a diferença. Você mesma sabe. Oh, por favor, Sara, não faça isso!

– Então está bem. Não vou fazer só para agradar você – a Menina das Histórias fingiu concordar. Teria preferido morrer a ir de pés nus a um evento público.

Estávamos muito animados com o *show* da lanterna mágica que um artista itinerante ia dar no prédio da escola naquela noite. Até mesmo Felix e eu, que já tínhamos visto esse tipo de *show* várias vezes, estávamos interessados. Os outros estavam simplesmente alucinados de curiosidade. Nunca houvera algo assim em Carlisle e todos iríamos, inclusive Peter. Ele ia a toda parte conosco agora. Frequentava a igreja, a Escola Dominical, e seu comportamento era irrepreensível, como se tivesse sido criado num mosteiro. Ponto para a Menina das Histórias, já que fora ela a responsável por ter convencido Peter a dar o primeiro passo no caminho correto. Felicity acabara por resignar-se, embora o remendo fatal na calça dele ainda a incomodasse terrivelmente. Ela chegou a dizer que não conseguia se concentrar nos cânticos na igreja porque Peter se levantava nesse momento e todos ali podiam ver o tal remendo. A senhora James Clark, cujo banco ficava logo atrás do nosso, não tirava os olhos dele. Pelo menos, era o que Felicity garantia.

As meias de Peter, entretanto, estavam todas cerzidas. A tia Olivia cuidara disso ao ouvir sobre a forma engenhosa que ele encontrara para esconder os furos delas naquele seu primeiro domingo na igreja. Ela também lhe deu uma Bíblia, da qual Peter sentia tanto orgulho que somente a usava em último caso.

89

– Acho que vou embrulhá-la e guardá-la na minha caixa – comentou certa vez. – Tenho uma Bíblia velha lá em casa, que foi da minha tia Jane e que posso usar à vontade. Deve ser igual, não? Mesmo sendo velha.

– Ah, é sim – Cecily garantiu. – A Bíblia é sempre a mesma.

– Ah, que bom! Achei que talvez tivessem feito alguns melhoramentos nela desde a época da tia Jane. – Ele respirou aliviado.

– Vejam! Sara Ray está vindo pela estrada e está chorando! – Dan anunciou. Estava espiando por um buraco na madeira, do outro lado do palheiro.

– Ela chora metade do tempo – Cecily observou, com certa impaciência. – Deve gastar um quarto de seu estoque de lágrimas por mês. Há momentos em que é impossível não chorar; quando passo por esses momentos, procuro esconder o choro. Mas ela, não. Sempre chora em público.

A lacrimosa Sara logo chegou ao celeiro e subiu para junto de nós. Descobrimos que o motivo do choro era o fato de sua mãe a ter proibido de ir ao *show* da lanterna mágica. E não houve como não sermos solidários por ela ter sofrido tamanha maldade.

– Mas ontem ela disse que você podia ir! – indignou-se a Menina das Histórias. – Por que mudou de ideia?

– Por causa do sarampo em Markdale – Sara soluçou. – Ela disse que Markdale está infestado de sarampo e que, com certeza, haverá pessoas de lá no *show*. Então não posso ir. E nunca vi um *show* da lanterna mágica! Nunca vi coisa alguma!

– Acho que não há perigo de pegarmos sarampo – Felicity analisou. – Se houvesse, não deixariam que fôssemos.

– Eu gostaria de pegar sarampo! – Sara protestou, em tom desafiador. – Talvez assim eu significasse alguma coisa para mamãe.

– E se Cecily for com você até sua casa para tentar convencer sua mãe? – a Menina das Histórias sugeriu. – Talvez assim ela deixasse você ir, já que gosta de Cecily. Não gosta de Felicity, nem de mim, então só pioraria as coisas se fôssemos.

– A mamãe está na cidade. Foi para lá com o papai nesta tarde e só vão voltar amanhã. Não há ninguém lá em casa a não ser eu e Judy Pineau.

A Menina das Histórias

– Então por que você simplesmente não vai ao *show*? Ela não vai saber se você conseguir convencer Judy a não dar com a língua nos dentes.

– Mas isso seria errado! – Felicity se intrometeu. – Não deveria sugerir que Sara desobedeça à sua mãe.

Pela primeira vez, Felicity estava com a razão. A sugestão da Menina das Histórias era errada; e, se tivesse sido Cecily a protestar, ela provavelmente lhe teria dado ouvidos e não seguido adiante no assunto. Felicity era, no entanto, uma dessas pessoas cujos protestos contra o que era errado serviam apenas para empurrar o pecador ainda mais para dentro do pecado.

A Menina das Histórias se ressentiu com o tom superior usado por ela e passou a insistir ainda mais com Sara. Preferimos não nos intrometer. Afinal, avaliamos, Sara era quem devia decidir.

– Eu bem que gostaria de ir – declarou –, mas não posso pegar minhas roupas de sair. Estão guardadas no quarto de hóspedes, e a mamãe trancou a porta por medo de que alguém mexesse no bolo de frutas que deixou lá também. Não tenho nada para vestir a não ser o vestido xadrez da escola.

– Ele é novo e bonito – a Menina das Histórias avaliou. – E podemos lhe emprestar algumas coisas. Posso emprestar minha gola de renda. Vai deixar seu vestido xadrez muito mais elegante. E Cecily pode lhe emprestar seu segundo melhor chapéu.

– Mas não tenho sapatos. Nem meias! Também estão trancados no quarto de hóspedes.

– Posso emprestar um par dos meus – Felicity ofereceu. Ela, provavelmente, achou que, se Sara estava disposta a ceder à tentação, deveria, pelo menos, estar bem vestida no momento do pecado.

E, assim, Sara cedeu. Quando a voz da Menina das Histórias se envolvia na tentação, era difícil demais resistir, mesmo que se quisesse.

Naquele começo de noite, quando nos dirigimos à escola, Sara Ray estava entre nós, adornada com objetos alheios.

– E se ela pegar sarampo? – Felicity aventou.

– Não deve haver alguém de Markdale lá – a Menina das Histórias argumentou. – O artista vai a Markdale na semana que vem. Eles vão esperar que chegue.

91

A noite começava fria e úmida. Seguimos, animados, pela colina. O sol se punha sobre o vale de bétulas e abetos, colorindo o céu de amarelo e de um tom que lembrava o avermelhado sem, propriamente, o ser, e no qual a lua começava a surgir. O ar tinha um aroma leve vindo dos campos de feno ceifados nos quais faixas de trevos tinham se inclinado ao sol durante o dia. Rosas silvestres cresciam, apoiadas às cercas, e as margens da estrada salpicavam-se de botões-de-ouro.

Aqueles de nós que estavam com a consciência limpa desfrutaram a caminhada até a escola de paredes caiadas aconchegada no fundo do vale. Felicity e Cecily seguiam lado a lado, íntegras e satisfeitas. A Menina das Histórias caminhava, altiva, em seu vestido vermelho de seda. Seus lindos pés tinham sido escondidos em botinhas parisienses que eram a inveja das meninas da escola de Carlisle.

Sara Ray, porém, não estava feliz. Trazia tamanha melancolia no rosto que a Menina das Histórias perdeu a paciência. Ela mesma não estava muito à vontade; talvez sua consciência estivesse pesada, mas jamais admitiria.

– Olhe aqui, Sara! – ralhou. – Ou você segue meu conselho e se lança de cabeça nesta aventura ou, simplesmente, não vai! Esqueça se é certo ou errado. Não adianta nada ser desobediente se você estraga sua diversão querendo ser, o tempo todo, bem comportada. Arrependa-se depois! De que adianta ficar dividida entre o bem e o mal!?

– Não estou arrependida – Sara defendeu-se. – Só estou com medo de que a mamãe descubra.

– Ah! – A voz da Menina das Histórias saiu carregada de desdém. Podia até entender e solidarizar-se com o remorso da amiga, mas, definitivamente, não conhecia o medo. – Judy Pineau não jurou a você que guardaria segredo?

– Sim, mas alguém que me veja lá pode contar à mamãe.

– Bem, se está com tanto medo, é melhor não ir – Cecily interferiu. – Não é tarde demais. Ali está o portão da sua casa.

Sara não conseguiria desistir da alegria em ver o *show*, porém. E passou direto por seu portão. Era a prova viva de que transgredir não é fácil, mesmo quando se trata de uma menininha transgressora de apenas onze anos.

O *show* da lanterna mágica foi magnífico. O artista era muito inteligente. Voltamos para casa repetindo as histórias engraçadas que contou e rindo delas novamente. Sara, que não se divertira em momento algum, pareceu sentir-se mais animada quando o *show* terminou e ela pôde, enfim, voltar para casa. A Menina das Histórias, no entanto, estava um tanto quanto triste.

– Havia pessoas de Markdale no *show* – confidenciou a mim. – E os Williamsons são vizinhos dos Cowans, que estão com sarampo. Se, ao menos, eu não tivesse incentivado Sara a ir!... Mas não conte a Felicity o que acabei de dizer. Se Sara tivesse se divertido, eu não me importaria que você contasse, mas pude ver que ela não estava feliz. Assim, agi errado e fiz com que ela também agisse. E de nada adiantou!

A noite estava perfumada e misteriosa. O vento parecia tocar uma melodia suave nos juncos à margem do riacho. O céu escuro estava decorado com inúmeras estrelas, como se a Via Láctea espalhasse fitas de luzes pelo espaço.

– Há quatrocentos milhões de estrelas na Via Láctea – Peter observou, de repente. Ele frequentemente nos surpreendia por ter um conhecimento muito maior do que se poderia esperar de um ajudante de fazenda. Tinha uma memória formidável e jamais se esquecia de alguma informação que tivesse lido ou ouvido. Os poucos livros que sua muito mencionada tia Jane havia deixado tinham preenchido sua mente com uma miscelânea de dados que, às vezes, fazia com que Felix e eu duvidássemos se sabíamos mais do que ele, afinal. Felicity ficou tão impressionada com o conhecimento que Peter demonstrou ter sobre astronomia que deixou de caminhar com as outras meninas para seguir junto dele. Nunca fizera isso antes, porque Peter andava descalço. Os fazendeiros permitiam que os meninos contratados para os ajudar fossem descalços a eventos públicos, desde que estes não acontecessem na igreja. Não havia nada de mal nisso. Felicity, no entanto, jamais caminharia ao lado de um menino sem sapatos. Mas, como estava escuro agora, talvez ninguém notasse os pés dele.

– Conheço uma história sobre a Via Láctea – disse a Menina das Histórias, subitamente animada. – Eu a li num livro da tia Louisa, lá na cidade, e a memorizei. Certa vez, havia dois arcanjos no céu. Um se chamava Zerah, e o outro, Zulamith.

– E os anjos têm nomes? Igual às pessoas? – Peter a interrompeu.

– Sim, claro. Eles têm que ter. Seriam todos confundidos uns com os outros se não tivessem.

– E, quando eu me tornar um anjo, se é que serei um, meu nome continuará a ser Peter?

– Não. Você terá outro nome lá em cima – Cecily interferiu, em tom gentil. – Está escrito na Bíblia.

– Ah! Que bom! Porque "Peter" seria um nome engraçado para um anjo. – Ele pareceu aliviado, mas ainda curioso: – E qual é a diferença entre anjos e arcanjos?

– Arcanjos são anjos que foram anjos por tanto tempo, que puderam se tornar melhores, mais brilhantes e mais lindos do que os anjos mais jovens – a Menina das Histórias explicou, provavelmente inventando essa justificativa no momento, só para fazer com que Peter parasse de fazer perguntas.

– Quanto tempo leva para um anjo se tornar um arcanjo? – ele insistiu.

– Ah, sei lá! Talvez milhões de anos. Mesmo assim, acho que não são todos os anjos que conseguem. Acho que a grande maioria deles continua sendo anjos apenas.

– Eu ficaria satisfeita em ser apenas um anjo – Felicity comentou com modéstia.

– Se vocês vão ficar interrompendo e discutindo sobre cada detalhe, nunca vamos ouvir a história toda – reclamou Felix. – Fiquem quietos e deixem a Menina das Histórias continuar.

Assim fizemos, e ela prosseguiu:

– Zerah e Zulamith se amavam, como os mortais se amam, mas isso é proibido pelas leis do Altíssimo. E, por terem infringido uma das leis de Deus, eles foram banidos de Sua presença e enviados aos limites mais

A Menina das Histórias

distantes do universo. Se tivessem sido expulsos do céu juntos, não teria sido um castigo, porém exilaram Zerah numa estrela, em uma extremidade do universo, enquanto Zulamith foi enviado para outra, no extremo oposto. E entre ambos havia um abismo insondável que nem mesmo os pensamentos conseguiam atravessar. Apenas uma coisa conseguiria: o amor. Zulamith sentia tamanha falta de Zorah, seu coração pulsava com tanta fidelidade, que ele começou a construir uma ponte de luz; Zerah, sem saber o que ele estava fazendo, mas vítima também da saudade e do amor, começou, por sua vez, a criar uma ponte de luz semelhante, a partir da sua estrela. E por milhares de anos eles seguiram construindo até que, por fim, encontraram-se e caíram um nos braços do outro. Seu trabalho árduo tinha terminado e, com ele, a solidão e o sofrimento foram esquecidos, pois a ponte que tinham construído atravessara o abismo que havia entre seus locais de exílio. Quando os outros arcanjos viram o que eles tinham feito, voaram, cheios de medo e indignação, até o trono de Deus e disseram: "Senhor, olhai o que aqueles rebeldes fizeram! Construíram uma ponte de luz através do universo e, assim, invalidaram Vosso decreto de separação! Estendei Vosso braço acima deles, então, e destruí seu ímpio trabalho!" Quando acabaram de falar, o céu inteiro caiu num silêncio profundo. E, nele, soou a voz do Todo-Poderoso: "Não. Seja o que for que, em meu universo, foi construído através do amor, nem mesmo eu poderei destruir. A ponte permanecerá como está para sempre". E, assim – ela concluiu, tendo o rosto voltado para o céu e os olhos refletindo o brilho das estrelas –, lá está ela. Para sempre. A ponte é a Via Láctea.

– Que história mais linda! – suspirou Sara Ray, que, por alguns minutos, esquecera-se da tristeza, levada pela magia da narrativa.

O resto de nós voltou devagar à Terra, sentindo que tínhamos flutuado junto aos anfitriões dos céus. Não tínhamos idade suficiente para compreendermos por inteiro o significado maravilhoso dessa história; mas sentíamos sua beleza e seu encanto. Para nós, a Via Láctea seria para sempre a ponte resplandecente criada pelo amor através da qual os arcanjos banidos atravessaram de estrela a estrela, e não simplesmente a incrível guirlanda de sóis que Peter mencionara.

Tínhamos de acompanhar Sara Ray pelo caminho depois do portão até a porta de casa, pois ela tinha medo de que Peg Bowen a raptasse se estivesse sozinha. Depois, eu e a Menina das Histórias seguimos colina acima. Peter e Felicity vieram logo atrás. Cecily, Dan e Felix estavam adiante de nós, de mãos dadas, e cantavam um hino. Cecily tinha uma voz muito doce, e eu a ouvia com prazer. Mas a Menina das Histórias suspirou e me perguntou, preocupada:

– E se Sara pegar sarampo?

– Todo mundo tem que pegar um dia – respondi, para confortá-la. – E, quanto mais jovem a pessoa é, melhor.

A MENINA DAS HISTÓRIAS FAZ PENITÊNCIA

Dez dias depois, a tia Olivia e o tio Roger foram à cidade ao entardecer. Iam pernoitar lá e ficar o dia seguinte inteiro. Peter e a Menina das Histórias ficariam na casa do tio Alec durante sua ausência.

Estávamos no pomar ao pôr do sol ouvindo a história do Rei Cophetua e a Criada Pobre. Estávamos todos ali, menos Peter, que estava capinando o canteiro de nabos, e Felicity, que tinha saído para fazer um serviço para a senhora Ray.

A Menina das Histórias imitava a bela criada pobre tão bem e com tamanha veracidade que não duvidamos, por um segundo sequer, do amor que o rei sentia por ela. Eu já tinha lido a história e, na época, a achara péssima. Nenhum rei se casaria com uma mendiga quando tinha várias princesas para escolher por esposa, eu achava. Mas, agora, ao ouvir a história contada pela Menina das Histórias, entendi tudo.

Quando Felicity voltou, vimos, por sua expressão, que trazia notícias. E ela as tinha de fato.

– Sara está muito doente – anunciou, sentida, e algo que não era só sentimento soou em sua voz. – Está resfriada, com febre e com a garganta inflamada. A senhora Ray disse que, se não melhorar até amanhã de manhã, vai mandar buscar um médico. Está com receio de que seja sarampo!

Felicity praticamente atirou a última frase contra a Menina das Histórias, que empalideceu.

– Acha que Sara pegou sarampo no *show* da lanterna mágica? – ela indagou, em tom de profunda tristeza.

– Onde mais poderia ter pego? – Felicity respondeu sem dó. – Eu não a vi, claro. A senhora Ray me recebeu à porta e não me deixou entrar. Disse que o sarampo costuma ser muito forte na família. Se não morrem com a doença, ficam surdos ou cegos de um olho, e coisas assim. – Felicity viu o desespero crescer nos olhos da Menina das Histórias e acrescentou, já compadecida: - É claro que a senhora Ray sempre vê o lado negativo de tudo e pode até não ser sarampo o que Sara tem, afinal.

Mas havia sido dura o suficiente. A Menina das Histórias estava inconsolável.

– Eu daria qualquer coisa para não ter feito Sara ir àquele *show* – lamentou. – É tudo culpa minha, mas é Sara que está sendo castigada. Isso não é justo! Eu poderia ir até a casa dela e confessar meu erro à senhora Ray, mas, se o fizesse, seria ainda pior para Sara. Não posso fazer algo assim. Oh, não vou nem conseguir dormir esta noite...

Acho que não dormiu, mesmo. Estava muito pálida e desanimada na manhã seguinte quando desceu para o desjejum. Mesmo assim, mostrou certa determinação ao anunciar, triunfante, mas arrependida:

– Vou fazer penitência o dia inteiro por ter instigado Sara a ser desobediente.

– Penitência? – murmuramos, admirados.

– Sim! Não vou fazer nada do que gosto e fazer tudo que possa lembrar de que não gosto, para me punir por ter sido tão má. E, se algum de vocês se lembrar de algo de que não me lembrei, é só dizer. Fiquei pensando durante a noite: talvez Sara não fique tão doente se Deus vir como estou arrependida.

A MENINA DAS HISTÓRIAS

– Ele vai ver de qualquer modo, mesmo que você não faça nada – opinou Cecily.

– Bem... Vou me sentir melhor com minha consciência.

– Acho que presbiterianos não fazem penitência – Felicity informou, sem muita certeza. – Nunca ouvi dizer que algum deles tenha feito.

O resto de nós, porém, viu a ideia com simpatia. Sabíamos que a Menina das Histórias faria penitência de um jeito pitoresco e intenso, como tudo mais a que se propunha.

– Você pode colocar ervilhas dentro dos sapatos – Peter sugeriu.

– Olhe só! Não tinha pensado nisso! – ela pareceu aceitar. – Vou pegar algumas depois do café. E não vou me alimentar com nada o dia todo a não ser pão e água. E, mesmo assim, bem pouco dos dois.

Essa era uma medida bem drástica. Sentar-se à mesa diante de uma das refeições preparadas por tia Janet, estando com a saúde e o apetite normais, e não comer nada a não ser pão e água seria mais do que penitência. Seria penitência com vingança! Sabíamos que nenhum de nós seria capaz de tal feito. Mas a Menina das Histórias o fez! E a admiramos tanto quanto nos compadecemos dela. Agora, porém, acho que ela nem precisava de nossa compaixão nem merecia nossa admiração. Seu ato de devoção foi, na verdade, mais doce do que mel para ela, pois estava, mesmo que inconscientemente, representando um papel e saboreando toda a sutil alegria que os artistas sentem e que é tão mais delicada do que qualquer prazer material.

Tia Janet, como não podia deixar de ser, notou sua abstinência e perguntou se estava doente.

– Não. Estou apenas fazendo penitência, tia Janet, por um pecado que cometi – ela explicou. – Não posso confessá-lo porque isso traria problemas para outra pessoa, então vou me penitenciar durante o dia inteiro. A senhora não se importa, não é?

Tia Janet estava de muito bom humor naquela manhã e apenas deu risada.

– Não, não me importo, desde que você não vá longe demais com essa bobagem – observou, em tom tolerante.

– Obrigada. E a senhora pode me dar um punhado de ervilhas bem duras depois do café? Quero colocá-las dentro dos meus sapatos.

– Não tenho ervilhas em casa. Usei o resto que tinha na sopa de ontem.

– Oh! – A Menina das Histórias ficou muito desapontada. – Então suponho que tenha de deixar essa ideia de lado. As ervilhas mais frescas não machucam o suficiente. São macias demais e iam acabar arrebentando.

– Tive uma ideia – Peter se prontificou. – Vou pegar um pouco daquelas pedrinhas redondas que o senhor King colocou no passeio em frente à casa. Elas podem substituir as ervilhas.

– Não vai fazer nada disso – tia Janet proibiu. – Sara não deve se penitenciar assim. As pedras fariam buracos em suas meias, além de ferir seus pés.

– E se eu pegasse um chicote e batesse em meus ombros até sangrarem? – ela sugeriu, ofendida. – O que me diz da ideia?

– Não lhe digo nada – tia Janet respondeu, séria. – Mas eu a colocaria nos joelhos e lhe daria umas boas palmadas, senhorita Sara Stanley. Acho que você consideraria essa uma penitência e tanto!

A Menina das Histórias enrubesceu de indignação. Uma observação assim, ouvida aos quatorze anos e meio, e diante dos meninos... Tia Janet podia, sim, ser terrível!

Era feriado, e não havia muito o que fazer nesse dia. E logo estávamos livres para ir ao pomar. A Menina das Histórias, porém, não foi conosco. Sentou-se no canto mais escuro e mais quente da cozinha com um pedaço de tecido de algodão nas mãos.

– Não vou brincar hoje – anunciou. – E não vou contar nem uma história sequer! Tia Janet não deixou que eu colocasse pedrinhas nos sapatos, mas coloquei um cardo nas costas, e ele vai me espetar se eu encostar, mesmo que de leve. E vou fazer casas de botões neste pedaço de tecido inteiro. Odeio fazer casas de botões mais do que qualquer outra coisa no mundo, então vou ficar aqui, fazendo-as o dia todo.

– De que adianta fazer casas de botões num retalho velho? – Felicity observou.

A Menina das Histórias

– Não adianta nada. A beleza das penitências é que elas fazem com que você se sinta desconfortável. Assim, não importa o que você faz, se é útil ou não, desde que doa. Oh, queria tanto saber como Sara está hoje!...

– A mamãe vai até lá esta tarde – Felicity informou. – Ela disse que não devemos sequer passar perto de lá até sabermos se é sarampo ou não. Nenhum de nós!

– Pensei numa penitência excelente! – Cecily ofereceu, ansiosa. – Não vá à reunião dos missionários hoje à noite!

A Menina das Histórias não podia estar mais mortificada.

– Também pensei nisso, mas não posso ficar em casa, Cecily – lamentou. – Seria mais do que um ser humano poderia suportar. Preciso ouvir aquele novo missionário falar. Dizem que, certa vez, ele foi quase comido por canibais. Pense em quantas histórias novas eu teria para contar depois de ouvi-lo! Não. Preciso ir. Mas vou lhes dizer o que pretendo fazer: vou usar meu vestido e meu chapéu de ir à escola. Isso, sim, será uma penitência. Felicity, quando arrumar a mesa para o jantar, coloque a faca quebrada para mim. Eu a detesto. E vou tomar uma dose de chá de mentruz a cada duas horas. Tem um gosto horrível, mas é um bom purificador do sangue, então tia Janet não vai se opor.

Ela levou sua penitência adiante. Ficou sentada na cozinha o dia inteiro e fez suas casas de botões no pano velho, subsistindo apenas à base de pão, água e chá de mentruz.

Felicity foi muito malvada. Foi à cozinha e fez tortinhas de uvas passas, ali, junto dela. O aroma das tortas de uva passa é capaz de tentar até o monge mais devoto; e a Menina das Histórias adorava esse tipo de torta. Felicity chegou a comer duas bem na sua frente! E trouxe as outras para nós, no pomar. A Menina das Histórias podia nos ver, pela janela da cozinha, deliciando-nos com as tortinhas e com as cerejas maravilhosas da árvore do tio Edward. Mas continuou firme, fazendo casas de botões. E nem quis olhar para a revista que Dan trouxe dos correios e que publicava uma série da qual todos gostávamos. Também não abriu a carta que seu pai lhe enviou. Pad se aproximou, esfregou-se nela, mas nem seu ronronar

101

carinhoso foi capaz de tirá-la da penitência, pois simplesmente recusou a si mesma o prazer que sentia em acariciar seu bichano.

Tia Janet acabou não podendo ir à casa de Sara Ray naquela tarde porque tivemos visitas para o chá: os Millwards, de Markdale. O senhor Millward era médico, e sua esposa era professora de arte. Tia Janet fez questão de que tudo corresse bem durante a visita, e fomos todos mandados para cima antes do chá, para nos lavarmos e nos vestirmos melhor. A Menina das Histórias foi para casa e, quando voltou, todos tivemos uma surpresa: tinha penteado os cabelos e feito uma trança grossa, esquisita; usava um vestido xadrez velho e desbotado que estava puído nos cotovelos e tinha babados já soltos das costuras, além de estar curto demais para sua altura.

– Sara Stanley, você perdeu o juízo!? – tia Janet a repreendeu. – O que pretende ao vestir esses trapos? Não sabe que tenho visitas para o chá?

– Sim, sei, e foi exatamente por isso que me vesti desta maneira, tia Janet. Quero me mortificar e...

– Eu mesma vou mortificar você caso se apresente diante dos Millwards vestida assim, menina! Volte para casa e vista-se de modo decente! Ou vai comer na cozinha!

A Menina das Histórias escolheu a segunda alternativa. Estava indignada. Acho que teria gostado de se sentar à mesa da sala de jantar diante dos exigentes Millwards usando aquele vestido velho e feio que já não lhe servia direito, consciente de estar se apresentando em sua pior aparência e disposta a se alimentar apenas com pão e água.

Quando fomos à reunião dos missionários naquela noite, usou o vestido e o chapéu de ir à escola enquanto Felicity e Cecily estavam lindas em lindos vestidos de musselina; e amarrou os cabelos com uma fita marrom que não lhe caía bem.

A primeira pessoa que vimos, no pórtico da igreja, foi a senhora Ray. Ela nos disse que Sara tinha apenas um resfriado leve que causara um pouco de febre.

O missionário palestrante recebeu, então, pelo menos sete ouvintes felizes, pois estávamos todos aliviados por Sara não estar com sarampo. A Menina das Histórias, em especial, estava radiante.

A Menina das Histórias

– Agora você está vendo que toda a penitência que fez foi em vão – observou Felicity quando voltávamos para casa, todos muito juntos devido aos boatos de que Peg Bowen vagava por ali.

– Não sei... Sinto-me melhor por ter me castigado – ela respondeu. – Mas amanhã vou compensar meu sofrimento. Na verdade, acho que vou começar esta noite mesmo! Vou à despensa assim que chegar em casa e vou ler a carta do papai antes de ir para a cama. O missionário foi maravilhoso, não acham? Aquela história sobre os canibais foi simplesmente ótima! Tentei memorizar cada palavra para poder recontá-la nos mínimos detalhes. Os missionários são pessoas tão nobres!

– Eu gostaria de ser missionário e viver aventuras assim – comentou Felix.

– Seria interessante, mas só se você soubesse que os canibais seriam interrompidos no último instante, como os dele foram – Dan opinou. – Mas, e se não fossem?

– Nada impediria os canibais de devorarem Felix se o tivessem capturado – Felicity zombou, rindo. – Ele é todo rechonchudo.

Tenho certeza de que os sentimentos de Felix foram bem diferentes dos de um missionário naquele momento.

– Vou começar a colocar dois centavos a mais por semana em minha caixinha para as missões – Cecily decidiu, determinada.

Dois centavos a mais por semana, tirados do dinheiro que ela recebia por recolher os ovos para a mãe, significavam um bom sacrifício. E essa decisão acabou por inspirar a todos nós. Decidimos aumentar a nossa contribuição semanal em mais ou menos um centavo. E Peter, que nunca tivera uma caixinha para as missões, resolveu começar uma.

– Acho que não me sinto tão interessado em missionários quanto vocês – confessou ele –, mas, talvez, se eu começar a contribuir com alguma coisa, venha a me interessar. Vou querer saber como meu dinheiro será gasto. Não vou poder doar muito. Quando se tem um pai que foi embora e uma mãe que lava roupas para fora e quando se tem idade para ganhar apenas meio dólar por semana, não é possível doar uma boa quantia para a salvação dos pagãos. Mas vou fazer o melhor que puder. Minha tia Jane gostava dos missionários. Há pagãos metodistas? Imagino que minha contribuição deva ir para eles, e não para os pagãos presbiterianos.

– Peter, apenas depois de se converterem eles se tornam uma coisa ou outra – Felicity explicou. – Antes, são apenas pagãos. Mas, se você quiser que o seu dinheiro vá para as missões metodistas, pode entregá-lo ao pastor metodista em Markdale. Acho que os presbiterianos podem passar sem ele e cuidar dos próprios pagãos.

– Sintam o perfume das flores da senhora Sampson – sugeriu Cecily, ao passarmos por uma cerca branca junto à estrada, sobre a qual pairava um aroma mais doce do que os perfumes da Arábia. – As rosas dela já desabrocharam, e aquele canteiro de cravos-dos-poetas é um colírio para os olhos à luz do dia.

– Cravos-dos-poetas. Que nome horrível para uma flor tão doce – criticou a Menina das Histórias. – Poetas são, geralmente, homens. E homens não têm nada de doce. Podem ter muitas outras qualidades boas, mas não são doces nem deveriam ser. Isso é para as mulheres. Oh! Olhem como o luar está iluminando a estrada naquele vão entre os abetos! Eu gostaria de ter um vestido feito de luar, com estrelas no lugar dos botões.

– Isso não seria apropriado – Felicity rebateu com determinação. – Um vestido assim seria transparente.

E sua opinião pareceu selar de vez o assunto sobre vestidos feitos de luar.

O BAÚ AZUL DE RACHEL WARD

– Isso está totalmente fora de questão! – tia Janet proibiu, muito séria. Quando ela dizia que algo estava fora de questão naquele tom de voz, era porque ia pensar a respeito e, provavelmente, acabaria permitindo. Quando uma coisa estava realmente fora de questão, ela apenas ria e se recusava a falar no assunto.

E o assunto que, talvez, estivesse fora de questão naquela manhã de agosto era um projeto recentemente trazido à discussão por causa do tio Edward. Sua filha mais velha ia se casar, e ele tinha enviado uma carta convidando o tio Alec, a tia Janet e a tia Olivia para irem a Halifax para o casamento e ficarem uma semana em sua casa.

O tio Alec e a tia Olivia queriam ir, mas a tia Janet declarou que seria impossível.

– Como podemos ir e deixar a casa aos cuidados das crianças? – argumentou. – Ao voltarmos, encontraríamos todos doentes, e a casa, reduzida a cinzas.

– Não acredito que isso possa acontecer – o tio Roger zombou. – Felicity sabe cuidar de tudo tão bem quanto você, e eu estarei aqui para cuidar deles e impedir que ateiem fogo à casa. Há anos você vem prometendo a Edward que vai visitá-lo, e acho que jamais terá uma oportunidade melhor para fazê-lo. A ceifa do feno já terminou, e ainda não é época de colheita. Além disso, Alec precisa mudar de ares. Ele não me parece bem.

Acho que foi esse último argumento que acabou por convencer tia Janet. E, por fim, ela decidiu ir. A casa do tio Roger ficaria fechada, e ele, Peter e a Menina das Histórias viriam ficar conosco.

Adoramos a ideia. Felicity, em especial, pareceu estar no sétimo céu, de tanta alegria. A casa ficaria aos seus cuidados, teria três refeições diárias para planejar e executar, além de fiscalizar as aves, as vacas, a ordenha e o jardim. E isso, para ela, parecia estar muito próximo do que seria o paraíso. Claro está que todos nós iríamos ajudar, mas ela iria "administrar", e isso, na opinião de Felicity, era a glória.

A Menina das Histórias também ficou contente.

– Felicity vai me dar aulas de culinária – ela me confidenciou enquanto caminhávamos pelo pomar. – Não é maravilhoso? Vai ser mais fácil para mim, já que não haverá adultos por perto, que poderiam me deixar nervosa e depois rir se eu cometesse algum erro.

O tio e as tias partiram na segunda-feira pela manhã. A tia Janet estava cheia de maus pressentimentos, coitada. E nos deu tantos avisos e tarefas que depois nem tentamos nos lembrar quais tinham sido. O tio Alec só nos recomendou que fôssemos bons e obedecêssemos ao tio Roger. A tia Olivia sorriu para nós, e seus lindos olhos azuis brilharam; disse que sabia muito bem como estávamos nos sentindo e que esperava que nos divertíssemos muito.

– Faça com que se recolham cedo – a tia Janet gritou ainda, da charrete, para o tio Roger, quando já cruzavam o portão. – E, se algo de ruim acontecer, telegrafe para nós!

E assim eles se foram e nós ficamos para "cuidar da casa".

Tio Roger e Peter saíram para a lida na fazenda. Felicity se pôs a preparar o almoço e deu a cada um de nós uma tarefa. A Menina das Histórias

A Menina das Histórias

cuidaria das batatas; Felix e Dan escolheriam e tirariam as ervilhas das vagens; Cecily prestaria atenção ao fogo; e eu descascaria os nabos. Felicity fez nossas bocas salivar ao anunciar que faria um pudim de sobremesa.

Fui descascar os nabos na varanda de trás; depois os coloquei numa panela e os levei ao fogão. Então fiquei livre para observar os outros, que acabaram tendo tarefas mais longas do que a minha.

A cozinha era um cenário de alegre atividade. A Menina das Histórias descascava as batatas devagar e com certa dificuldade, já que não era dada ao trabalho doméstico. Dan e Felix soltavam as ervilhas e perturbavam Pad, enroscando as vagens em suas orelhas e rabo. Felicity, corada e diligente, media quantidades e mexia a comida nas panelas com atenção e habilidade.

– Estou sentada numa tragédia – disse a Menina das Histórias de repente.

Felix e eu nos entreolhamos. Não tínhamos muita certeza do que era "tragédia", mas achávamos que não poderia ser o baú de madeira pintado de azul no qual ela estava, de fato, sentada, a não ser que nossos olhos nos estivessem enganando.

O baú antigo preenchia o espaço entre a mesa e a parede. Nem Felix nem eu lhe tínhamos dado maior atenção até aquele momento. Era um baú muito grande e pesado, e Felicity normalmente se desentendia com ele quando varria a cozinha.

– Este baú antigo guarda uma tragédia – a Menina das Histórias esclareceu. – E eu sei uma história sobre ela.

– O enxoval de casamento da prima Rachel Ward está todo nesse baú – Felicity informou.

Quem era essa prima? E por que seu enxoval de casamento estava trancado num baú azul na cozinha da casa do tio Alec? Quisemos ouvir a história imediatamente. E a Menina das Histórias a contou enquanto descascava as batatas, que talvez estivessem sofrendo (Felicity disse que os pontinhos pretos delas não foram tirados como deveriam ter sido), mas a história não sofreu nem um pouco.

– É uma história triste – ela começou. – E aconteceu cinquenta anos atrás, quando o vovô e a vovó King eram ainda muito jovens. A prima da vovó, que se chamava Rachel Ward, veio passar o inverno aqui com eles. Ela vivia em Montreal e também era órfã, como o Fantasma da Família. Nunca ouvi falar sobre sua aparência, mas deve ter sido muito bonita, claro.

– Mamãe disse que ela era extremamente sentimental e romântica – Felicity disse.

– Bem, de qualquer modo, ela conheceu Will Montague naquele inverno. *Ele* era bonito. Todo mundo diz que era.

– E muito namorador – Felicity acrescentou.

– Poderia parar de interromper, por favor? – a Menina das Histórias se irritou. – Isso estraga o efeito da história! Como você se sentiria se eu ficasse acrescentando ingredientes errados ao seu pudim? Porque é assim que me sinto. Bem, retomando: Will Montague se apaixonou por Rachel, e ela por ele; e os preparativos para o casamento de ambos começaram. Iam se casar na primavera. Rachel estava tão feliz naquele inverno, pobrezinha! Preparou seu enxoval com as próprias mãos! As moças costumavam fazer isso, sabem? Porque não havia máquinas de costura. Por fim, o dia do casamento chegou, em abril, e todos os convidados estavam aqui. Rachel estava usando seu vestido de noiva e ficou à espera de Will. E... – Ela largou a batata e a faca e uniu as mãos num gesto de horror. – ... ele não apareceu!

Ficamos chocados, como se fôssemos também convidados para aquele casamento que não houve.

– O que aconteceu com ele? Morreu também, como naquela outra história? – Felix quis saber, angustiado.

A Menina das Histórias suspirou e voltou às batatas.

– Não. Mas eu gostaria que tivesse morrido. Esse, sim, teria sido um bom final, muito romântico. Mas não. Algo horrível se passou. Ele teve que fugir porque estava devendo dinheiro, acreditam? A tia Janet disse

A Menina das Histórias

que ele agiu muito mal. Nunca enviou uma carta sequer a Rachel, e ela nunca mais soube nada sobre ele.

– Porco sem vergonha! – Felix exclamou.

– Rachel ficou de coração partido, é lógico. Quando descobriu o que tinha acontecido, juntou todo o enxoval, lençóis e alguns presentes que lhe tinham dado e guardou tudo neste baú. E então voltou a Montreal, levando a chave consigo. Nunca mais voltou à Ilha. Imagino que seria doloroso demais para ela. E vive em Montreal até hoje, sem jamais ter se casado. É uma senhora idosa agora. Tem quase setenta e cinco anos. E este baú nunca mais foi aberto.

– A mamãe escreveu uma carta para a prima Rachel há dez anos – lembrou Cecily. – E perguntou se poderia abrir o baú para ver se havia traças lá dentro. Há uma rachadura na parte de trás, mais grossa do que um dedo. A prima Rachel respondeu dizendo que, não fosse por uma coisa que havia lá dentro, a mamãe até poderia abri-lo e fazer o que quisesse com seu conteúdo. Alegou que não suportaria que alguém além dela própria visse ou tocasse essa tal coisa. Por isso preferia que o baú fosse deixado como estava. A mamãe disse, então, que lavava as mãos; se houvesse traças ali, paciência. E que, se a prima Rachel tivesse de arrastar esse baú todas as vezes em que o chão precisa ser esfregado, ela se curaria dessa bobagem sentimental. Mas acho que eu sentiria o mesmo se fosse a prima Rachel.

– E que coisa era essa que ela não suportaria que alguém visse ou tocasse? – perguntei.

– A mamãe acha que é o vestido de noiva – Felicity respondeu –, mas o papai acha que é a fotografia de Will Montague. Ele a viu colocá-la aí dentro. E sabe de outras coisas que estão guardadas no baú. Tinha dez anos e a viu empacotar o enxoval: o vestido de noiva de musselina branca, um véu e uma... uma... – Ela baixou os olhos e enrubesceu.

– Uma anágua bordada à mão da cintura à barra – a Menina das Histórias falou por ela, com tranquilidade.

109

– E uma cesta de frutas de porcelana com uma maçã na alça – Felicity acrescentou, mais aliviada. – E também um aparelho de chá e um candelabro azul.

– Eu bem que gostaria de ver tudo que há aqui dentro. – A Menina das Histórias olhou com interesse para o baú no qual se sentava.

– O papai proibiu que ele seja aberto sem a permissão da prima Rachel – Cecily avisou.

Felix e eu olhamos para o baú com reverência. Ele adquirira um novo significado para nós; parecia ser como um túmulo no qual estava enterrado um romance de anos passados.

– O que aconteceu a Will Montague? – perguntei.

– Nada! – respondeu a Menina das Histórias com ar de afronta. – Seguiu vivendo. Conseguiu um acordo com seus credores e voltou à Ilha; acabou por se casar com uma boa moça, que era, diga-se de passagem, muito rica, e foi feliz. Já ouviram falar de algo tão injusto?

– Beverley King! – Felicity ralhou, do fogão, olhando para dentro de uma panela. – Você colocou os nabos para ferver inteiros, como se fossem batatas!

– Não era para fazer isso?! – exclamei, agoniado e cheio de vergonha.

Ela tirou os nabos da panela e os cortou, com cara de poucos amigos, enquanto os outros riam de mim. Ao que parecia, eu acabara de criar uma tradição para os arquivos da família.

O tio Roger morreu de rir quando lhe contaram o que eu tinha feito. E tornou a rir, à noite, com o relato que Peter fez sobre Felix tentando ordenhar uma vaca. Felix tinha aprendido como se fazia, mas nunca tentara de fato. E não conseguiu. A vaca pisou em seu pé e acabou virando o balde.

– O que se pode fazer se a vaca não para quieta? – defendeu-se, aborrecido.

– Tem razão – o tio Roger comentou, muito sério, negando com a cabeça. Sua risada era difícil de suportar, mas sua seriedade era ainda pior.

Enquanto isso, na despensa, a Menina das Histórias, apropriadamente vestida num avental, estava sendo iniciada nos mistérios da panificação.

Sob os olhos atentos de Felicity, preparou o pão que seria assado na manhã seguinte.

– A primeira coisa que vai ter que fazer de manhã é sovar bem a massa – Felicity orientou. – E, quanto antes você o fizer, melhor, porque a noite está quente.

E, depois disso, fomos todos para a cama. Dormimos profundamente. Tragédias ocultas em baús azuis, vacas desobedientes e nabos inteiros, afinal, nem eram tão importantes assim no contexto geral das coisas.

UM ANTIGO PROVÉRBIO COM UM NOVO SIGNIFICADO

Eram cinco e meia da manhã seguinte quando nós, meninos, levantamos. Descemos a escada e Felicity juntou-se a nós, toda corada e sonolenta, ainda bocejando.

– Deus! Dormi demais! – queixou-se. – O tio Roger pediu o café da manhã para as seis, mas imagino que o fogo esteja aceso porque a Menina das Histórias já esteja de pé. Deve ter se levantado bem cedo para sovar o pão. Nem dormiu direito, preocupada com ele.

O fogo estava, realmente, aceso, e a Menina das Histórias estava tirando um belo pão do forno, triunfante.

– Olhem! – mostrou, cheia de orgulho. – Os pães estão todos assados! Levantei às três horas, e a massa estava leve e fofa. Então lhe dei uma boa sova, moldei os pães e os coloquei no forno. Estão todos prontos! Não me parecem tão crescidos como de costume, porém.

Felicity atravessou a cozinha quase que voando.

– Sara Stanley! – repreendeu. – Está dizendo que colocou os pães para assar logo depois de sovar a massa e moldá-los!? Não deixou que crescessem mais um pouco?

A Menina das Histórias empalideceu.

– Não... – balbuciou. – Oh, Felicity, fiz algo errado?

– Estragou o pão. Só isso. Está duro como uma pedra. Olhe, Sara, prefiro ter bom senso e não ser uma contadora de histórias, sabia?

Foi triste ver como a Menina das Histórias murchou.

– Não conte ao tio Roger – implorou humildemente.

– Não, não vou contar – Felicity prometeu, já mais calma. – Ainda bem que sobrou um pouco de pão de ontem. Vamos dar estes para as galinhas. Mas que é um desperdício de farinha, ah, isso é!

Dan e Peter foram ao celeiro para cumprir suas tarefas matinais. Felix e eu saímos para ir ao pomar, e a Menina das Histórias nos acompanhou.

– Não adianta... Não consigo cozinhar – ela se lamentou.

– Não pense mais nisso. Você sabe contar histórias lindas! – consolei-a.

– Mas isso não alimenta meninos com fome!

– Meninos não estão o tempo todo com fome – Felix argumentou, muito sério. – Às vezes, não estão...

– Não acredito – ela rebateu.

– Além do mais, você ainda pode aprender a cozinhar se continuar tentando – ele acrescentou, num tom de "se há vida, há esperança".

– Mas a tia Olivia não vai deixar que eu fique desperdiçando os ingredientes. Minha única esperança era aprender durante esta semana, mas acho que Felicity está tão decepcionada comigo que não vai mais me ensinar coisa alguma.

– Não faz mal – Felix observou. – Gosto mais de você do que dela, mesmo que não saiba cozinhar. Muita gente sabe fazer pão, mas bem poucos sabem contar histórias como você.

– É melhor ser útil do que apenas interessante – ela insistiu, em tom amargo.

Felicity, que era muito útil, secretamente daria qualquer coisa para ser interessante, porém. Como a natureza humana é peculiar!

Tivemos visitas naquela tarde. Primeiro, vieram a irmã da tia Janet, a senhora Patterson, com sua filha de dezesseis anos e um filhinho de dois. Depois chegou uma charrete trazendo várias pessoas de Markdale. E, por fim, chegaram a senhora Elder Frewen e sua irmã, com duas filhinhas, de Vancouver.

– Nunca chove, mas, quando chove, é aos borbotões – comentou o tio Roger, saindo de casa para cuidar do cavalo delas.

Felicity, entretanto, saiu-se muito bem. Estava em seu ambiente. Estivera cozinhando desde o almoço e, com uma despensa repleta de biscoitos, rosquinhas, bolos e tortas, Carlisle inteira poderia vir para o chá, que ela não se importaria.

Cecily arrumou a mesa, e a Menina das Histórias serviu e depois lavou toda a louça.

No entanto, todas as honras foram endereçadas a Felicity. Ela foi tão elogiada que ficou quase insuportável pelo resto da semana. Sua presença, à ponta da mesa, como anfitriã, foi tão graciosa que parecia ter muito mais do que doze anos; até sabia, como que por instinto, quem usava açúcar no chá e quem não. Estava feliz, animada, deleitando-se com a situação. E estava tão linda que mal consegui comer, já que não tirava os olhos dela, o que é o maior elogio que um menino pode fazer.

A Menina das Histórias, em contrapartida, estava eclipsada. Pálida, sem o brilho habitual, já que dormira mal e se levantara cedo, além, claro, de não ter tido uma única oportunidade de contar uma história. Ninguém a notou. Aquele foi o dia de Felicity.

Depois do chá, a senhora Frewen e sua irmã quiseram ir visitar o túmulo do pai no cemitério da igreja de Carlisle. E todos decidiram acompanhá-las, mas era óbvio que alguém deveria ficar em casa com Jimmy Patterson, que acabara de adormecer no sofá da cozinha. Dan acabou por se oferecer para cuidar do bebê. Ele tinha um livro novo de G. A. Henty[4] que queria

---

[4] G. A. Henty (1832-1902) foi um escritor inglês incrivelmente prolífico, cujos temas abordavam aventuras muito apreciadas pelos jovens da época. (N.T.)

terminar de ler, e isso, afirmou, seria para ele uma diversão melhor do que caminhar até o cemitério.

– Acho que estaremos de volta antes que ele acorde – prometeu a senhora Patterson a Dan. – De qualquer maneira, ele é muito bonzinho e não vai lhe causar problemas. Só não o deixe ir lá fora, porque está resfriado.

Saímos, deixando Dan sentado à soleira da porta com seu livro e o pequeno Jimmy dormindo tranquilamente no sofá.

Ao voltarmos (Felix, eu e as meninas vínhamos bem adiante do grupo), Dan continuava exatamente no mesmo lugar, fazendo a mesma coisa. Jimmy, no entanto, havia desaparecido.

– Dan, onde está o bebê!? – Felicity quase gritou.

Ele olhou ao redor. Sua boca se abriu, numa constatação muda. Nunca vi uma pessoa ter no rosto uma expressão tão tola quanto a dele naquele momento.

– Meu Deus! Eu não sei! – murmurou, desesperado.

Felicity foi adiante, implacável:

– Ficou tão entretido com essa droga de livro que não o viu sair! E, agora, só Deus sabe onde ele está!

– Não, não! Ele só pode estar aí dentro! Fiquei aqui sentado o tempo todo. Ele só sairia se engatinhasse por cima das minhas pernas. Deve estar em algum lugar dentro de casa!

– Bem, não está na cozinha – Felicity atestou, depois de uma breve inspeção. – E não poderia ter ido para outra parte da casa, porque fechei bem a porta do corredor. Nenhum bebê conseguiria abri-la. Aliás, continua fechada, como as janelas. Ele só pode ter saído, Dan! E a culpa é sua!

– Ele não passou pela porta onde eu estava! – Dan teimou. – Isso eu posso afirmar com certeza!

– Muito bem. Onde ele está, então? Porque não está aqui. Será que sumiu no ar? – Felicity estava, mesmo, muito brava. Virou-se para nós. – E vocês, não fiquem aí parados! Procurem! Temos de encontrá-lo antes que a mãe chegue! Dan King, que grande idiota você é!

Dan estava assustado demais para se ofender. O fato era que Jimmy havia desaparecido. Procuramos pela casa e pelo jardim feito loucos. Vasculhamos em todos os lugares, fossem eles prováveis ou não para atrair o interesse de um bebê. Jimmy, entretanto, parecia ter, mesmo, desaparecido em pleno ar.

A senhora Patterson chegou e ainda não o tínhamos encontrado. A situação estava ficando grave. Mandaram chamar o tio Roger e Peter, lá no campo. A senhora Patterson ficou histérica e foi levada ao quarto de hóspedes enquanto uma infinidade de remédios lhe era oferecida para que se acalmasse. Todos passaram a culpar Dan. Cecily lhe perguntou como se sentiria se nunca mais encontrassem a criança. A Menina das Histórias lembrou-se da história de um bebê, em Markdale, que tinha engatinhado sabe-se lá para onde e se perdido, como Jimmy.

– E só o encontraram na primavera seguinte. Na verdade, o que encontraram foi seu esqueleto, já quase coberto pela relva – ela completou, num sussurro.

– Não entendo... – o tio Roger comentou após uma hora de buscas inúteis. – Espero que esse bebê não tenha engatinhado até o pântano. Parece-me impossível que tenha ido tão longe, mas, mesmo assim, vou verificar. Felicity, pode me trazer as botas de cano alto? Eu as deixei embaixo do sofá.

Ainda pálida e chorosa devido à situação, ela o atendeu e, colocando-se de joelhos, ergueu o babado de cretone que cobria os pés do sofá. Ali, com as botas lhe servindo de travesseiro, estava Jimmy Patterson, ainda adormecido!

– Ora, ora... Quem diria? – o tio Roger comentou.

– Eu disse que ele não tinha saído de casa! – Dan exclamou, triunfante.

Assim que a última das charretes se foi, Felicity preparou um lote de pães enquanto nos sentávamos nos degraus da varanda dos fundos para comer cerejas e jogar pedrinhas uns nos outros. Cecily, então, expressou uma dúvida que devia estar remoendo há algumas horas:

A Menina das Histórias

– O que significa "Nunca chove, mas, quando chove, é aos borbotões"?

– Ah, significa que, se alguma coisa acontece, outra coisa vai acontecer a mais, com certeza – a Menina das Histórias explicou. – Por exemplo: a senhora Murphy. Ela nunca foi pedida em casamento, a não ser quando já tinha feito quarenta anos. E então recebeu três propostas em uma única semana. E ficou tão perturbada que acabou por fazer a escolha errada, da qual se arrepende até hoje. Entendeu o significado agora?

– Acho que sim. – Cecily, porém, parecia estar ainda confusa. Mais tarde, nós a ouvimos dividir esse conhecimento recentemente adquirido com Felicity, na despensa: – "Nunca chove, mas, quando chove, é aos borbotões" significa que, durante muito tempo, ninguém quer se casar com você, mas, de repente, um monte de pessoas querem.

FRUTO PROIBIDO

No dia seguinte, todos estávamos um tanto mal humorados na residência dos Kings, com exceção do tio Roger. Talvez o nervoso que tínhamos passado com o desaparecimento de Jimmy Patterson fosse o motivo. Um motivo mais plausível, porém, era que nossa irritabilidade fosse o resultado do jantar da noite anterior. Nem mesmo as crianças conseguem comer torta de carne moída, presunto e bolo de frutas aos montes antes de ir para a cama sem pagar o preço pela gula. A tia Janet havia esquecido de avisar ao tio Roger para ficar de olho em nossos "lanchinhos" noturnos, e acabamos por comer até estourar.

Alguns de nós tiveram pesadelos, e todos nós descemos para o café da manhã ainda com migalhas nos ombros. Felicity e Dan começaram uma picuinha que durou o dia inteiro. Ela tinha uma grande inclinação para ser o que chamávamos de "mandona" e, na ausência da mãe, julgava ter o direito de ser a suprema mandatária da casa. Sabia, no entanto, que nem devia tentar impor sua autoridade à Menina das Histórias; e eu e Felix parecíamos ter direito a certa tolerância. Cecily, Dan e Peter, porém, deveriam submeter-se por completo aos seus decretos. E até que o faziam,

A Menina das Histórias

mas, naquela manhã em particular, Dan parecia estar muito disposto a se rebelar. Tivera tempo para refletir e se ofender pelo que Felicity lhe dissera quando do desaparecimento do bebê e, assim, começou o dia determinado a não permitir que ela ditasse as regras.

Aquele não foi um dia agradável e, para piorar as coisas ainda mais, choveu quase até o anoitecer. A Menina das Histórias ainda não tinha se recuperado da humilhação que sofrera no dia anterior e ficou calada, sem contar suas histórias. Sentou-se no baú de Rachel Ward e tomou seu café da manhã com a expressão de uma mártir. Depois do desjejum, lavou a louça e foi arrumar a cama em silêncio. Então, com um livro embaixo de um braço e Pad embaixo do outro, retirou-se para o assento junto à janela do *hall* no andar superior e nada a fez sair de lá, apesar de nos esforçarmos. Ficou ali, acariciando Paddy e lendo sem parar, indiferente aos nossos chamados.

Até mesmo Cecily, sempre tão boazinha, estava irritada e reclamou de dor de cabeça. Peter havia ido para casa, a fim de ver a mãe; e o tio Roger foi a Markdale a negócios. Sara Ray apareceu, mas foi tão esnobada por Felicity que voltou para casa chorando.

Felicity fez a comida sozinha, preferindo nem pedir nem organizar ajuda. Ficou batendo coisas na cozinha e fazendo barulho com as peças de ferro do fogão até que Cecily, exasperada, protestou, do sofá. Dan se sentou no chão e ficou tirando lascas de um pedaço de madeira, tendo como único objetivo sujar a cozinha e irritar Felicity, o que conseguiu de forma magistral.

– Queria que o tio Alec e a tia Janet voltassem para casa – Felix se queixou. – Pensei que seria divertido ficarmos aqui sem os adultos, mas não é.

– E eu gostaria de voltar para Toronto – desejei. A torta de carne moída foi a responsável direta por esse meu desejo.

– Eu também gostaria que você voltasse para lá – disse Felicity, lidando ruidosamente com a grelha do fogão.

– Qualquer pessoa que tenha de conviver com você, Felicity King, gostaria de estar em outro lugar – Dan opinou.

– Não falei com você, Dan King! – ela rebateu. – Fale quando falarem com você, venha quando o chamarem.

– Ei, ei! – Cecily repreendeu-os. E acrescentou: – Eu gostaria que parasse de chover, que minha cabeça parasse de doer e que a mamãe nunca tivesse viajado. Ah! E também que você parasse de atormentar Felicity, Dan.

– Pois eu gostaria que as meninas tivessem mais bom senso – disse ele, colocando um ponto final (temporário) na série de desejos.

Uma fada dos desejos seria feliz como nunca na cozinha dos Kings naquela manhã, em especial se fosse do tipo bem cínico.

Até mesmo o efeito dos lanchinhos exagerados tarde da noite acabou por passar com o tempo. Na hora do chá, as coisas já estavam melhores entre nós. A chuva tinha parado, e a cozinha velha de teto baixo se encheu de sol, que passou a brilhar nas louças do armário, a formar mosaicos no chão e a incidir diretamente sobre a mesa, onde uma refeição deliciosa nos esperava.

Felicity colocou seu vestido azul de musselina e ficou tão linda nele que seu bom humor voltou. A dor de cabeça de Cecily melhorou, e a Menina das Histórias, depois de uma revigorante soneca após o almoço, voltou sorridente e de olhos brilhantes. Dan foi o único que continuou a cultivar suas mágoas e sequer riu quando a Menina das Histórias nos contou uma que lhe veio à mente por causa das "ameixas do reverendo Scott", que estavam na mesa.

– O reverendo Scott era aquele que achava que a portinhola do púlpito devia ter sido feita para os espíritos, lembram? – ela começou. – Ouvi o tio Edward contar tantas histórias sobre ele! O reverendo Scott foi chamado a esta congregação e aqui trabalhou por muito tempo e com muita devoção. Era extremamente querido, apesar de ser um pouco excêntrico.

– O que isso significa? – Peter indagou.

– Psiu... Significa esquisito – Cecily explicou, cutucando-o com o cotovelo. – Um homem qualquer seria chamado de esquisito, mas, quando se trata d   m pastor, dizemos "excêntrico".

A Menina das Histórias

– Quando ficou idoso – continuou a Menina das Histórias –, o Presbitério achou que deveria se aposentar, mas ele mesmo não pensava assim. O Presbitério, no entanto, era quem decidia, porque, afinal, lá eles eram muitos, e o reverendo Scott era um só. Então ele se aposentou, e um pastor jovem foi chamado a Carlisle. O reverendo Scott, agora apenas senhor Scott, foi morar na cidade, mas vinha a Carlisle com certa regularidade, como quando ainda era o pastor de lá. O novo pastor era um rapaz muito bom e tentou cumprir com seus deveres, mas morria de medo de se encontrar com o velho senhor Scott, porque lhe haviam dito que o antigo pastor estava muito bravo por ter sido deixado de lado e que queria lhe dar uma boa surra. Certo dia, o pastor jovem estava visitando os Crawfords, em Markdale, quando, de repente, ouviram a voz do senhor Scott na cozinha. O pastor ficou branco de medo e suplicou à senhora Crawford para que o escondesse. Mas ela não conseguiu tirá-lo da sala. Tudo que pôde fazer foi escondê-lo no armário das louças. Enquanto um se esgueirava para dentro do armário, o outro entrava na sala. O senhor Scott ficou ali, conversando animadamente, leu a Bíblia e rezou. Naqueles dias, as orações eram bem longas, sabem? Quando acabou de rezar, ele disse: "Oh, Senhor, abençoai o pobre rapaz que está escondido no armário. Dai-lhe coragem para não temer a face dos homens. Fazei dele uma luz brilhante para esta pobre congregação". Imaginem como o pastor se sentiu lá dentro do armário! Mas ele saiu, como homem, embora seu rosto estivesse muito vermelho, assim que o senhor Scott terminou a oração. E o senhor Scott foi muito simpático; eles até se deram as mãos, e o fato de o pastor ter estado dentro do armário nunca mais foi, sequer, mencionado. Os dois tornaram-se grandes amigos depois disso.

– Como o senhor Scott descobriu que o outro pastor estava dentro do armário? – Felix quis saber.

– Ninguém nunca soube. Diziam que ele talvez o tivesse visto pela janela antes de entrar na casa e supôs que estivesse no armário porque não havia como ele ter saído da sala.

– O senhor Scott foi quem plantou a ameixeira amarela na época do vovô – Cecily disse enquanto descascava uma das ameixas. – E, quando o fez, disse que aquele era o gesto mais cristão que já fizera na vida. Não sei o que quis dizer com isso. Não vejo nada de cristão em plantar uma árvore.

– Eu vejo – disse a Menina das Histórias sabiamente.

Quando nos reunimos de novo, depois da ordenha, todas as tarefas diárias da fazenda já tinham sido feitas. Estávamos nos corredores perfumados do bosque de abetos e comemos tantas maçãs que a Menina das Histórias disse que a fizemos lembrar da história de um porco comilão que pertencia a um irlandês. E lá começou ela a contar:

– Um irlandês que vivia em Markdale tinha um porquinho; e ele lhe deu um balde cheio de mingau. O porquinho comeu tudo. O irlandês, então, colocou-o dentro do balde e viu que seu corpinho não enchia sequer metade. Achou estranho, pois, antes, o mingau ocupava o balde todo!

Isso nos pareceu ser um enigma incompreensível. Ficamos falando sobre ele em nosso caminho pelo bosque. Dan e Peter quase discutiram a respeito. Dan dizia que era impossível ter acontecido, e Peter afirmava que, de algum modo, o mingau tinha se engrossado dentro do porco e, assim, passara a ocupar menos espaço. Enquanto discutiam, chegamos à casa que ficava no pasto da colina, sobre o qual cresciam frutinhas venenosas.

Não sei ao certo o que elas eram. Nunca soubemos seu nome correto. Eram frutinhas pequenas, vermelhas, de aparência muito apetitosa, mas estávamos proibidos de comê-las porque achava-se que eram venenosas. Dan arrancou um cacho delas e levou-o próximo ao rosto.

– Dan King, não ouse comer isso! – Felicity ralhou, em seu tom mais autoritário. – São venenosas! Largue isso agora mesmo!

Dan jamais tivera a intenção de comer as frutinhas, mas, diante da proibição, a sensação de rebeldia que estivera queimando dentro dele durante todo o dia irrompeu em chamas. Ela veria só do que era capaz!

– Vou comê-las se quiser, Felicity King! – esbravejou. – Não acredito que sejam venenosas. Veja! – E enfiou o cacho das frutinhas na boca enorme, mastigando com prazer. – O gosto é ótimo! – exclamou, de boca

A Menina das Histórias

cheia. E comeu mais dois cachos, sem se importar com nossos protestos horrorizados, muito menos com as súplicas de Felicity.

Temíamos que caísse morto ali mesmo. No entanto, nada aconteceu de imediato. Uma hora se passou e chegamos à conclusão de que as frutinhas venenosas não eram, afinal... venenosas; e passamos a considerar Dan um herói por ter ousado comê-las.

– Eu sabia que não me fariam nenhum mal – gabou-se ele, orgulhoso de si mesmo. – Felicity dá importância demais a tudo!

Entretanto, quando escureceu e voltamos para casa, comecei a perceber que Dan estava meio pálido e calado. Ele se deitou no sofá da cozinha.

– Não está se sentindo bem, Dan? – sussurrei, preocupado.

– Ora, cale a boca.

Eu me calei. Felicity e Cecily estavam na despensa, separando algo para comermos quando ouvimos um gemido alto que nos assustou.

– Estou enjoado – disse Dan, esquecendo o desafio e a bravata de antes. – Estou muito enjoado!

Ficamos todos sem saber o que fazer. Todos, menos Cecily, que manteve o sangue frio.

– Seu estômago está doendo? – perguntou.

– Estou com uma dor horrível bem aqui! – Dan gemeu, colocando a mão numa parte de sua anatomia consideravelmente abaixo de seu estômago. – Ai, ai...

– Vão buscar o tio Roger! – Cecily ordenou, pálida, mas controlada. – Felicity, coloque água para ferver. Dan, vou lhe dar mostarda com água quente, para você colocar as frutinhas para fora.

Os dois ingredientes fizeram efeito bem rápido, mas não deram nenhum alívio a Dan. Ele continuou a gemer e a se contorcer. O tio Roger, que foi encontrado em sua própria casa, saiu depressa em busca do médico, não sem antes mandar Peter chamar a senhora Ray. Peter foi, mas voltou acompanhado por Sara apenas. A senhora Ray e Judy Pineau não estavam em casa.

Sara bem que podia ter ficado lá, porque se mostrou completamente inútil, contribuindo para o desespero geral ao ficar andando para lá e para cá enquanto chorava e perguntava sem parar se Dan ia morrer.

Cecily tomou as rédeas da situação. Felicity sabia atiçar o apetite das pessoas; a Menina das Histórias capturava a alma de seus ouvintes com contos encantados, mas, quando se tratava de dores e doenças, era Cecily o anjo em comando. Foi ela quem fez Dan ir para a cama, ainda se contorcendo, e deu-lhe vários tipos de "antídotos" recomendados nos tradicionais livros médicos familiares. Também lhe aplicou compressas quentes até que suas mãozinhas delicadas ficassem vermelhas.

Dan estava, com certeza, sentindo muita dor. Revirava-se na cama, gemia e chamava pela mãe.

– Oh, que coisa horrível! – Felicity lamentou, apertando as mãos uma na outra enquanto andava pela cozinha. – Por que o médico não chega logo? Eu disse a Dan que aquelas frutinhas são venenosas! Mas elas, certamente, não levam à morte... Levam?

– O primo do papai morreu depois de comer uma coisa há quarenta anos – Sara Ray comentou, num soluço.

– Segure essa sua língua! – Peter ordenou, num sussurro raivoso. – Devia saber que não deve falar uma coisa dessas para as meninas. Elas não precisam ficar mais assustadas do que já estão.

– Mas o primo do papai morreu de verdade! – Sara reiterou.

– Minha tia Jane costumava esfregar uísque na pele, no lugar que estava doendo – ele sugeriu.

– Não temos uísque aqui – Felicity desaprovou. – Esta é uma casa de gente sóbria.

– Mas não faz mal algum esfregar uísque do lado de fora do corpo para fazer a dor parar – Peter insistiu. – Só faz mal quando você o manda para dentro.

– De qualquer forma, não temos uísque em casa. Você acha que licor de mirtilo teria o mesmo efeito?

Peter achou que não.

A Menina das Histórias

Dan só começou a se sentir melhor depois das dez horas. E sua melhora foi rápida a partir daí. O médico não estava em casa quando o tio Roger chegou a seu consultório em Markdale; por isso, quando chegaram, já eram dez e meia. Dan estava pálido e fraco, mas já sem dor.

O doutor Grier acariciou os cabelos de Cecily, disse que ela era uma heroína e que tinha feito tudo direitinho; depois examinou algumas das frutinhas e chegou à conclusão de que eram, provavelmente, venenosas. Então receitou alguns remédios a Dan, aconselhou-o a nunca mais comer frutos proibidos e depois foi embora.

A senhora Ray apareceu, procurando por Sara, e disse que ficaria conosco naquela noite.

– Agradeço muito que fique – disse o tio Roger. – Estou um pouco agitado. Insisti para que Janet e Alec fossem a Halifax e me comprometi a cuidar das crianças em sua ausência, mas não sabia em que estava me metendo. Se algo tivesse acontecido, eu jamais me perdoaria, embora ache que está além do poder humano cuidar de tudo que as crianças comem. – Ele se virou para nós. – E vocês, jovens: direto para a cama! Dan está fora de perigo, e vocês não podem fazer mais nada de bom por ele. Não que tenham feito muito, com exceção de Cecily. Ela manteve a cabeça no lugar.

– Que dia horrível! – Felicity exclamou ao subirmos as escadas.

– Acho que fomos nós que o tornamos horrível – a Menina das Histórias comentou, com franqueza. E acrescentou: – Mas vai se transformar numa boa história para ser contada um dia!

– Estou muito cansada e agradecida – Cecily suspirou.

Todos nós nos sentíamos assim.

UM IRMÃO DESOBEDIENTE

Dan estava recuperado pela manhã, embora ainda fraco e pálido. Quis se levantar, mas Cecily mandou que ficasse na cama. Felizmente, Felicity se esqueceu de reforçar a ordem, então Dan obedeceu. Cecily levou-lhe as refeições e, em seus momentos de folga, foi ler um livro Henty para ele. A Menina das Histórias também subiu e contou-lhe histórias maravilhosas. E Sara Ray lhe trouxe um pudim feito por ela mesma. A intenção foi boa, mas o pudim... Bem, Dan deu boa parte dele a Paddy, que tinha se enrodilhado aos pés da cama, ronronando seu carinho para com o convalescente.

– Ele é um companheiro e tanto – Dan comentou. – Sabe que estou doente, como se fosse humano. Nunca liga para mim quando estou bem.

Felix, Peter e eu fomos chamados pelo tio Roger para ajudá-lo num serviço de carpintaria, e Felicity deliciou-se em limpar a casa, tarefa que adorava fazer. Assim, já anoitecia quando ficamos livres para nos reunir no pomar e deitar na grama macia do Passeio do tio Stephen. Em agosto, aquele era um lugar adoravelmente fresco, perfumado com o aroma das maçãs que amadureciam, cheio de sombras delicadas.

A Menina das Histórias

Através dos espaços entre os troncos, podíamos avistar o contorno azulado das colinas e campos tranquilos, tão verdes, ao sol do entardecer. Acima de nós, as folhas pareciam se entrelaçar e formar um teto vivo, murmurante. Era como se não houvesse pressa alguma no mundo enquanto ficávamos ali e conversávamos sobre os mais variados assuntos. Uma história contada pela Menina das Histórias, na qual existiam mais príncipes do que amoras e rainhas eram tão comuns quanto botões-de--ouro, levou-nos a discutir o assunto "reis". Imaginávamos como seria ser um. Peter achou que seria ótimo, mas meio inconveniente por ter de usar uma coroa o tempo todo.

– Mas eles não usam! – reagiu a Menina das Histórias. – Talvez, no passado, usassem, mas agora usam chapéus. As coroas são apenas para ocasiões especiais. Os reis de agora são como as pessoas comuns, a julgar pelas fotografias.

– Não vejo muita graça se for algo tão corriqueiro – Cecily opinou. – Mas bem que eu gostaria de ver uma rainha. Isso é um dos aspectos negativos aqui da Ilha: a gente nunca tem a oportunidade de ver coisas assim.

– O Príncipe de Gales esteve em Charlottetown uma vez – Peter se lembrou. – Minha tia Jane o viu bem de perto.

– Sim, antes de nascermos! E não deve acontecer de novo antes de morrermos – Cecily rebateu, com um pessimismo que não lhe era típico.

– Acho que havia muito mais reis e rainhas antigamente – disse a Menina das Histórias. – Eles parecem ser tão poucos agora! Neste país, mesmo, não há um sequer. Talvez eu consiga ver alguns quando for à Europa.

Sim, ela estava destinada a ficar frente a frente com os reis. E eles se sentiriam encantados em honrar uma menina como ela com sua presença. Mas não sabíamos disso na época, naquelas nossas reuniões no pomar. Achávamos que já era maravilhoso o fato de ela ter esperança de poder vê-los um dia.

– Uma rainha pode fazer tudo que quiser? – Sara Ray quis saber.

– Hoje em dia, não – explicou a Menina das Histórias.

– Então não vejo graça em ser rainha.

– Um rei também não pode fazer o que quiser – Felix interferiu. – Se tentar, e se isso não agradar outras pessoas, o Parlamento ou algo parecido o interdita.

– "Interditar" é uma palavra linda, não acham? – a Menina das Histórias observou. – É tão expressiva! In-ter-di-tar!

Era, com certeza, uma palavra adorável, já que ela assim achava. Nem mesmo um rei teria se importado em ser interditado se fosse com um som musical como o da voz dela.

– O tio Roger contou ao papai que a esposa de Martin Forbes o interditou – Felicity comentou. – Disse também que Martin já não é dono de sua própria alma desde que se casou.

– Bem feito para ele! – Cecily exclamou, em tom de vingança.

Todos olhamos para ela. Era tão extraordinário Cecily ser vingativa!

– Martin Forbes é irmão de um homem horrível de Summerside, que me chamou de Johnny – ela explicou. – Ele veio nos visitar com a esposa há dois anos e me chamou de Johnny todas as vezes que falou comigo, acreditam? Jamais vou perdoá-lo!

– Essa não é uma atitude cristã – Felicity a repreendeu.

– Não importa. Você perdoaria James Forbes se ele a chamasse de Johnny?

– Sei uma história sobre o avô de Martin Forbes – disse a Menina das Histórias. E logo se pôs a contá-la: – Há muito tempo, a igreja de Carlisle não tinha um coral; tinha apenas um precentor, sabem? Aquele religioso que canta os hinos sozinho. Mas, por fim, eles montaram um coral e escolheram Andrew McPherson para cantar o baixo. O velho senhor Forbes não ia à igreja fazia anos, por causa do seu reumatismo, mas ele foi no primeiro domingo em que o coral ia cantar, porque nunca tinha ouvido alguém cantar o baixo e queria saber como era. Depois do culto, vovô King lhe perguntou o que tinha achado do coral, e o senhor Forbes disse que era muito bom, mas, quanto à voz grave de Andrew, afirmou que "não tinha nada de baixo nela" e que tinha sido um "brrrr" o tempo inteiro.

A Menina das Histórias

Se pudessem ouvir o "brrrr" da Menina das Histórias! Nem mesmo o próprio senhor Forbes conseguiria colocar mais desprezo nele. Foi tão engraçado que rolamos de rir na relva fresca do Passeio.

– Pobre Dan – Cecily lembrou-se, compadecida. – Está lá sozinho no quarto, perdendo toda esta diversão. Acho errado passarmos momentos tão bons aqui quando ele não pode sair da cama.

– Se Dan não tivesse comido as frutinhas venenosas quando eu o proibi, não estaria doente agora – Felicity fez questão de frisar. – Você tem que aguentar as consequências quando age errado. Ele só não morreu por ação da Providência divina!

– Ah! Eu me lembrei de outra história sobre o senhor Scott! – disse a Menina das Histórias. – Lembram-se de que eu lhes contei que ele ficou muito bravo porque o Presbitério o obrigou a se aposentar? Então, havia dois pastores em particular a quem ele culpava de estarem por trás de tudo. Um dia, um amigo estava tentando consolá-lo e lhe disse: "Você deveria se resignar diante da ação da Providência divina". E o senhor Scott respondeu: "A Providência não tem nada com isso! Foram os McCloskeys e o demônio!"

– Você não deveria falar do... do... dessa criatura – Felicity admoestou-a, chocada.

– Mas foi o que o senhor Scott disse! – ela se defendeu.

– Um pastor pode falar... dele; mas meninas, não. Se tiver que falar, pode dizer "Príncipe das Trevas". A mamãe se refere a ele assim.

– "Foram os McCloskeys e o Príncipe das Trevas" – a Menina das Histórias retomou, devagar, como se analisasse qual das duas versões teria maior impacto. Por fim, decidiu-se: – Não. Não ficou bom.

– Acho que não há mal nenhum em mencionar o nome do... dessa criatura quando se está contando uma história – Cecily interferiu. – Só não se deve fazê-lo numa conversa porque vai soar mal, como um palavrão.

– Não faz mal nenhum. Sei outra história sobre o senhor Scott – a Menina das Histórias animou-se novamente. – Um dia, pouco tempo depois de ele se casar, sua esposa ainda não estava pronta para ir à igreja e eles já estavam em cima da hora para o culto. Então, para ensinar-lhe uma lição, ele foi sozinho na charrete e deixou que ela caminhasse até lá. Eram mais de três quilômetros! E a pobre coitada teve que ir no calor e na poeira da estrada. Ela não disse nada. É a melhor maneira de agir quando se é casada com um homem como o velho senhor Scott, eu acho. Mas, alguns domingos depois, foi ele quem se atrasou. Imagino que a senhora Scott pensou naquele provérbio, sabem? "O mesmo pau que dá em Chico, dá em Francisco", porque ela saiu de fininho e foi para a igreja na charrete, como ele tinha feito. Quando chegou à igreja, cansado, suado e empoeirado, o senhor Scott estava muito zangado. Subiu ao púlpito, inclinou-se por cima dele e olhou para a esposa, que estava calmamente sentada no banco logo abaixo. "Você foi esperta", ele disse, bem alto. "Mas que isso não se repita!"

Ao som das nossas risadas, Pad apareceu, o rabo esticado movendo-se acima da vegetação. E, com ele, veio Dan, já refeito e usando suas roupas normais (o pijama já se tornara parte do passado).

– Acha que deveria ter se levantado, Dan? – Cecily preocupou-se.

– Tive que levantar. A janela estava aberta e não resisti, ouvindo vocês rir tanto. Como podia perder a diversão? Além do mais, já estou bem e me sinto ótimo.

– Que sirva de lição, então! – Felicity fez questão de observar, em seu tom mais irritante e autoritário. – Aposto que não vai esquecer tão cedo o que lhe aconteceu. Não vai mais comer as frutinhas venenosas quando o avisarem para não o fazer.

Dan havia escolhido um lugar bem macio na grama e já estava se sentando, mas parou ao ouvi-la. Tornou a se levantar e lançou-lhe um olhar carrancudo; então, indignado, mas sem dizer uma só palavra, foi embora pelo gramado.

– Ele ficou zangado. – Cecily voltou-se para a irmã. – Por que não segurou essa sua língua grande?

– Ora... O que foi que eu disse que o deixou enfezado? – Felicity parecia estar realmente perplexa.

A Menina das Histórias

– Acho muito ruim que irmãos e irmãs briguem o tempo todo – Cecily insistiu, num suspiro triste. – Os Cowans vivem brigando, e logo, logo, você e Dan estarão como eles.

– Bobagem! Dan anda tão sensível que nem se pode falar com ele. Acho que deveria estar arrependido pelo trabalho que nos deu ontem à noite, mas você fica sempre do lado dele!

– Não é isso...

– É, sim! E não deveria, em especial quando a mamãe não está em casa. Ela deixou a mim no comando!

– Você não comandou praticamente nada ontem quando Dan ficou doente – Felix interferiu, maldoso. Felicity lhe tinha dito, durante o chá, no dia anterior, que ele estava ficando cada vez mais gordo, e ele, agora, estava lhe dando o troco. – Deixou tudo nas costas de Cecily.

– E eu falei com você, por acaso? – ela rebateu.

– Olhem aqui! – a Menina das Histórias exclamou. – Daqui a pouco, vamos estar todos brigando, e alguns de nós vão acabar ficando de mau humor amanhã. É horrível estragar um dia inteiro com essas bobagens. Vamos nos acalmar e contar até cem antes de dizermos qualquer outra coisa, está bem?

Concordamos. Contamos até cem. Ao terminarmos, Cecily se levantou e foi atrás de Dan, disposta a consolar seus sentimentos feridos. Felicity gritou a ela para dizer ao irmão que tinha feito um doce de geleia e o guardado na despensa especialmente para ele. Felix presenteou Felicity com uma maçã maravilhosa que tinha guardado para seu próprio consumo. E a Menina das Histórias começou a contar mais uma, sobre uma donzela encantada que vivia num castelo à beira-mar. Nunca ouvimos seu final, porém, pois, quando a lua começou a surgir, lançando sua luz no céu rosado, Cecily reapareceu correndo pelo pomar, torcendo as mãos ansiosamente.

– Venham! Venham depressa! – chamou. – Dan está comendo as frutinhas venenosas outra vez! Já comeu uma porção delas! Disse que vai dar uma lição a Felicity. Não pude detê-lo. Venham me ajudar!

Nós nos colocamos de pé num pulo e saímos correndo em direção à casa. Encontramos Dan no quintal; ele estava saindo do bosque de abetos, mastigando as frutinhas com prazer e sem arrependimento algum.

– Dan King, quer cometer suicídio? – a Menina das Histórias o confrontou.

– Olhe, Dan – adverti –, não deveria fazer isso. Pense em como passou mal ontem à noite e na preocupação que causou a todos. Não coma mais desse veneno, por favor.

– Está bem. Já comi o quanto queria – ele respondeu, com calma. – Estão deliciosas. Acho que não foram as frutinhas que me fizeram mal.

Mas, agora que a raiva tinha passado, ele nos pareceu estar um tanto assustado.

Felicity não estava conosco. Tinha ido acender o fogo, na cozinha.

– Bev, encha a chaleira de água e coloque-a para ferver – disse, em tom resignado. – Se Dan passar mal de novo, temos de estar preparados. Queria tanto que a mamãe estivesse em casa!... Espero que ela nunca mais nos deixe sozinhos. Dan King, espere só até eu contar a ela o que você andou aprontando.

– Bobagem. Não vou passar mal. E, se você der com a língua nos dentes, saiba que tenho umas coisinhas para contar à mamãe também. Sei bem quantos ovos ela deixou você usar enquanto estivesse fora. E sei melhor ainda quantos você usou. Eu contei, sabia? Portanto, tome muito cuidado com o que pretende dizer, mocinha.

– Que bela maneira de falar com sua irmã quando poderá estar morto dentro de uma hora! – Felicity já chorava, dividida entre a raiva e a preocupação com o estado de saúde de Dan.

Mas uma hora se passou e ele continuou bem. Disse que ia para a cama e logo estava dormindo tranquilamente, como se nada lhe pesasse nem na consciência nem no estômago. Felicity, porém, quis manter a água quente até que todo o perigo passasse. Ficamos sentados na cozinha para fazer-lhe companhia até que o tio Roger chegou, às onze horas.

A MENINA DAS HISTÓRIAS

– Mas o que estão fazendo acordados a esta hora? – ele perguntou, zangado. – Deveriam ter ido para a cama há duas horas pelo menos! E por que estão mantendo esse fogo assim alto ainda por cima? A noite está tão quente que poderia derreter um pedaço de bronze! Perderam o juízo?!

– É por causa de Dan – Felicity explicou. – Ele comeu mais daquelas frutinhas; um monte delas, na verdade, e achamos que ficaria doente de novo. Mas não ficou. Está dormindo agora.

– Mas esse menino é maluco, ou o quê? – o tio Roger estranhou.

– Foi culpa de Felicity – Cecily acusou. Ficava sempre ao lado de Dan, estivesse ele certo ou errado. – Disse que ele deveria ter aprendido a lição e que nunca mais fizesse o que ela lhe mandasse não fazer. E Dan foi comer mais frutinhas porque ela o irritou demais.

– Sabe de uma coisa, Felicity? – o tio Roger alertou-a, em tom severo. – Ou você se emenda ou vai acabar se tornando uma dessas mulheres que empurram o marido para a bebida.

– E como eu poderia imaginar que Dan agiria feito uma mula? – ela tentou se defender.

– Vão para a cama! Já! Todos vocês! Vou agradecer muito a Deus quando seus pais voltarem! Um solteiro idiota que aceita cuidar de um bando de crianças como vocês é digno de compaixão, sabiam? Ah, mas não caio mais nessa! Felicity, há alguma coisa comível na despensa?

Essa última pergunta foi a pior coisa que ela poderia ouvir. Teria perdoado qualquer insulto, menos isso. Era uma pergunta realmente sem perdão possível! Quando estávamos subindo para nossos quartos, ela me confidenciou, com lábios trêmulos e lágrimas de orgulho ferido nos maravilhosos olhos azuis, que detestava o tio Roger. E me pareceu inacreditavelmente linda e atraente à luz suave das velas. Passei o braço por seus ombros, num carinho de primo, e a consolei:

– Não ligue para o tio Roger. Afinal, ele é só um adulto.

O SINO FANTASMA

A sexta-feira foi um dia tranquilo na casa dos Kings. Todos estavam de bom humor. A Menina das Histórias se superou, contando inúmeras delas, desde as que falavam de espectros e gênios da mitologia oriental, passando pelos floreios do cavalheirismo medieval, até as historietas engraçadas dos trabalhadores de Carlisle. Ela representou uma princesa do Oriente por trás de um véu de seda, uma noiva que seguiu seu amado, disfarçada de pajem, às guerras da Palestina, uma dama corajosa que resgatou seu colar de diamantes dançando ao luar com um salteador num matagal, e também uma garota de Buskirk, que se juntou ao Movimento dos Filhos e Filhas da Temperança[5], só para ver como era. A cada nova representação da história que contava, ela incorporava a personagem com tanta paixão que até nos surpreendemos quando voltou a ser a nossa Menina das Histórias.

Cecily e Sara Ray encontraram um novo padrão de pontos de tricô de renda numa revista antiga e passaram a tarde felizes tentando aprendê-lo

---

[5] O Movimento Temperança se iniciou por volta de 1820, durante a Revolução Americana. É um movimento social que critica o consumo excessivo de álcool e promove a abstemia completa. Muitos jovens participaram dele e participam até hoje, com grande interesse e dedicação. (N.T.)

A Menina das Histórias

e partilhando segredinhos. Ouvi (por acaso, eu juro!) alguns desses segredos e fiquei sabendo, por exemplo, que Sara Ray tinha cortado uma maçã "com intenção" em Johnny Price e que jurava haver oito sementes nela, o que significava, de acordo com a superstição das meninas, que "ambos estavam apaixonados". Cecily, por sua vez, admitiu que Willy Fraser tinha escrito em sua lousa de estudos e depois mostrado a ela a seguinte frase: "Se o amor que sinto por você for correspondido, ele jamais poderá ser interrompido". E pediu segredo eterno a Sara Ray sobre o assunto.

Felix me garantiu que também tinha ouvido Sara perguntar, com muita seriedade, a Cecily: "Quantos anos devemos ter para podermos namorar de verdade?" Sara, porém, sempre negou ter feito essa pergunta, então acho que Felix simplesmente inventou essa história.

Paddy conseguiu certa distinção ao caçar um rato, feito esse que o deixou insuportavelmente convencido até Sara Ray acariciá-lo, chamá-lo de "queridinho" e dar-lhe alguns beijinhos entre as orelhas. Depois disso, ele foi embora, de rabo caído, cheio de desprezo por ela. Detestava ser chamado de "queridinho". Mas Pad tinha senso de humor. Poucos gatos têm. Em sua maioria, eles adoram ser elogiados e suportam bem serem chamados de "queridinhos" e outras coisas afins. Paddy, porém, tinha um gosto mais refinado. Eu e a Menina das Histórias éramos os únicos a quem ele permitia elogios e carinhos. Às vezes, ela fechava a mão e lhe dava soquinhos nas orelhas, dizendo: "Deus abençoe seu coraçãozinho mau, Paddy. Você é um patife querido". E ele ronronava, satisfeito. E eu agarrava a pele das suas costas, dava-lhe uma sacudida leve e dizia: "Pad, seu maroto, você não liga a mínima para humano nenhum, não é?" E ele lambia os bigodes com prazer. Agora, chamá-lo de "queridinho"! Oh, Sara, Sara, faça-me o favor...

Felicity experimentou (e, diga-se, acertou!) uma nova e complicada receita de bolo: uma mistura maravilhosa de dar água na boca. A quantidade de ovos que usou teria deixado a tia Janet chocada, mas aquele bolo, como a beleza costuma fazer, falava por si só. O tio Roger comeu três fatias na hora do chá e disse a Felicity que ela era uma artista. Sua intenção foi a de fazer um elogio, mas Felicity, sabendo que o tio Blair era um artista e era mal visto por isso, ficou magoada e respondeu: "Não sou, não!"

– Peter disse que há muitas framboesas lá na clareira dos bordos – Dan comentou. – Vamos pegar algumas depois do chá?

– Eu gostaria de ir, mas voltaríamos cansados, e ainda precisamos fazer a ordenha – Felicity lamentou. – É melhor vocês, meninos, irem sozinhos.

– Peter e eu podemos cuidar da ordenha hoje – o tio Roger ofereceu. – Vocês podem ir. Acho que uma torta de framboesas para amanhã à noite, quando seus pais e Olívia voltarem, viria a calhar.

Assim, saímos todos depois do chá, levando potes e jarras. Felicity, prevenida, levou também uma cesta com biscoitinhos. Teríamos de voltar pelo bosque de bordos até a divisa com a fazenda do tio Roger. Era uma boa caminhada, em meio a um mundo verde de galhos e samambaias, e alguns trechos banhados pelo sol do entardecer.

Havia tantas framboesas que não demoramos a encher os vasilhames. Então nos reunimos em torno de uma nascente fresca e cristalina, embaixo de alguns bordos ainda jovens, e comemos os biscoitinhos. E a Menina das Histórias nos contou sobre uma fonte encantada que ficava num vale estreito entre montanhas; ali vivia uma fada que recebia todos os visitantes com uma taça dourada incrustrada de joias brilhantes.

– E, se bebessem daquela taça com ela – acrescentou, os olhos brilhantes contrastando com a penumbra da tarde que caía –, desapareceriam para sempre deste mundo, pois seriam levados diretamente à terra das fadas e passariam a viver lá, cada um com sua noiva, que era uma fada também. E nunca mais desejariam voltar à nossa terra, porque, ao beber da taça mágica, esqueciam-se de sua vida anterior, a não ser por um único dia ao ano, no qual lhes era permitido recordar-se.

– Eu gostaria que a terra das fadas existisse e que também houvesse um jeito de chegar até lá – devaneou Cecily.

– Acho que esse lugar existe, apesar de o tio Edward provavelmente dizer que não – a Menina das Histórias observou, com ar sonhador. – E também acho que há um jeito de chegar lá, mas teríamos de encontrá-lo.

A Menina das Histórias

E ela estava certa. A terra das fadas existe, mas somente as crianças conseguem encontrar o caminho para chegar lá. E não sabem que estão na terra das fadas até crescerem e esquecerem qual era esse caminho. Num dia muito triste, elas o procuram e não mais o encontram, e então percebem o que perderam. E essa é a grande tragédia da vida. Nesse dia, os portões do Éden se fecham às suas costas, e a idade de ouro termina. Daí em diante, têm que viver à luz dos dias comuns. Somente alguns, que permanecem com o coração de criança, poderão, um dia, encontrar novamente aquele lindo caminho perdido. Esses são abençoados entre todos os mortais. Eles, e somente eles, podem nos trazer notícias daquele lugar tão querido, onde, um dia, estivemos e do qual estaremos para sempre exilados. O mundo chama essas pessoas de cantores e poetas, artistas e contadores de histórias; mas são apenas pessoas que nunca se esqueceram do caminho para a terra das fadas.

Quando estávamos lá, sentados, o Homem Esquisito passou por nós, com um rifle pendurado no ombro, acompanhado de um cachorro. Não parecia esquisito ali, no meio do bosque de bordos. Caminhava com passos firmes e mantinha a cabeça erguida, como se fosse o soberano de tudo à sua volta.

A Menina das Histórias mandou-lhe um beijo com as pontas dos dedos, numa daquelas adoráveis atitudes carregadas de audácia que a caracterizavam. E o Homem Esquisito respondeu tirando o chapéu e inclinando o corpo, em um cumprimento gracioso.

– Não entendo por que o chamam de esquisito – Cecily comentou quando ele já não podia nos ouvir.

– Você entenderia se o visse numa festa ou num piquenique – desdenhou Felicity –, tentando passar os pratos e deixando-os cair sempre que uma mulher olha para ele. Dizem que é de cortar o coração.

– Preciso fazer amizade com ele no verão do ano que vem – observou a Menina das Histórias. – Se continuar adiando, vai ser tarde demais. A tia Olivia disse que estou crescendo tão rápido que, no verão, já terei de usar saias até os tornozelos. Se eu parecer adulta, ele vai ter medo de mim, e então nunca poderei descobrir o mistério do Marco Dourado.

– Você acha que ele vai lhe dizer quem é Alice? – perguntei.

– Eu até já faço uma ideia de quem possa ser – respondeu ela, cheia de suspense. E não nos revelou mais nada.

Ao terminarmos de comer os biscoitinhos, estava mais do que na hora de voltarmos para casa, pois, quando a noite vem, há lugares bem mais confortáveis para se estar do que no meio de um bosque de bordos murmurantes ou nos arredores de uma fonte possivelmente encantada.

Quando chegamos ao sopé da colina onde ficava o pomar, entramos nele através de uma falha na sebe. Estávamos naquele momento mágico, místico, do "entre luzes". O lado oeste estava tomado por aquele amarelo suave que se estendia no céu por todo o vale. O enorme salgueiro do vovô King parecia erguer-se contra ele como se fosse uma poderosa montanha feita de folhas. A leste, acima do bosque de bordos, um brilho prateado dava os primeiros sinais de como seria o luar. Mas o pomar era um lugar de sombras e sons misteriosos. A meio caminho do espaço aberto que havia bem no meio dele, encontramos Peter. Se havia um menino dado a sustos e temores, esse menino era Peter. Estava pálido, mesmo sendo bronzeado, e, nos olhos, trazia uma expressão de pânico.

– Peter, o que houve? – Cecily logo perguntou.

– Uma... coisa, lá na casa – ele gaguejou. – E está tocando um sino.

Nem mesmo a Menina das Histórias, contando uma bem sinistra, conseguiria demonstrar tanto terror na voz ao pronunciar a palavra "coisa" como ele fizera. Inconscientemente, juntamo-nos mais. Senti um arrepio nas costas que nunca tinha experimentado. Se Peter não estivesse tão genuinamente apavorado, poderíamos pensar que estava tentando fazer alguma brincadeira de mau gosto conosco. Seu pavor, porém, não era uma simulação.

– Que bobagem! – Felicity exclamou, mas sua voz tremeu. – Nem temos um sino em casa... Foi imaginação sua, Peter. Ou, então, o tio Roger está tentando nos enganar.

A Menina das Histórias

– Seu tio foi a Markdale logo depois da ordenha – Peter informou. – Ele trancou a casa e me deu a chave. Ninguém estava lá dentro, tenho certeza. Levei as vacas para o pasto e voltei, mais ou menos quinze minutos atrás. Sentei nos degraus da frente por um momento e, de repente, ouvi o sino tocar dentro da casa. Oito badaladas! Vou lhes dizer uma coisa: fiquei com medo! Saí correndo para o pomar e não vou voltar nem para perto daquela casa até seu tio voltar.

Nenhum de nós voltaria. Estávamos praticamente tão assustados quanto Peter. E ali permanecemos, amontoados e desmoralizados em nosso medo. E que lugar misterioso era aquele pomar! Quantas sombras... E ruídos... Que bater sinistro de asas de morcego! Não se podia olhar em todas as direções ao mesmo tempo, e só Deus para saber o que poderia estar às nossas costas!

– Não pode haver alguém dentro de casa – Felicity tentou analisar.

– Bem, aqui está a chave – Peter mostrou. – Vá e veja com seus próprios olhos.

Mas ela não tinha intenção nenhuma de ir; muito menos de ver.

– Acho que vocês é que deveriam ir, meninos – argumentou, usando o gênero como escudo. – Deveriam ser mais corajosos do que as meninas.

– É, mas não somos – Felix atestou. – Eu não teria muito medo se fosse uma coisa real, mas uma casa assombrada é algo totalmente diferente!

– Sempre achei que um lugar só fica assombrado quando algo de ruim aconteceu ali – Cecily observou. – Quando alguém foi assassinado ou alguma coisa assim, sabem? E isso nunca aconteceu na nossa família. Os Kings sempre foram pessoas respeitáveis.

– E se for o fantasma de Emily King? – Felix nos lembrou.

– Ela só aparece no pomar. Nunca apareceu em outro lugar – garantiu a Menina das Histórias. – Ei, crianças, acho que vi alguma coisa embaixo da árvore do tio Alec!

Olhamos, apavorados, tentando ver algo na escuridão. E havia alguma coisa lá! Uma coisa que se agitava, oscilava para a frente e para trás.

– É o meu avental velho – Felicity nos acalmou. – Eu o pendurei ali hoje quando estava procurando o ninho da galinha branca. Oh, o que vamos fazer? Tio Roger talvez demore horas para chegar! Não posso acreditar que exista alguma coisa dentro de casa.

– Talvez seja apenas Peg Bowen – Dan sugeriu. Não havia grande conforto em sua sugestão, porém. Tínhamos praticamente tanto medo de Peg Bowen quanto teríamos de um visitante do além.

Peter afastou tal ideia com um argumento sólido:

– Peg Bowen não estava na casa antes de seu tio trancar a porta. Como poderia ter entrado depois? Não, não é ela. Mas é algo que anda.

– Conheço uma história sobre um fantasma – disse a Menina das Histórias, mantendo a paixão narrativa acesa, mesmo num momento extremo como aquele. – Um fantasma sem olhos, mas com as órbitas tão...

– Pare! – Cecily a interrompeu, apavorada. – Não quero ouvir! Não diga nem mais uma palavra, porque não vou aguentar!

Ela não o fez. Mas o que dissera já tinha sido suficiente. Havia alguma coisa tão absurdamente assustadora num fantasma sem olhos que fez nosso sangue congelar nas veias.

Nunca houve, no mundo inteiro, seis crianças mais assustadas do que aquelas que se abraçaram, tremendo, no pomar dos Kings, naquela noite de agosto.

De repente, algo saltou de um dos galhos acima de nossas cabeças e pousou diante de nós. Soltamos um grito agudo e teríamos saído correndo numa fuga desabalada caso houvesse para onde correr. Mas estávamos cercados pelas sombras. E então vimos, para nossa vergonha, que se tratava de Paddy.

– Pad, Pad... – Peguei-o no colo e senti certo conforto em abraçar seu corpo quente. – Fique conosco, camarada.

Mas é claro que ele não ficou. Debateu-se entre meus braços e saltou para o chão, para desaparecer na vegetação mais alta em saltos silenciosos. Era como se já não fosse nosso amiguinho domesticado, mas um animal estranho e furtivo, uma criatura que gostava de vagar entre as trevas.

A MENINA DAS HISTÓRIAS

A lua logo se colocou lá no alto do céu; mas isso apenas tornou a situação ainda pior. As sombras tinham se mantido paradas antes, mas agora pareciam mover-se e dançar ao sabor do vento noturno, que agitava os galhos das árvores. A casa antiga continuava guardando seu terrível segredo e se destacava, mais clara, contra o fundo escuro dos pinheiros. Estávamos exaustos, mas não podíamos nos sentar, porque a grama estava ficando úmida de orvalho.

– O Fantasma da Família só aparece à luz do dia – a Menina das Histórias garantiu. – Eu não me importaria em ver um fantasma durante o dia, mas, à noite...

– Fantasmas não existem! – exclamei, num arroubo de desdém. Se, ao menos, pudesse acreditar em minhas próprias palavras!

– O que foi que tocou aquele sino, então? – Peter rebateu. – Sinos não tocam sozinhos, ainda mais quando não há nenhum deles para ser tocado.

– Será que o tio Roger vai demorar muito a voltar? – Felicity queixou-se, num soluço. – Sei que ele vai rir de nós até não poder mais, mas é melhor passar vergonha do que sentir medo.

Ele, porém, só voltou para casa quando já eram quase dez da noite. Que som maravilhosamente agradável e bem-vindo, aquele das rodas da charrete no caminho até a casa!

Corremos para o portão do pomar e nos juntamos de novo no quintal, no exato momento em que o tio Roger parava diante da porta. Ele nos olhou, ao luar.

– Irritou alguém a ponto de fazê-lo comer mais frutinhas venenosas, Felicity? – indagou. – De novo?

– Tio Roger, não entre em casa! – ela lhe pediu. – Há uma coisa horrível aí dentro. Uma coisa que fica tocando um sino! Peter ouviu. Por favor, não entre!

– Acho que não adianta perguntar o que isso significa – comentou nosso tio, com uma calma que podia também ser vista como desespero conformado. – Desisti de tentar entender vocês, jovens. Peter, onde está a chave? E que bobagem andou dizendo a eles?

– Eu ouvi um sino tocar lá dentro – Peter teimou. – Juro!

O tio Roger destrancou a porta e abriu-a por completo. E, ao fazê-lo, ouvimos claramente o som de um sino bater dez vezes!

– Foi isso que ouvi! – Peter exclamou. – O sino!

O tio Roger se pôs a rir. Tivemos de esperar alguns instantes até ele se refazer e nos dar a explicação, embora achássemos que não fosse parar nunca mais:

– É o relógio antigo do vovô King batendo as horas – disse, assim que conseguiu controlar o riso. – Sammy Prott esteve aqui depois do chá quando você estava na forja, Peter, e deixei que limpasse o relógio. E não demorou muito para deixá-lo funcionando novamente. Quer dizer, então, que o bater das horas acabou quase matando vocês de susto!

Ele se afastou, indo guardar a charrete no celeiro. Pudemos ouvir sua risada no caminho todo até lá.

– O tio Roger pode rir – Cecily comentou com voz trêmula –, mas não foi engraçado sentir tanto medo. Meu estômago chegou a revirar, de tão apavorada que fiquei.

– Se, ao menos, ele risse uma vez e pronto! – Felicity observou, amarga. – Mas vai ficar rindo e zombando de nós por toda a eternidade, além, claro, de contar o que houve a todos que aparecerem por aqui.

– Não pode culpá-lo por isso – disse a Menina das Histórias. – Também eu vou contar essa história muitas vezes. Não ligo se vai ser engraçada à minha custa tanto quanto à sua. Uma história é uma história. Mas, com certeza, é desagradável quando riem da gente. E os adultos sempre fazem isso. Quando for adulta, jamais farei tal coisa. Vou me lembrar de como era e não vou fazer!

– É tudo culpa de Peter! – Felicity acusou. – Deveria ter percebido que se tratava das batidas de um relógio, e não de um sino!

– Eu nunca tinha ouvido aquele som, está bem? – ele se defendeu. – E esse relógio não soa como os outros. Além disso, a porta estava fechada, e o som ficou meio abafado. É fácil dizer agora que você saberia de onde vinha o som, mas acho que não saberia coisa nenhuma!

A Menina das Histórias

– Eu não saberia – disse a Menina das Histórias, com sinceridade. – Aliás, achei que era um sino quando ouvi; e a porta estava aberta. Sejamos justos, Felicity.

– Estou tão cansada! – Cecily suspirou.

Todos estávamos, pois era a terceira noite em que íamos nos deitar tarde depois de termos os nervos postos à prova. No entanto, já haviam passado mais de duas horas desde que tínhamos comido os biscoitinhos, e Felicity sugeriu que um pratinho de framboesas com creme para cada um de nós viria a calhar. E veio, mesmo, exceto para Cecily, que não conseguiu comer sequer uma colherada.

– Que bom que o papai e a mamãe vão voltar amanhã à noite – murmurou, caindo de sono. – É animado demais quando eles não estão aqui. Pelo menos, é o que penso.

A PROVA DO PUDIM

Felicity esteve muito ocupada na manhã seguinte. A casa inteira deveria estar em perfeita ordem, e uma refeição bem elaborada tinha de ser preparada, já que seus pais eram esperados de volta naquela noite. Ela se ateve por completo a essas duas tarefas e deixou as refeições regulares nas mãos de Cecily e da Menina das Histórias. E ficou acertado que esta deveria preparar um pudim de milho para o almoço.

Apesar do desastre com o pão no outro dia, ela continuou a receber orientações culinárias de Felicity durante toda a semana e saiu-se razoavelmente bem, embora, devido ao erro anterior, não ousasse fazer nada sem sua aprovação direta. Nessa manhã, porém, Felicity estava sem tempo para inspecionar o trabalho.

– Vai ter que cuidar do pudim sozinha – disse-lhe. – A receita é tão simples e fácil que não vai ter como errar; e, se houver alguma coisa que não entenda, é só me perguntar. Mas não me incomode se conseguir fazer sem ajuda.

A Menina das Histórias não a incomodou uma vez sequer. O pudim foi feito e assado, conforme nos informou, orgulhosa, quando nos sentamos

A MENINA DAS HISTÓRIAS

à mesa. Estava contente com seu trabalho; e, no quesito aparência, o pudim fez jus à sua satisfação. As apetitosas fatias estavam douradas e pareciam macias, cobertas com a deliciosa calda de açúcar queimado feita por Cecily. Entretanto, embora nenhum de nós, incluindo o tio Roger e a própria Felicity, tenha dito qualquer coisa na hora, por receio de lhe ferir os sentimentos, o pudim não tinha exatamente o gosto que se esperava que tivesse. Estava um tanto duro e sem o sabor que os pudins de milho da tia Janet costumavam ter. Teria sido difícil comê-lo, não fosse pela calda em abundância. E, assim, ele foi consumido. Totalmente. Podia não ter sido tudo que um pudim de milho em geral é, mas o resto do cardápio foi excelente e à altura do nosso grande apetite.

– Se eu fosse dois, como gêmeos, sabem, poderia comer mais! – Dan exclamou quando se viu obrigado pela natureza a parar.

– E de que adiantaria você ser gêmeo? – Peter perguntou. – As pessoas vesgas não conseguem comer mais do que as pessoas que não são vesgas. Conseguem?

Não pudemos estabelecer uma conexão entre as duas perguntas.

– O que "ser vesgo" tem a ver com o fato de eu querer ser dois? – Dan não se conteve.

– Ora, gêmeos são pessoas vesgas – Peter tentou explicar. – Pessoas que enxergam dobrado. Não são? Como quando se enxerga cruzado, sabem?

Achamos que ele estava de brincadeira conosco. Mas Peter falava a sério! E então começamos a rir, até que ele se enfezou:

– Querem saber? Podem rir. Eu não ligo. Porque não dá para saber! Tommy e Adam Cowan, de Markdale, são gêmeos. E os dois são vesgos. Então, achei que "gêmeo" significava "vesgo" também. Podem continuar rindo. Nunca fui à escola por tanto tempo como vocês. – Ele se virou para mim e Felix. – E vocês foram criados em Toronto. Se tivessem, todos, trabalhado desde os sete anos e ido à escola somente no inverno, também não saberiam uma porção de coisas!

– Não se importe com isso, Peter – Cecily tentou acalmá-lo. – Você sabe de muitas coisas que eles não sabem.

Peter, no entanto, não queria ser consolado e foi embora muito ressentido. Tínhamos rido dele diante de Felicity; aliás, ela própria também rira. E isso ele não podia suportar. Cecily e a Menina das Histórias podiam gargalhar à custa dele; os meninos empertigados de Toronto podiam fazer pouco da sua ignorância, mas ver Felicity divertir-se com sua falta de estudo era, para Peter, como se lhe enfiassem um punhal no coração.

Bem, se a Menina das Histórias chegou a rir de Peter, a justiça divina não tardou muito a vingá-lo.

À tarde, Felicity já tinha usado todos os ingredientes culinários disponíveis na casa e foi obrigada a parar de cozinhar. Para ocupar seu tempo, decidiu encher duas almofadinhas de costura que fizera para pôr no quarto. Nós a ouvimos remexer nas coisas da despensa enquanto estávamos sentados na porta do porão, do lado de fora da casa, à sombra fresca dos pinheiros. O tio Roger estava nos mostrando como se faz uma arma de brinquedo com galhos de sabugueiro. Pouco depois, Felicity apareceu, de cara fechada.

– Cecily, sabe onde a mamãe guardou o pó de serragem que tirou daquela almofadinha de costura que era da vovó? Lembro que ela até tirou as agulhas antes de esvaziá-la dentro da latinha de listras. Achei que ainda estava lá...

– E estava – Cecily confirmou.

– Não está mais. A latinha está vazia.

Nesse momento, o rosto da Menina das Histórias adquiriu uma expressão indescritível: mistura de horror e vergonha. Poderia ter ficado quieta. Se tivesse ficado, o mistério do desaparecimento do pó de serragem poderia para sempre ter continuado assim: um mistério.

Como mais tarde me revelou, ela ia ficar calada, mas um terrível receio a invadiu: o de que, talvez, pudins feitos com pó de serragem não fossem saudáveis, em especial se houvesse agulhas neles; e, se algum dano ocorresse por causa disso, era seu dever desfazê-lo caso fosse possível, ainda que à custa de expor-se ao ridículo.

A Menina das Histórias

– Ah, Felicity... – lamentou, com a voz carregada da angústia que só a humilhação é capaz de provocar. – Achei... achei que aquele pozinho na latinha fosse fubá de milho e o usei para fazer o pudim...

Felicity e Cecily olharam para ela absolutamente pasmas. Nós, meninos, caímos na gargalhada, mas paramos ao ver o tio Roger levar a mão ao estômago e, de repente, começar a balançar o corpo para a frente e para trás.

– Ai! – ele gemeu. – Bem que estranhei estas dores agudas que estou sentindo desde que comemos. Agora sei o que é! Devo ter engolido uma agulha. Ou várias. Oh, pobre de mim! Estou perdido!

A Menina das Histórias ficou ainda mais pálida.

– Tio Roger! Acha possível? Como pode ter engolido uma agulha sem perceber?! – assustou-se. – Ela teria furado sua língua ou sua gengiva. Não!?

– Não mastiguei o pudim! – Ele continuou se contorcendo. – Estava duro! Fui engolindo aos pedaços!

Ele se dobrava e gemia sem parar. Mas acabou exagerando. Não era tão bom ator assim, como a própria Menina das Histórias.

Felicity olhou para ele com desprezo.

– Tio Roger! Não está sentindo dor alguma! Está fingindo!

– Se eu morrer por ter comido pudim de pó de serragem temperado com agulhas, vai se arrepender amargamente de ter falado assim com seu pobre tio! – ele a repreendeu, mas com ar fingidamente sofrido. – Mesmo que não houvesse agulhas nele, pó de serragem de mais de sessenta anos não deve ser bom para minha barriga. E devo dizer que aquela serragem nem era limpa...

Felicity riu.

– Faz bem comer sujeira. É o que dizem. Todos vamos comer um pouco mais cedo ou mais tarde na vida.

– Mas comi toda a sujeira destinada à minha vida de uma vez só! – ele insistiu, ainda gemendo. – Olhe, Sara Stanley, estou feliz por sua tia Olivia voltar hoje. Você acabaria comigo se ela demorasse mais um dia. Aposto que fez de propósito, para ter mais uma história para contar.

Ele se foi, todo curvado e mancando, em direção ao celeiro, a mão ainda sobre o estômago.

– Acham que ele está, de fato, passando mal? – a Menina das Histórias nos perguntou, tensa.

– Não. Não se preocupe com ele – Felicity a tranquilizou. – Está ótimo. Acho que não havia agulhas na serragem. Mamãe a peneirou bem antes de guardar.

– Conheço uma história sobre um homem cujo filho engoliu um camundongo – disse a Menina das Histórias. Aposto que ela se lembraria de uma história para contar mesmo que estivesse sendo conduzida a um patíbulo. – Ele saiu correndo em busca do médico. Acordou o pobre homem, que estava muito cansado e tinha acabado de adormecer. "Meu filho engoliu um camundongo, doutor! O que faço agora?", indagou, desesperado. "Diga a ele que engula um gato", o médico respondeu e bateu a porta na cara do homem. Então, se o tio Roger realmente engoliu alguma agulha, acho que seria melhor se engolisse também uma almofadinha.

Caímos na risada novamente, mas Felicity logo se recompôs:

– Que horror pensar que comemos pudim com pó de serragem. Como, em nome de Deus, você se enganou assim, Sara?

– É que parecia tanto ser fubá de milho... – A Menina das Histórias, antes tão pálida, agora enrubesceu de vergonha. – Querem saber? Desisto de aprender a cozinhar. Vou me dedicar ao que sei fazer bem. E, se algum de vocês mencionar o pudim de serragem novamente para mim, nunca mais na vida lhes contarei outra história!

A ameaça fez efeito. Nunca mais tocamos no assunto. Mas ela não podia impor silêncio aos adultos, em especial ao tio Roger. E ele a atormentou por todo o resto daquele verão. A cada café da manhã, sentava-se à mesa e perguntava se tínhamos certeza de que não havia pó de serragem no mingau. Nunca sofreu de reumatismo, mas jurava ter dores horríveis pelo corpo, provocadas por uma agulha viajante. E avisou a tia Olivia para que rotulasse todas as almofadas de costura da casa com frases como: "Cuidado! Conteúdo: pó de serragem. Não utilizar ao fazer pudins."

A DESCOBERTA DO BEIJO

Um entardecer de agosto, tranquilo, sem orvalho, dourado pelos restos de sol, pode ser fascinante. Ao cair da tarde, Felicity, Cecily e Sara Ray, Dan, Felix e eu estávamos no pomar, sentados na grama fresca, à base da Pedra do Púlpito. Para oeste, o céu mais se parecia com um campo de açafrão onde as nuvens seriam como florezinhas brancas espalhadas aqui e ali.

O tio Roger tinha ido com a charrete até a estação para buscar nossos outros tios. A mesa da sala de jantar estava posta e, sobre ela, muitas delícias de dar água na boca estavam dispostas para recebê-los.

– Foi uma semana alegre no final das contas – Felix analisou. – Mas estou feliz que os adultos estejam de volta, em especial o Tio Alec.

– Será que vão trazer alguma coisa para nós? – Dan indagou.

– Estou ansiosa para saber como foi o casamento – animou-se Felicity enquanto trançava hastes de capim-timóteo para fazer uma coleira para Paddy.

– Vocês, meninas, estão sempre pensando em casamentos e em se casar – Dan rebateu.

– Não estamos, não! Eu mesma nunca vou me casar. Acho que deve ser horrível, está bom?

– Pois *eu* acho que *você* acha que seria bem mais horrível se não se casasse.

– Depende da pessoa com quem se casa – Cecily ponderou, séria, vendo que Felicity preferiu não responder. – Se fosse com um homem como o papai, seria bom. Mas, e se fosse com alguém como Andrew Ward? Ele é tão malvado e mesquinho com sua esposa que ela diz todos os dias que preferia nunca o ter visto.

– Talvez por isso ele seja mesquinho e malvado – opinou Felix.

– Nem sempre a culpa é do homem – Dan avaliou em tom adulto. – Quando me casar, serei bom para minha esposa, mas darei sempre a última palavra. Minha vontade será a lei.

– Se sua palavra final for tão grande quanto sua boca, aposto que será final, mesmo. – Felicity não perderia a oportunidade de ser cruel.

– Sabe, tenho pena antecipada do homem que se casar com você, Felicity King! – ele rebateu.

– Por favor, não briguem – Cecily implorou.

– E quem está brigando? Felicity acha que pode me dizer o que quiser, mas não é bem assim.

Talvez, apesar dos esforços de Cecily, uma discussão bem feia tivesse se iniciado entre Dan e Felicity caso não tivessem se distraído com a chegada da Menina das Histórias.

Ela vinha caminhando pelo Passeio do tio Stephen e logo atraiu um comentário de Felicity:

– Mas, olhem só como ela está! Que indecência!

Estava descalça e tinha enrolado as mangas do vestido até os ombros, deixando os braços totalmente descobertos. Havia colocado em torno da cintura uma guirlanda de rosas vermelhas, que cresciam no jardim da tia Olivia; e trazia uma coroa sobre os cabelos, também feita com elas, além do ramalhete entre as mãos.

Parou embaixo da árvore mais distante de nós, tendo sua figura recortada pelo dourado do céu e o verde das folhas e riu em nossa direção. Seu encanto selvagem, sutil, difícil de explicar, caía-lhe como um traje feito sob medida. Sempre nos lembraríamos daquela imagem dela, ali, e, anos mais tarde, ao lermos os poemas de Tennyson[6], já nos bancos da faculdade, entenderíamos o que era "uma ninfa dos montes espiando através de folhagens verdejantes sobre uma colina encantada de fontes murmurantes".

– Felicity, o que fez a Peter? – perguntou, dando alguns passos em nossa direção. – Ele está lá em cima na tulha, amuado, e não quis descer. Disse que por sua culpa. Deve ter ferido os sentimentos dele profundamente.

– Não sei nada a respeito dos sentimentos dele. – Felicity jogou os cabelos dourados para trás, zangada. – O que sei é que as orelhas dele devem estar bem vermelhas, já que lhes dei dois bons tapas.

– Felicity! Por que fez isso?!

– Porque ele tentou me beijar. Só por isso! – De repente, ela enrubesceu. – Como se eu fosse permitir que um ajudante de fazenda me beijasse! Aposto que ele não vai tentar algo parecido durante muito, muito tempo.

A Menina das Histórias saiu das sombras das árvores, onde havia se mantido de propósito, e sentou-se junto a nós na grama.

– Bem, nesse caso, acho que agiu certo em dar-lhe os tapas nas orelhas – disse, com seriedade. – Não por ele ser um ajudante, mas porque a atitude dele foi impertinente, como seria se viesse de qualquer outro menino. Mas... por falar em beijos, sei de uma história que li, outro dia, num livro de recortes da tia Olivia. Querem ouvir? Chama-se "A descoberta do beijo".

– E beijar não foi descoberto desde sempre? – Dan estranhou.

– De acordo com essa história, não. Foi descoberto por acaso.

– Então, vamos ouvir! – Felix animou-se. – Embora eu ache que esse negócio de beijar é pura bobagem e não faria diferença se nunca tivesse sido descoberto.

A Menina das Histórias espalhou as rosas ao seu redor, sobre a grama, e uniu as mãos delicadas sobre os joelhos. Olhou, sonhadora, para o céu que se podia ver entre as copas das árvores como se olhasse para os

---

[6] Alfred Tennyson (1809-1892) foi um poeta inglês cuja poesia se baseou em temas clássicos mitológicos, sendo permeada de figuras da antiguidade clássica, como as ninfas. (N.T.)

dias felizes do despertar do mundo; e começou emprestando às palavras e detalhes da história antiga toda a delicadeza do orvalho congelado e o brilho cristalino de suas gotículas:

– Aconteceu há muito, muito tempo, na Grécia, onde tantas outras coisas lindas também se passaram. Antes, ninguém tinha ouvido falar no que era "beijar". E então foi descoberto assim: num piscar de olhos. Um homem anotou como tudo aconteceu, e a história se preservou até os dias de hoje. Havia um pastor de ovelhas, cujo nome era Glaucon; um belo e jovem pastor que vivia numa aldeia chamada Tebas. Ela se tornou uma cidade grande e famosa depois, mas, naquela época, era bem pequenina, muito tranquila e simples. Aliás, tranquila demais na opinião de Glaucon. Cansado de viver ali, ele achou que seria bom ir embora e conhecer um pouco do mundo. Jogou, então, a mochila ao ombro, pegou o cajado de pastor e saiu andando até chegar à Tessália. A Tessália é a terra onde fica o Monte Olimpo, habitado pelos deuses. Mas esse monte não tem nada a ver com a nossa história, que, na verdade, se passou em outro monte, chamado Pelion. Glaucon se empregou como pastor, trabalhando para um homem muito rico, dono de inúmeras ovelhas. Todos os dias, Glaucon levava o rebanho para pastar no Monte Pelion e lá ficava, observando os animais enquanto comiam. Não havia nada mais a fazer, e o tempo simplesmente não passaria para ele se não tivesse sua flauta consigo. Glaucon tocava bem e frequentemente o fazia, sentado embaixo das árvores, olhando para o belíssimo mar que se abria a distância. Ali ele pensava em Aglaia. Ela era filha do seu patrão e era tão doce e linda que Glaucon havia se apaixonado por ela desde a primeira vez que a tinha visto. Assim, quando não estava tocando flauta no monte, Glaucon estava pensando em Aglaia e sonhando que, talvez, um dia, pudesse ser dono dos próprios rebanhos e de um pequeno chalé no vale, onde ele e Aglaia pudessem viver felizes. Aglaia também se apaixonara por Glaucon, mas nunca havia deixado transparecer. Ele nunca soube das muitas vezes que ela subiu ao monte e se escondeu atrás das rochas próximo ao local em que ele pastoreava, para ouvi-lo tocar. Suas canções eram sempre muito lindas, porque, ao tocar, ele pensava em Aglaia, embora nem sonhasse que ela podia estar tão perto.

A Menina das Histórias

Pouco tempo depois, ele acabou por descobrir que Aglaia correspondia ao seu amor e tudo ficou bem.

A Menina das Histórias interrompeu a narrativa para comentar:

– Hoje em dia, imagino que um homem abastado como era o pai de Aglaia não permitiria que a filha se casasse com um empregado, mas esta história se passa na Era de Ouro, como sabem, e esse tipo de coisa não tinha importância então. Bem, mas, retomando a história, depois que Glaucon descobriu que era correspondido, Aglaia passou a subir ao monte quase todos os dias, onde se sentava ao lado dele enquanto Glaucon observava o rebanho e tocava flauta. Ele, no entanto, já não tocava tanto quanto antes, porque preferia conversar com Aglaia. E, ao entardecer, levavam o rebanho de volta para casa, juntos. Um dia, Aglaia tomou um caminho diferente para subir o monte e chegou a um riacho. Havia algo brilhando na água, entre as pedras do leito. Como era bem raso, ela se curvou e viu que se tratava de uma pedrinha, mais linda do que qualquer outra que já vira. Ela a pegou e colocou-a na palma da mão. Era do tamanho de uma ervilha e faiscava à luz do sol, produzindo todas as cores do arco-íris. Aglaia gostou tanto dela que decidiu dá-la de presente a Glaucon. Nesse mesmo instante, ouviu a batida de cascos às suas costas. Voltou-se e quase morreu de susto. Ali estava o terrível deus Pã, uma mistura horrenda de homem e bode.

Ela se interrompeu de novo para nos explicar:

– Os deuses não eram todos bonitos, sabem? De qualquer maneira, sendo feios ou bonitos, as pessoas não queriam vê-los frente a frente. Mas, continuando: Pã estendeu a mão para ela e ordenou: "Dê-me essa pedra!" Mesmo apavorada, Aglaia se recusou: "Vou dá-la a Glaucon!" "E eu vou dá-la a uma das minhas ninfas!", Pã respondeu. "Eu a quero agora!" Ele avançou contra Aglaia, mas ela saiu correndo monte acima. Lá, sabia que Glaucon a protegeria. Pã a seguiu, os cascos soando próximos, os berros assustando-a ainda mais. Em poucos minutos, porém, ela se lançou aos braços de Glaucon. Os gritos de Pã tinham assustado as ovelhas e sua presença agora as fez debandar em todas as direções. Glaucon, no entanto, não teve medo, porque Pã era o deus dos pastores, sempre disposto a atender aos pedidos de um bom pastor cumpridor dos seus deveres. Se Glaucon não fosse o bom pastor que era, só Deus sabe o que teria acontecido a ele e a Aglaia. Como era, assim que pediu a Pã que fosse embora e não mais a assustasse, Pã não teve saída, a não ser atendê-lo, embora o tenha feito de má vontade, resmungando muito. E os resmungos de Pã não eram uma coisa bonita de se ouvir. Mesmo assim, ele se foi. "Agora, meu amor, diga-me o que houve", Glaucon pediu a ela. E Aglaia lhe contou o que se tinha passado. "E onde está essa linda pedra? Você a deixou cair em sua fuga?", ele quis saber. Mas ela não tinha feito nada disso. Tinha, sim, enfiado a pedrinha na boca, onde ela ainda estava, em segurança. Aglaia a colocou entre os lábios e ela voltou a cintilar. "Pegue-a", Aglaia sussurrou. Glaucon, então, viu-se num dilema: como pegaria a pedra se seus braços estavam envolvendo o corpo de Aglaia, ainda trêmulo por causa do que acontecera? Eles a estavam sustentando em pé. Então, Glaucon teve uma excelente ideia: pegaria a pedra dos lábios dela com os dele. Inclinou-se até que seus lábios se tocaram. Tanto Glaucon quanto Aglaia se esqueceram por completo da pedrinha brilhante. E, assim, o beijo foi descoberto.

– Mas que história! – Dan exclamou, soltando a respiração que prendera por segundos. – Não acredito numa só palavra dela!

Todos nós voltamos à realidade, percebendo que estávamos sentados num pomar coberto de orvalho na Ilha do Príncipe Edward, e não presenciando o beijo de dois apaixonados num monte na Tessália, durante a Era de Ouro.

– É claro que sabemos que não aconteceu de verdade – Felicity apoiou, apesar de emocionada.

– Não sei... – A Menina das Histórias me pareceu pensativa. – Acho que há dois tipos de coisas verdadeiras: as que são e as que não são, mas poderiam ser.

– Eu já acho que a verdade é uma só – Felicity insistiu. – E essa história pode não ser verdadeira. Sabemos que esse deus Pã não existe.

– Como pode saber sobre o que pode ter existido na Era de Ouro? – a Menina das Histórias questionou. E essa era uma pergunta para a qual Felicity, com certeza, não tinha resposta.

A Menina das Histórias

– O que será que aconteceu com a pedrinha? – Cecily se interessou.

– Aglaia deve ter engolido – Felix disse, em seu pragmatismo.

– Glaucon e Aglaia se casaram? – Sara Ray manifestou-se pela primeira vez.

– A história não diz. Ela para aí – respondeu a Menina das Histórias. – Mas acho que sim. Vou lhe dizer o que mais acho: Aglaia não engoliu a pedrinha. Ela deve ter caído no chão e, depois de um tempo, eles a encontraram. E vieram a descobrir que valia tanto que Glaucon pôde comprar todos os rebanhos que quis e também o chalé mais lindo do vale. E então os dois se casaram.

– Mas isso é o que *você* acha – disse Sara Ray. – Eu gostaria de ter certeza de que isso foi o que realmente se passou.

– Bobagem! Nada disso aconteceu – Dan voltou a dizer. – Acreditei enquanto a Menina das Histórias estava contando, mas agora não acredito mais. Ei! Estão ouvindo? Parecem rodas.

E eram. Duas carroças estavam chegando. Corremos para casa e lá estavam o tio Alec, a tia Olivia e a tia Jane! A confusão foi geral; todo mundo rindo e falando ao mesmo tempo. A conversa só se tornou coerente quando, por fim, estávamos todos sentados à mesa da sala de jantar. E então começaram novas risadas, e houve perguntas, respostas, detalhes, alegria, olhos brilhantes, vozes felizes e animadas. E, no meio de tudo isso, o ronronar carinhoso de Paddy, que se sentou no peitoril da janela atrás da Menina das Histórias e que nos fez lembrar do baixo na voz de Andrew McPherson: "um brrr o tempo todo".

– Bem, estou feliz em voltar para casa – disse a tia Janet, sorrindo para nós. – Foi muito bom estar com Edward e a família. Eles nos trataram muito bem. Mas não há nada como o nosso lar. Como foram as coisas por aqui? Roger, como as crianças se comportaram?

– Exemplarmente! Não poderiam ter se comportado melhor na maior parte do tempo.

Devo dizer que havia momentos em que era impossível não gostar do tio Roger.

UMA PROFECIA TERRÍVEL

– Tenho que começar a roçar o pasto de sabugueiros esta tarde – reclamou Peter, entristecido. – É um trabalho muito duro. O senhor Roger deveria esperar que o tempo esfriasse um pouquinho antes de me mandar para lá.

– Por que não diz isso a ele? – Dan sugeriu.

– Não sou eu quem deve dizer as coisas a ele. Sou pago para obedecer e fazer meu trabalho, mas posso ter opinião. Hoje vai ser um dia muito quente.

Estávamos todos no pomar, menos Felix, que tinha ido à agência dos correios. Era manhã de sábado, em agosto. Cecily e Sara Ray, que viera passar o dia conosco, pois sua mãe tivera que ir à cidade, estavam comendo raízes de capim-timóteo. Bertha Lawrence, uma menina de Charlottetown que tinha visitado Kitty Marr em junho e ido, um dia, à escola com ela, tinha comido essas mesmas raízes e dito que eram uma delícia para gostos refinados. Assim, o hábito de comê-las se tornou uma febre entre as meninas da escola em Carlisle. Raízes de capim-timóteo tinham tomado o lugar do capim azedinho e dos brotos de framboesa que tinham o mérito

A Menina das Histórias

real de serem bem gostosos; mas as raízes do capim-timóteo eram duras e sem gosto. Só que estavam na moda e, assim, deveriam ser comidas. Muitas delas foram devoradas em Carlisle naquele verão.

Pad também estava por lá, abrindo e fechando as patinhas pretas, além de nos dar cabeçadinhas e esfregar-se em nós o tempo todo. Todos gostávamos muito dele, menos Felicity, que não se importava muito com Pad por ele ser, justamente, o gato da Menina das Histórias. Nós, meninos, estávamos esparramados na grama. Havíamos feito nossas tarefas matutinas e tínhamos o dia todo pela frente. Deveríamos estar confortáveis e felizes, mas, na verdade, não estávamos tanto assim.

A Menina das Histórias estava sentada no canteiro de hortelã, ao lado da cobertura do poço, e tecia uma guirlanda de botões-de-ouro. Felicity bebericava na xícara azul, com um ar exagerado de despreocupação. Ambas estavam intensa e deploravelmente cientes da presença uma da outra e cada uma delas ansiava por nos convencer de que a outra era menos do que nada para ela. Felicity não conseguia de jeito algum. A Menina das Histórias tinha mais sucesso na empreitada. Não fosse pelo fato de, em todas as nossas reuniões, sentar-se o mais distante possível de Felicity, talvez conseguisse nos enganar.

Aquela não tinha sido uma semana agradável. As duas não tinham se falado, portanto parecia haver "algo de podre no reino da Dinamarca"[7]. Havia, assim, certo ar de constrangimento em todas as nossas brincadeiras e conversas.

Na segunda-feira anterior, Felicity e a Menina das Histórias brigaram por um motivo qualquer. Eu mesmo nunca soube por quê. E permaneceu sendo um "segredo mortal" entre nós. Mas foi mais amargo do que costumava ser quando se desentendiam; e as consequências eram óbvias: não tinham se falado mais desde então.

E isso não aconteceu porque o rancor permaneceu. Na verdade, ele passou, e bem depressa, sem sombra alguma de raiva pairando sobre sua

---

[7] Referência à famosa frase de William Shakespeare em *Hamlet*. (N.T.)

amizade. Mas havia a dignidade a se considerar! Nenhuma delas queria ser a primeira a voltar a falar com a outra; assim, mantiveram-se obstinadamente caladas. Não falariam, nem em cem anos! Não houve argumento, súplica ou repreensão capazes de demover aquelas duas meninas de sua teimosia, nem mesmo as lágrimas da querida Cecily, que chorava todas as noites por causa da situação e colocava pedidos fervorosos em suas preces para que ambas fizessem as pazes.

– Não sei para onde você espera ir quando morrer, Felicity – lamentou ela, chorosa –, se não aprender a perdoar as pessoas.

– Eu já a perdoei, mas não serei a primeira a voltar a falar com ela – foi a resposta.

– Saiba que isso é muito errado, além de desagradável, porque estraga tudo! – Cecily insistiu.

– Elas já ficaram assim antes? – perguntei a Cecily quando estávamos discutindo o problema em particular, no Passeio do tio Stephen.

– Nunca por tanto tempo. Tiveram um entrevero no verão passado e outro, no verão anterior, mas só duraram alguns dias.

– E quem voltou a falar primeiro?

– Ah, a Menina das Histórias. Ela se animou com alguma coisa e comentou com Felicity sem, ao menos, perceber; e então ficou tudo bem. Mas acho que, desta vez, não vai ser assim. Percebeu como ela toma cuidado para não se deixar animar? Isso é mau sinal.

– Podemos pensar em algo que a anime – sugeri.

– Ah! Rezo tanto para que isso aconteça! – Cecily concordou em voz suave, já com lágrimas umedecendo os cílios que se baixaram sobre as lindas bochechinhas pálidas. – Acha que vai dar certo, Bev?

– Claro que vai! – assegurei. – Lembra-se de Sara Ray e o dinheiro para a biblioteca? Tudo se resolve com orações.

– Que bom que pensa assim – ela pareceu se alegrar, embora ainda trêmula. – Dan disse que minhas orações são inúteis nesse caso; que, se elas não *pudessem* falar, Deus faria algo; mas, como não *querem* falar, Ele não vai interferir. Dan diz umas coisas tão estranhas! Receio que, quando crescer, torne-se igual ao tio Roger, que nunca vai à igreja e acha que só metade do que está na Bíblia é verdadeiro.

– Qual metade ele acha que é verdadeira? – interessei-me, com curiosidade profana.

– As partes boas. Ele diz que o paraíso existe, mas não o inferno. Não quero que Dan cresça e fique assim. Não é digno. Já pensou se todos os tipos de pessoas lotassem o paraíso?

– É... Acho que não seria bom – concordei, pensando em Billy Robinson.

– Claro que sinto por aqueles que têm de ir para... "o outro lugar" – ela observou, compadecida –, mas acho que não se sentiriam bem no paraíso. Não ficariam à vontade, sabe? Uma noite, no outono passado, Andrew Marr disse uma coisa horrível sobre "o outro lugar" quando fomos visitar Kitty e eles estavam queimando talos de batata. Disse que "o outro lugar" deve ser muito mais interessante do que o paraíso porque as fogueiras são coisas muito alegres. Já ouviu algo tão horrível?

– Acho que depende de você estar dentro ou fora das fogueiras – analisei.

– Andrew não pode ter falado a sério, claro. Só disse isso para parecer inteligente e chamar nossa atenção. Os Marrs são todos assim. De qualquer modo, vou continuar rezando para que algo aconteça e anime a Menina das Histórias. Acho que não adianta rezar para que Felicity seja a primeira a voltar a falar porque tenho certeza de que ela não vai fazer isso.

– Mas Deus poderia fazê-la falar primeiro, não acha? – perguntei. Afinal, não era justo que essa carga caísse sempre sobre os ombros da Menina das Histórias. Já que tinha sido ela a falar primeiro nas outras ocasiões, agora era a vez de Felicity.

– Acho que Ele ficaria meio confuso – Cecily explicou, das profundezas de sua experiência com a irmã.

Peter, como era de se esperar, tomou o partido de Felicity e disse que a Menina das Histórias deveria voltar a falar com ela primeiro, por ser a mais velha. Essa, alegou, era a regra básica de sua tia Jane. Sara Ray achava que

Felicity deveria falar primeiro porque a Menina das Histórias era órfã de mãe. Felix tentou interceder para que elas fizessem as pazes e acabou sofrendo o mesmo destino de todos os pacificadores: a Menina das Histórias disse-lhe que era jovem demais para entender a situação; e Felicity disse que meninos gordos deveriam cuidar da própria vida. Depois disso, Felix declarou que seria bem feito para Felicity se a Menina das Histórias nunca mais falasse com ela. Dan não tinha paciência com nenhuma das duas, em especial com a irmã.

– As duas estão precisando é de uma boa surra – atestou.

Se uma surra resolvesse o assunto, ele provavelmente nunca seria resolvido. As duas eram crescidas demais para apanhar e, mesmo que não fossem, os adultos entenderiam que não valia a pena tomar uma atitude tão drástica para resolver um problema tão insignificante. Com sua costumeira leviandade, consideravam a frieza entre as duas meninas como motivo para riso e não compreendiam que essa frieza estava esfriando a cordialidade sempre presente nos corações infantis e arruinando horas que poderiam ser páginas de alegria no livro das nossas vidas.

A Menina das Histórias terminou a guirlanda e colocou-a sobre os cabelos. As florezinhas inclinaram-se sobre a testa alta, como se quisessem espiar seus olhos brilhantes. Um sorriso apareceu-lhe nos lábios vermelhos; um sorriso significativo que, para aqueles de nós treinados em sua interpretação, traiu a frase que veio a seguir:

– Conheço a história de um homem que tinha uma opinião muito peculiar sobre...

Mas ela não foi adiante. Nunca ouvimos a história desse homem e suas opiniões. Felix apareceu, vindo rápido por entre as árvores, com um jornal na mão. E, quando um menino acima do peso corre daquele jeito numa tarde quente de agosto, é porque tem um bom motivo, como Felicity observou.

– Devem ser más notícias – Sara Ray previu.

– Espero que nada de mal tenha acontecido com o papai – exclamei e me levantei depressa, com uma nauseante sensação de medo passando em ondas pelo corpo.

A Menina das Histórias

– Podem ser notícias boas também – opinou a Menina das Histórias, que preferiu não enfaixar a cabeça antes de quebrá-la.

– Ele não estaria correndo tão rápido para trazer boas novas – Dan comentou com cinismo.

Não ficamos em suspense por muito tempo. Felix abriu correndo o portão do pomar e logo estava entre nós. E, pela expressão que tinha no rosto, vimos que não era mensageiro de coisas agradáveis. Tinha vindo tão depressa que deveria estar corado e sem fôlego, mas estava pálido como um fantasma. Eu não conseguiria perguntar-lhe o que tinha acontecido nem que minha vida dependesse disso.

Foi Felicity quem se impacientou com meu trêmulo irmão, a quem a voz parecia ter abandonado:

– Felix King, vamos, diga logo o que o deixou tão assustado!

Ele estendeu o jornal em nossa direção. Era o *Diário de Empresas* de Charlottetown.

– Está... tudo aí... – arquejou. – Leiam. Acham que... é verdade? O fim... do mundo amanhã às duas da tarde.

Felicity deixou cair a xícara azul que resistira incólume à passagem de tantos anos e que agora, por fim, acabava de se espatifar nas pedras da base do poço. Em um outro momento qualquer, todos teríamos ficado horrorizados diante de tal catástrofe, mas ela passou sem ser notada agora. Não importava que todas as xícaras do mundo se quebrassem hoje, porque amanhã seria o Dia do Juízo Final.

– Oh, Sara Stanley, você acredita nisso!? – Felicity soluçou e agarrou as mãos da Menina das Histórias.

As preces de Cecily tinham sido atendidas. A animação que pedira viera, mas carregada de vingança, e, naquela tensão toda, Felicity falara primeiro! Mas isso, como o fato de a xícara ter se quebrado, passou despercebido para todos nós naquele momento.

A Menina das Histórias tirou o jornal das mãos de Felix e leu a notícia para o grupo, sobre o qual um silêncio ansioso tinha caído de repente. Abaixo da manchete sensacionalista "A ÚLTIMA TROMBETA SOARÁ

ÀS DUAS DA TARDE DE AMANHÃ", estava o parágrafo noticiando que o líder de certa seita dos Estados Unidos previra que o dia doze de agosto seria o Dia do Juízo Final e que todos os seus inúmeros seguidores estavam se preparando para tal evento com preces, jejum e com a confecção de roupas brancas que seriam usadas em sua ascensão aos céus.

Sorrio agora, ao me lembrar, mas somente até recordar o pavor que se apoderou de nós naquela ensolarada manhã de agosto no pomar dos Kings. Não há, afinal, do que rir. Éramos crianças, lembrem-se, e acreditávamos, de modo simples, mas firme, que os adultos sabiam muito mais do que nós, e tínhamos a forte convicção de que o que vem escrito nos jornais é a mais pura verdade. Se o *Diário de Empresas* dizia que o dia doze de agosto seria o Dia do Julgamento Final, como contestá-lo?

– Acredita nisso, Sara? – Felicity repetiu.

– Não... Não. Nem em uma só palavra.

Pela primeira vez, sua voz não trazia a convicção habitual; na verdade, era como se a trouxesse, mas em outro sentido. Entendíamos que, se a Menina das Histórias não acreditava que era verdade, acreditava que poderia ser; e a possibilidade era tão terrível quanto a certeza.

– Não pode ser verdade – Sara Ray murmurou, buscando refúgio, como sempre, nas lágrimas. – Vejam! Tudo está como sempre foi. As coisas não estariam como sempre foram se o Juízo Final fosse acontecer amanhã.

– Mas é como está previsto – salientei, sentindo-me péssimo. – É o que diz a Bíblia. O Juízo Final será inesperado como um ladrão durante a noite.

– Mas a Bíblia diz outra coisa também – Cecily observou, com firmeza. – Diz que ninguém saberá quando o Juízo Final acontecerá, nem mesmo os anjos do céu. E, se eles não sabem, como o editor do *Diário de Empresas* pode saber? Ele é do Partido Liberal, por acaso?

– Acho que ele deve saber tanto quanto um Conservador saberia – comentou a Menina das Histórias. O tio Roger era um Liberal, e o tio Alec era um Conservador, e as meninas se agarravam às tradições políticas de suas respectivas casas. – Mas, na verdade, não é o editor do *Diário de Empresas* que está anunciando isso, mas um homem, nos Estados Unidos,

A Menina das Histórias

que se diz profeta. E, se for, mesmo, um profeta, ele deve ter descoberto de alguma forma.

– E saiu no jornal também! Está impresso, como na Bíblia! – Dan acrescentou.

– Eu prefiro ficar com o que a Bíblia diz – Cecily declarou. – Não acredito que amanhã será o Dia do Julgamento Final, mas estou com medo mesmo assim.

Essa era exatamente nossa opinião. Como acontecera com o suposto fantasma que tocava um sino, não acreditávamos, mas estávamos com medo.

– Ninguém sabe com certeza quando a Bíblia foi escrita – disse Dan. – Talvez, agora, alguém saiba. A Bíblia foi escrita milhares de anos atrás, e esse jornal foi impresso nesta manhã. Tempo suficiente para se descobrirem coisas novas, não acham?

– Quero fazer tantas coisas ainda! – exclamou a Menina das Histórias, tirando a guirlanda da cabeça com um gesto trágico –, mas, se o Dia do Juízo Final for, realmente, amanhã, não terei tempo para fazer nenhuma delas!

– Acho que isso não deve ser pior do que morrer – Felix comentou, agarrando-se a qualquer possibilidade de consolo.

– Estou muito feliz por ter me acostumado a ir à igreja e à Escola Dominical – comentou Peter, muito sério. – Gostaria de ter me decidido antes entre ser presbiteriano ou metodista. Acham que é tarde demais agora?

– Oh, isso não faz diferença! – Cecily explicou. – Se você é cristão, Peter, não precisa de mais nada.

– Mas é tarde demais para isso – ele insistiu, entristecido. – Não posso me tornar cristão até as duas da tarde de amanhã. Vou ter que ficar satisfeito em me decidir entre ser metodista ou presbiteriano. Queria esperar até ter idade suficiente para entender a diferença, mas vou ter que arriscar agora. Acho que vou ser presbiteriano porque quero ser como vocês. É. Vou ser presbiteriano.

163

– Conheço uma história sobre Judy Pineau e a palavra "presbiteriano" – disse a Menina das Histórias –, mas não posso contá-la agora. Se amanhã não for o Dia do Juízo Final, eu a conto na segunda-feira.

– Se soubesse antes que amanhã seria o Dia do Juízo Final, eu não teria brigado com você na segunda-feira passada, Sara Stanley, nem teria sido tão horrível, nem ficado tão amuada a semana inteira. De verdade – lamentou Felicity, com uma humildade incomum.

Ah, Felicity! Estávamos todos, do fundo do nosso coração, revendo as inúmeras coisas que teríamos ou não feito "se soubéssemos antes". Que lista sórdida e infindável era essa, feita de pecados e omissões que passavam, apressados, por nossa memória! Para nós, as folhas do Livro do Julgamento já estavam abertas e ali nos encontrávamos, no limite da própria consciência, que é o mais duro tribunal de todos, para jovens ou idosos. Pensei em todas as más ações da minha curta vida: beliscar Felix para fazê-lo gritar durante as orações em família; matar aula na Escola Dominical para ir pescar, um dia; contar uma mentirinha... Não (nada de suavizar o sentido da palavra nessa dolorosa hora de contrição!): contar uma "mentira"; e dizer, pensar ou fazer coisas egoístas e cruéis. E o dia seguinte traria o grande, terrível momento do acerto final de contas! Ah, se eu tivesse sido um menino melhor!...

– Tenho culpa por nossa briga tanto quanto você – disse a Menina das Histórias, passando o braço pelos ombros de Felicity. – Não podemos desfazê-la agora, mas, se amanhã não for o Dia do Juízo Final, teremos de ser cuidadosas para nunca mais brigarmos. Oh, queria tanto que o papai estivesse aqui!

– Ele vai estar – Cecily consolou-a. – Se vai ser o Dia do Juízo Final na Ilha do Príncipe Edward, vai ser na Europa também.

– Eu só queria que tivéssemos certeza se é verdade ou não o que o jornal diz! – Felix se desesperou. – Eu poderia me preparar se soubesse!

Mas a quem poderíamos apelar? O tio Alec tinha saído e voltaria apenas tarde da noite. A tia Janet e o tio Roger não eram pessoas a quem poderíamos recorrer num momento de crise. Tínhamos medo do Dia do

A Menina das Histórias

Julgamento Final, mas tínhamos quase tanto medo de que rissem de nós. E quanto à tia Olivia?

– Não, não. Ela está com uma dor de cabeça horrível e foi se deitar – informou a Menina das Histórias. – Disse, até, para eu preparar o almoço porque tínhamos bastante carne fria e eu só precisaria cozinhar as batatas e ervilhas e arrumar a mesa. Não sei como vou poder me concentrar nisso, já que o Dia do Juízo Final pode ser amanhã. Além do mais, de que adianta perguntarmos aos adultos? Eles não sabem mais do que nós a respeito do assunto.

– Mas, se dissessem que não acreditam na notícia, seria um consolo para nós – disse Cecily.

– O pastor deve saber, mas está de férias – Felicity lembrou. – Acho que vou perguntar à mamãe.

Ela passou a mão no jornal e seguiu para casa. E ali ficamos, num suspense estático, à espera.

– O que ela disse? – Cecily perguntou assim que a irmã retornou.

– "Vá brincar e não me amole. Não tenho tempo para as suas bobagens" – respondeu Felicity, em tom magoado. – E eu insisti: "Mas, mamãe, o jornal diz que amanhã será o Dia do Juízo Final!" e ela respondeu: "Juízo Final, coisa nenhuma!"

– Ah, isso até que é um alívio – Peter comentou. – Ela não acredita que seja, ou estaria mais preocupada.

– Se, ao menos, não tivesse sido impresso... – Dan lamentou.

Felix, então, ganhou a coragem do desespero:

– Vamos, todos, perguntar ao tio Roger!

Se conseguíamos ver o tio Roger como o nosso último recurso, isso mostra bem em que estado de espírito nos encontrávamos. Mas acabamos indo. Ele estava no espaço junto ao celeiro, atrelando a égua preta à charrete. Seu exemplar do *Diário de Empresas* tinha sido enfiado num dos bolsos de trás da calça e estava com a parte de cima para fora. Para nossa mais profunda tristeza, ele nos pareceu sério e preocupado. Não havia sequer um leve ar de riso em seu rosto.

– Pergunte – Felicity incitou a Menina das Histórias com o cotovelo.

E ela o fez. Sua doce voz saiu amedrontada e humilde:

– Tio Roger, o jornal diz que amanhã será o Dia do Juízo Final. Isso é verdade? Quero dizer, o senhor acha que é?

– Receio que sim – ele respondeu, sério. – O *Diário* é sempre cuidadoso e publica apenas o que é confiável.

– Mas a mamãe não acredita – Felicity logo protestou.

Ele meneou a cabeça.

– Esse é o problema – comentou. – As pessoas não acreditam até ser tarde demais. Vou a Markdale a fim de pagar um homem a quem devo um dinheiro e, depois do almoço, vou a Summerside para comprar um terno novo. O velho está desbotado demais para o Julgamento Final.

Ele subiu na charrete e foi embora, deixando para trás oito pequenos mortais à beira da loucura.

– Suponho que seja isso, então – Peter comentou, em tom de desespero.

– Há algo que possamos fazer para nos prepararmos? – Cecily indagou.

– Eu queria ter um vestido branco igual ao de vocês – Sara Ray soluçou, para as meninas –, mas não tenho, e é tarde demais para comprar um. Oh, queria ter dado ouvidos à mamãe! Não a teria desobedecido tanto se achasse que o Dia do Juízo Final estava tão próximo! Quando chegar em casa, vou confessar a ela que fui ao *show* da lanterna mágica.

– Não estou tão certa assim de que o tio Roger tenha falado a sério – disse a Menina das Histórias. – Não consegui ver seus olhos. Se estivesse zombando de nós, haveria um brilho diferente neles. Ele não consegue disfarçar. Sabem que ele adoraria fazer uma brincadeira desse tipo conosco, não sabem? É horrível não haver nenhum adulto em quem se possa confiar.

– Poderíamos confiar no papai se estivesse aqui – Dan lembrou. – Ele nos diria a verdade.

– Ele nos diria o que *achasse* ser verdade, Dan, mas não poderia saber com certeza. Não é um homem tão estudado quanto o editor do *Diário*. Não há nada que possamos fazer a não ser esperar para ver.

A Menina das Histórias

– Vamos para casa ler o que a Bíblia diz a respeito – Cecily sugeriu.

Entramos devagar para não perturbar a tia Olivia, e Cecily foi pegar a Bíblia para ler a parte que nos interessava. E quase nenhum consolo nos adveio com as imagens descritas nela.

– Bem, preciso descascar as batatas – disse a Menina das Histórias. – Acho que devem ser cozidas, apesar do Juízo Final de amanhã. Mas ainda não acredito que vá acontecer.

– E eu tenho que roçar o campo de sabugueiros – Peter acrescentou. – Não sei como vou conseguir voltar lá sozinho. Vou ficar apavorado o tempo todo.

– Diga isso ao tio Roger quando ele voltar – sugeri. – E diga também que não há propósito em roçar campo nenhum, já que amanhã será o Dia do Julgamento Final.

– Isso! Se ele dispensar você desse serviço, teremos certeza de que falou a sério – Cecily analisou. – Mas, se disser que você precisa ir, será um sinal de que não acredita na notícia do jornal.

A Menina das Histórias e Peter ficaram descascando as batatas enquanto voltávamos para casa, onde a tia Janet, tendo ido ao poço para buscar água e encontrado cacos da xícara azul, deu uma bronca e tanto em Felicity. Ela, porém, suportou a repreensão com paciência e, até mesmo, satisfação.

– A mamãe não acredita que amanhã seja nosso último dia, ou não me repreenderia tanto assim – concluiu; e isso nos reconfortou até depois do almoço, quando a Menina das Histórias e Peter voltaram para nos dizer que o tio Roger tinha, mesmo, ido a Summerside. Então mergulhamos no medo e na infelicidade novamente.

– Mas ele me mandou roçar os sabugueiros – Peter alertou. – Disse que amanhã pode não ser o Dia do Juízo Final, embora acredite que sim; e que o trabalho me manteria afastado das travessuras. Mas não vou aguentar ficar lá sozinho. Alguns de vocês poderiam ir comigo, só para me fazer companhia.

Acabamos por decidir que Dan e Felix iriam com ele. Eu quis ir também, mas as meninas protestaram.

– Você vai ficar para nos manter animadas – Felicity implorou. – Não sei como vou conseguir sobreviver a esta tarde. Prometi a Kitty Marr que iria passar umas horas lá com ela, mas não posso mais. E também não vou conseguir tricotar minha renda, porque ia ficar pensando: "De que adianta? Talvez esteja tudo queimado amanhã..."

Então fiquei com as meninas e passamos uma tarde péssima. A Menina das Histórias repetiu várias vezes que não acreditava na notícia do jornal, mas, quando lhe pedimos para contar uma história, arranjou uma desculpa qualquer para não o fazer. Cecily importunou a vida da tia Janet o tempo todo com perguntas como: "Mamãe, vai lavar roupas na segunda-feira? Mamãe, você vai à reza na terça à noite? Mamãe, vai fazer compotas de framboesa na semana que vem?" E foi um grande conforto para ela que a tia Janet sempre respondia com um "Sim", ou um "É claro!", como se não houvesse dúvida a respeito.

Sara Ray chorou até eu começar a me perguntar como era possível caberem tantas lágrimas dentro de uma cabeça tão pequena. Mas acho que havia menos medo do que decepção nela por não ter um vestido branco.

No meio da tarde, Cecily desceu do quarto trazendo uma jarrinha de miosótis, uma peça delicada de porcelana enfeitada com as minúsculas flores azul-escuras. Ela gostava tanto daquela jarra que colocava sua escova de dentes nela.

– Sara, vou lhe dar minha jarrinha – anunciou, solene.

Sara Ray sempre tinha desejado a jarrinha e parou de chorar para aconchegá-la nos braços, feliz da vida.

– Oh, Cecily, obrigada! Mas tem certeza de que não vai pedi-la de volta amanhã se não for o Dia do Juízo Final?

– Tenho. É sua para sempre – Cecily respondeu com o ar distante de quem acha que jarrinhas de miosótis e outros pequenos luxos e vaidades mundanas não tinham importância alguma.

– Vai dar seu vaso de cerejas a alguém? – Felicity quis saber, fingindo indiferença. Nunca ligara para a jarrinha de miosótis, mas o vaso de cerejas era um de seus sonhos.

A Menina das Histórias

O vaso era uma peça de vidro branco enfeitado com cerejas e folhas também feitas de vidro vermelho e verde; tinha sido um presente de Natal da tia Olivia para Cecily.

– Não, não vou – foi a resposta, num tom bem diferente.

– Você sabe que não ligo para isso – Felicity logo explicou –, mas, sendo amanhã o último dos nossos dias, o vaso de cerejas não seria de muita valia para você.

– Nem para mim, nem para ninguém – Cecily rebateu, com indignação. Tinha sacrificado sua querida jarrinha para, talvez, tirar algum peso da consciência ou aplacar um destino fatídico, mas não iria abrir mão do precioso vaso. Felicity não deveria insinuar-se como possível candidata a recebê-lo.

As sombras da noite chegaram, e nosso sofrimento só fez piorar. À luz do dia, rodeados por imagens e sons familiares, não tinha sido tão difícil fortificar nossos espíritos com certa incredulidade. Mas agora, na escuridão, fomos tomados por uma certeza terrível que nos encheu de pavor. Se, ao menos, houvesse um amigo mais velho, mais experiente, para nos dizer com seriedade que não precisávamos temer, que a notícia do *Diário de Empresas* não era mais do que um relato fértil de um fanático mal informado, teríamos ficado tão mais aliviados! Mas não havia ninguém assim. Nossos adultos consideravam o medo que sentíamos como sendo nada mais do que uma brincadeira. Naquele exato momento, a tia Olivia, recuperada da dor de cabeça, e a tia Janet estavam na cozinha, rindo porque as crianças estavam morrendo de medo de que o final do mundo estivesse próximo. A gargalhada da tia Janet e as risadinhas da tia Olivia chegavam até nós através da janela aberta.

– Talvez elas não estejam rindo assim amanhã – Dan comentou, com uma satisfação perversa.

Estávamos sentados sobre o alçapão do porão diante do que poderia ser o derradeiro pôr do sol sobre as montanhas distantes. Peter estava conosco. Era seu último domingo livre para ir para casa, mas preferiu ficar.

– Se amanhã for o Dia do Juízo Final, quero estar com vocês – afirmou.

Sara Ray também quis ficar, mas sua mãe não permitiu, exigindo que estivesse em casa antes do anoitecer.

– Não faz mal, Sara – Cecily a confortou. – Não vai acontecer nada antes das duas da tarde, então você vai ter bastante tempo para voltar aqui.

– Mas pode haver um engano – ela soluçou. – Pode ser às duas da madrugada.

E poderia, de fato. E esse foi um horror novo que não nos ocorrera antes.

– Tenho certeza de que não vou conseguir dormir nesta noite – Felix queixou-se.

– O jornal dizia "duas da tarde" – disse Dan. – Não precisa se preocupar, Sara.

Ela, porém, foi embora aos prantos. Não esqueceu, contudo, de levar a jarrinha de miosótis. Nós nos sentimos aliviados com sua ausência; uma menina que chora o tempo todo não é uma companhia agradável, afinal. Cecily, Felicity e a Menina das Histórias não choraram. Eram feitas de um cerne melhor, mais firme. Corajosas, sem lágrimas, enfrentavam o que a vida lhes reservava.

– Imagino onde estaremos amanhã a esta hora – Felix lamentou enquanto o sol se punha entre os galhos dos abetos. Foi um crepúsculo sinistro aquele. O sol desceu entre nuvens densas, que, quando ele se foi, tornaram-se sombreados intensos de roxo e vermelho.

– Espero que estejamos todos juntos onde quer que seja – Cecily desejou, em sua constante suavidade. – Nada poderá ser tão ruim se estivermos.

– Vou ler a Bíblia a manhã toda – Peter prometeu.

Quando a tia Olivia saiu, a fim de voltar para casa, a Menina das Histórias pediu-lhe permissão para ficar a noite toda com Felicity e Cecily. Ela permitiu; balançou o chapéu na mão e dirigiu um sorriso a todos nós. Era muito linda, com suaves olhos azuis e cabelos de um dourado mais escuro. Nós a adorávamos, mas estávamos ressentidos por ter dado tantas risadas com a tia Janet à nossa custa, e não retribuímos seu sorriso.

A Menina das Histórias

– Mas que grupo de pessoinhas sisudas! – ela reclamou, em tom leve, seguindo pelo quintal e erguendo a barra do vestido bonito para que o orvalho sobre a grama não o atingisse.

Peter também decidiu ficar a noite toda, sem se importar em pedir permissão a ninguém. Quando fomos nos deitar, uma tempestade estava se formando, e a chuva já começara, devagar, a escorrer pelo telhado, como se o mundo, igual a Sara Ray, estivesse chorando porque seu fim estava próximo. Ninguém se esqueceu de fazer as orações antes de dormir nem as fez correndo. Teríamos adorado deixar a vela acesa, mas a tia Janet havia decretado que estava terminantemente proibido, e um decreto dela era tão inexorável quanto as antigas leis da Pérsia.

Apagamos a vela e ficamos deitados, tremendo, a chuva forte despencando sobre o telhado e as vozes da tempestade gemendo entre os abetos contorcidos pelo vento.

O DOMINGO DO JUÍZO FINAL

O domingo amanheceu maçante e cinzento. A chuva tinha parado, mas as nuvens continuavam escuras e circunspectas no céu de um mundo que, em sua tranquilidade sem vento, nos parecia estar esperando "que o Juízo Final ditasse o destino funesto da humanidade" após a agonia daquela tempestade.

Levantamos cedo. Parecia que nenhum de nós tinha dormido bem; alguns não tinham sequer pregado o olho. A Menina das Histórias encaixava-se na segunda categoria; estava muito pálida e abatida, com sombras escuras abaixo dos olhos profundos. Peter, entretanto, dormira o sono dos justos depois da meia-noite.

– Depois de roçar um pasto inteiro de sabugueiros, é necessário bem mais do que o Juízo Final para manter você acordado a noite inteira – ele explicou. – Mas, quando acordei de manhã, foi horrível. Eu tinha me esquecido por um tempo, mas então tudo voltou de repente e fiquei mais assustado do que antes.

Cecily estava pálida, mas mantinha-se corajosa. Pela primeira vez em anos, não tinha enrolado os cabelos em papelotes na noite do sábado. E eles estavam agora penteados e trançados como mandava a simplicidade puritana.

– Já que é o Dia do Juízo Final, não ligo se meus cabelos estão ou não cacheados – alegou apenas.

Quando descemos para a cozinha, tia Janet observou:

– Ora, ora, esta é a primeira vez que vocês todos se levantaram sem serem chamados!

Nosso apetite não estava bom no café da manhã. Como os adultos conseguiram comer daquele jeito? Depois do desjejum e das tarefas matutinas, tínhamos a manhã inteira a sobreviver. Peter, como havia prometido, pegou a Bíblia e começou a ler a partir do primeiro capítulo do Gênesis.

– Acho que não vou ter tempo de ler tudo – percebeu –, mas vou chegar até onde der.

Não houve pregação em Carlisle nesse dia, e a Escola Dominical seria apenas no fim da tarde. Cecily foi pegar seu livro de lições e as estudou com devoção. Não entendemos como conseguiu, porque nós não conseguimos, com certeza.

– Se hoje não for o Dia do Juízo Final, quero ter feito e aprendido minha lição – declarou. – E, se for, vou sentir que fiz o que era certo. Mas confesso que nunca achei o Texto Sagrado tão difícil de decorar.

As horas se arrastaram, numa demora terrível de suportar. Ficamos todos andando por ali, inquietos, sem ter para onde ir. Todos, exceto Peter, que continuou a ler a Bíblia sem parar. Às onze horas terminou o Gênesis e começou o Êxodo.

– Muitas coisas aqui eu não entendo – confessou –, mas leio cada palavra, e é isso que importa. Aquela história sobre o irmão de José é tão interessante que quase me esqueci do Juízo Final.

A longa e sofrida espera, no entanto, começou a dar nos nervos de Dan.

– Se é, mesmo, o Dia do Juízo Final – resmungou quando entrávamos em casa para almoçar –, seria bom que acontecesse logo!

– Dan! – Cecily e Felicity exclamaram ao mesmo tempo, horrorizadas.

A Menina das Histórias, no entanto, pareceu se solidarizar com ele.

Se comemos pouco no desjejum, agora, então, comemos ainda pior. Depois do almoço, as nuvens carregadas foram embora, e o sol saiu em toda glória e alegria. Era um bom sinal, avaliamos. Felicity achou que, se o tempo havia clareado, era provável que não fosse o Dia do Juízo Final. Mesmo assim, vestimo-nos com esmero, e as meninas puseram seus vestidos brancos.

Sara Ray apareceu, ainda chorando, claro; e nos deixou ainda mais inquietos ao dizer que sua mãe acreditava na história do *Diário* e receava que o Juízo Final estivesse, sim, para ocorrer.

– Por isso me deixou vir – explicou, entre soluços. – Se não pensasse assim, não teria permitido que eu viesse; mas eu teria morrido se não pudesse vir. E não ficou nem um pouco zangada quando contei que tinha ido ao *show* da lanterna mágica. Isso é mau sinal. Como não tinha um vestido branco, pus meu avental de musselina com babados por cima deste.

– Isso me parece meio estranho – Felicity comentou, em tom de dúvida. – Você não vestiria um avental para ir à igreja, então não acho apropriado vesti-lo para o Dia do Juízo Final.

– Foi o melhor que pude fazer – Sara se defendeu, desconsolada. – Eu queria estar com pelo menos uma peça branca, e o avental é como um vestido, só que sem mangas.

– Vamos esperar lá no pomar – sugeriu a Menina das Histórias. – É uma da tarde agora, então, dentro de mais uma hora, saberemos se o pior vai acontecer. Vamos deixar a porta da frente aberta para podermos ouvir quando o relógio de parede bater as duas.

Como não tínhamos plano melhor a seguir, reunimo-nos no pomar e nos sentamos nos galhos da árvore do tio Alec, porque a grama estava molhada. O mundo estava lindo, pacífico e colorido de verde. Acima de nós, o céu deslumbrantemente azul estava salpicado de pequenas nuvens brancas.

– Não estou vendo nenhum sinal de que este seja o último dos dias – comentou Dan e começou a assobiar, em mais uma de suas bravatas.

A Menina das Histórias

– Seja como for, é domingo, portanto não assobie – Felicity o repreendeu.

– Não vi nada que aponte as diferenças entre metodistas e presbiterianos até agora – Peter observou de repente. – E já estou quase terminando o Êxodo. Quando é que começa a parte que fala deles?

– Não há nada na Bíblia sobre presbiterianos e metodistas – Felicity respondeu, com desdém.

Peter surpreendeu-se:

– Então, como eles apareceram? Quando começaram a existir?

– Sempre achei estranho não haver sequer uma palavra sobre isso na Bíblia – Cecily concordou. – Ainda mais porque os batistas são mencionados; ou, pelo menos, um deles.

– De qualquer modo, vou continuar a ler até ficar suficientemente puro – ele prometeu. – Mesmo que hoje não seja o Dia do Juízo Final. Nunca achei que a Bíblia pudesse ser um livro tão interessante.

– É horrível ouvir você chamar a Bíblia de "livro interessante" – Felicity não se conformou com o suposto sacrilégio. – É como se falasse de um livro qualquer.

– Não tive má intenção... – Peter baixou a cabeça.

– A Bíblia é um livro interessante, sim! – interferiu a Menina das Histórias, vindo em defesa de Peter. – E há histórias magníficas nela. Sim, Felicity, *magníficas*. Se o mundo não acabar hoje, vou lhe contar a história de Rute no domingo que vem ou... Ah, vou contar de qualquer modo. É uma promessa. Seja onde for que estejamos no domingo que vem, vou contar a história de Rute.

– Você não contaria histórias lá no céu – Cecily timidamente observou.

– Por que não? Vou contar, sim. Vou contar histórias enquanto tiver uma língua e alguém que queira ouvi-las.

Sim, ela o faria sem sombra de dúvida. Seu espírito destemido iria pairar, triunfante, sobre a destruição da matéria e o choque dos mundos, carregando consigo sua doçura e ousadia selvagem. Até mesmo os pequenos querubins, juntando-se em coro nos campos cobertos de flores, interromperiam a música de suas harpas para poderem ouvir uma história da Terra desaparecida, contada por uma língua de ouro. Tínhamos uma vaga noção de como seria ao olhar agora para a Menina das Histórias. E, de certa forma, esse pensamento nos consolou. Nem mesmo o Juízo Final poderia nos causar tanto medo se, depois de ter acontecido, ainda fôssemos os mesmos, permanecendo com nossas preciosas identidades juvenis intactas.

– Já devem ser quase duas horas – Cecily nos lembrou. – Parece que estamos aqui esperando há séculos em vez de há apenas uma hora.

A conversa entre nós cessou. Ficamos ali, à espera, numa contemplação cheia de ansiedade. Os minutos foram passando, como se cada um deles durasse uma hora. As duas horas da tarde simplesmente não chegavam para dar fim ao suspense. Estávamos a cada instante mais tensos. Peter até parou de ler. Nenhum som ou visão diferente aconteceu para atingir nossos sentidos, avisando-nos, com o soar das trombetas, que o fim do mundo havia chegado. Então, uma nuvem passou diante do sol, e uma sombra repentina avançou sobre o pomar, fazendo-nos empalidecer e tremer como nunca. Uma carroça passou ao longe sobre as tábuas de uma ponte, e Sara Ray se encolheu. O bater da porta do estábulo na fazenda do tio Roger trouxe gotículas de suor aos nossos poros.

– Não acredito que seja o Dia do Juízo Final – murmurou Felix. – Nunca acreditei. Mas queria tanto que aquele relógio batesse logo as duas!

– Pode contar-nos uma história, só para fazer o tempo passar? – pedi à Menina das Histórias.

Ela negou com a cabeça e justificou:

– Não adiantaria. Mas, se hoje não for o Dia do Juízo Final, vou ter uma ótima para contar, sobre estarmos tão apavorados.

Pad apareceu correndo pelo pomar; trazia na boca um rato do campo. Sentou-se diante de nós e começou a devorar o bichinho. Quando terminou, lambeu-se todo, satisfeito.

– Não pode ser o Juízo Final! – Sara Ray animou-se. – Paddy não estaria comendo ratinhos se fosse.

A Menina das Histórias

– Se aquele relógio não bater as duas logo, vou acabar perdendo o juízo! – Cecily exclamou, com ênfase incomum.

– O tempo sempre parece se estender quando estamos à espera de alguma coisa – filosofou a Menina das Histórias. – Mas parece, de fato, que estamos aqui há bem mais de uma hora.

– Talvez o relógio já tenha batido as duas e não ouvimos – Dan sugeriu. – Alguém deveria ir até lá e ver.

– Eu vou! – Cecily ofereceu. – Acho que, mesmo se algo vier a acontecer, ainda terei tempo de voltar para cá.

Nossos olhares acompanharam sua figurinha vestida de branco até que passou pelo portão e entrou em casa. Alguns minutos se passaram, ou anos; não conseguimos definir com precisão. E então ela voltou correndo até nós. Mas, ao nos alcançar, tremia tanto que levou alguns segundos para conseguir falar.

– O que houve? Já passou das duas? – a Menina das Histórias perguntou, aflita.

– São... são quatro horas! – Cecily informou, quase sem ar. – O relógio parou de funcionar. A mamãe esqueceu de lhe dar corda ontem à noite, e ele parou. Mas são quatro horas no relógio da cozinha. Então, hoje não é o Dia do Julgamento Final! E o chá está pronto. A mamãe mandou chamar vocês.

Trocamos olhares, avaliando o medo que tínhamos sentido e que agora desaparecera. Não era o Juízo Final. O mundo e a vida ainda estavam diante de nós com todo o formidável encanto que os anos futuros nos reservavam.

– Nunca mais vou acreditar no que dizem os jornais – Dan prometeu, cheio de convicção.

– Eu disse que a Bíblia era mais confiável do que os jornais – Cecily nos lembrou, triunfante.

Sara Ray, Peter e a Menina das Histórias voltaram para casa, e nós fomos tomar nosso chá com grande apetite. Mais tarde, enquanto nos vestíamos para ir à Escola Dominical, nós nos deixamos levar tão longe, aliviados e felizes, que a tia Janet teve que vir duas vezes ao pé da escada para chamar:

– Crianças, esqueceram que dia é hoje?

– Não é maravilhoso que vamos viver um pouco mais neste mundo? – Felix comentou quando já descíamos a colina.

– Sim! E Felicity e a Menina das Histórias estão se falando novamente! – Cecily observou, com empolgação.

– E foi Felicity a falar primeiro! – enfatizei.

– É verdade, mas foi necessário o Juízo Final para obrigá-la. Eu só gostaria de não ter sido tão precipitada em dar minha jarrinha de miosótis...

– E eu gostaria de não ter me decidido a ser presbiteriano com tanta pressa – Peter acrescentou.

– Não é tarde demais – Dan ponderou. – Pode mudar de ideia agora.

– Não, senhor – ele rebateu, com firmeza. – Não sou do tipo que diz que vai fazer uma coisa só porque está com medo e, quando o medo passa, volta atrás. Eu disse que seria presbiteriano e pretendo ser.

– Você disse que conhecia uma história que tem a ver com os presbiterianos – lembrei à Menina das Histórias. – Conte agora.

– Não, não. Não é o tipo de história que se possa contar num domingo. Mas prometo contar amanhã de manhã.

E, de fato, nós a ouvimos na manhã seguinte, no pomar:

– Há muito tempo, quando Judy Pineau era jovem, ela trabalhava na casa da senhora Elder Frewen. A senhora Frewen tinha sido professora e prestava muita atenção à maneira como as pessoas falavam e à gramática que usavam. E gostava apenas de palavras refinadas. Num dia muito quente, ouviu Judy Pineau dizer que estava "toda suada". Chocada, ela orientou: "Judy, não deveria se expressar assim. Os cavalos é que ficam suados. Você deveria dizer 'Estou perspirando muito'". E Judy prometeu que se lembraria disso, porque gostava muito da senhora Frewen e queria agradá-la. Pouco tempo depois, Judy estava esfregando o chão da cozinha, certa manhã, e, quando a senhora Frewen entrou em casa, ela olhou para a patroa e disse, muito orgulhosa por estar usando as palavras corretas: "Oh, senhora Frewen, está tão quente hoje, não? Estou presbiteriano muito!"

SONHADORES DE SONHOS

Agosto se foi e veio setembro. A colheita terminou e, embora o verão ainda não tivesse acabado, já estava começando a se despedir de nós naquele ano. As estrelas descreviam os passos da estação que iniciava sua partida em tons de violeta e, acima das colinas e dos vales, pairava uma névoa levemente azulada, como se a natureza a estivesse cultuando em seu altar arborizado.

As maçãs começavam a ficar vermelhas e a pender dos galhos; os grilos cantavam dia e noite; os esquilos segredavam histórias de Polichinelo nos abetos; o sol era forte e intensamente amarelo, como ouro derretido. A escola reabriu, e nós, pequenos habitantes das fazendas das colinas, vivemos dias felizes de trabalho leve e brincadeiras necessárias, e também noites de sono tranquilo e imperturbável sob um teto vigiado por estrelas outonais.

Pelo menos, nosso sono foi tranquilo e imperturbável até que começou nossa orgia de sonhos.

– Eu gostaria de saber em que tipo de diabrura vocês se meteram desta vez – disse o tio Roger, num fim de tarde, ao cruzar o pomar com sua espingarda ao ombro, em direção ao pântano.

Estávamos sentados em círculo, junto à base da Pedra do Púlpito, escrevendo cuidadosamente em nossos cadernos e comendo ameixas da árvore do reverendo Scott, que sempre atingiam seu ponto máximo de suculência e cor em setembro. O reverendo Scott já morrera havia muito tempo, mas aquelas ameixas, com certeza, mantinham sua memória viva de uma forma que nem seus sermões poderiam ter feito.

– Oh! – Felicity exclamou, chocada, quando o tio Roger já tinha passado. – Ele falou um palavrão!

– Não falou, não! – a Menina das Histórias rebateu de pronto. – "Diabrura" não é um palavrão. Quer dizer apenas "travessura muito feia".

– Bem, não é uma palavra muito bonita.

– Não, de fato – ela concordou, com um suspiro. – É muito expressiva, mas não é bonita. Algumas palavras são assim: expressivas, mas nada bonitas; então, meninas não devem usá-las.

Ela tornou a suspirar. Adorava palavras expressivas e as tinha em grande conta, como algumas meninas em relação às suas joias. Para ela, eram como pérolas brilhantes unidas num colar de fantasia vibrante. Quando aprendia uma nova, repetia-a para si mesma sem parar, avaliando seu significado, sentindo-a, colocando nela a exuberância de sua voz e apossando-se de vez dela em todas as suas possibilidades de uso.

– Seja como for, não é uma palavra adequada neste caso – Felicity insistiu. – Não estamos fazendo nenhuma diabru... nenhuma travessura muito feia. Escrever o que sonhamos não é travessura alguma!

Não era, com certeza. Nem mesmo o adulto mais severo poderia dizer uma coisa dessas. Se descrever um sonho, com todo o cuidado possível na elaboração do texto e na ortografia (já que gerações futuras poderiam ler o que ali foi registrado) não era uma diversão inofensiva, o que mais poderia ser? Não sei dizer.

Estávamos empenhados nessa atividade havia duas semanas e, nesse meio tempo, só fazíamos sonhar e anotar o que tínhamos sonhado. A ideia tinha sido da Menina das Histórias, num fim de tarde, em meio ao som murmurante do bosque de abetos, ainda úmido de chuva; estávamos

A Menina das Histórias

ali para pegar goma depois de um dia chuvoso. Quando já tínhamos o suficiente, fomos nos sentar nas pedras onde o limo já avançava, ao fim de uma longa alameda ladeada de árvores que se abria para o vale logo abaixo, pintado de dourado pela plantação. Ali colocamos os maxilares para trabalhar no resultado da nossa própria colheita. Não era permitido mascar goma na escola nem em público, mas, no bosque ou os campos, no pomar e no palheiro, essas regras estavam suspensas[8].

– Minha tia Jane dizia que não é educado mascar goma em lugar nenhum – Peter comentou, com certa tristeza.

– Sua tia Jane não devia conhecer todas as regras de "etiquete" – Felicity rebateu, tentando atrapalhar Peter com uma palavra difícil que vira no semanário *Guia da Família*. Ele, porém, não se deixou humilhar. Trazia em si uma rudeza dura de se abater e que suportaria a pressão de um dicionário inteiro.

– Conhecia, sim! – exclamou. – A tia Jane era uma dama de verdade, mesmo sendo apenas uma Craig. Conhecia todas essas regras e seguia todas elas mesmo se ninguém estivesse por perto para ver, igual a como fazia quando estava no meio das pessoas. E era inteligente também! Se meu pai tivesse metade da esperteza dela, hoje eu não seria um ajudante de fazenda.

– Faz alguma ideia de onde seu pai está? – Dan interessou-se.

– Não – Peter respondeu, com indiferença. – Na última vez que ouvimos falar dele, estava no Maine, como lenhador. Mas isso foi há três anos. Não sei onde está agora e... – Ele tirou a goma da boca para que suas palavras fossem bem compreendidas e arrematou, enfaticamente: – E não me importa.

– Oh, Peter, que coisa feia de se dizer! – Cecily ralhou. – É seu pai!

Ele a olhou com ar de desafio.

---

[8] A resina de abeto era utilizada, no século XIX, como goma de mascar pelas crianças da América do Norte, em especial de certas regiões do Canadá. Essa resina passou a ser utilizada como base para a produção industrial da goma de mascar nesse mesmo século. (N.T.)

– Se o *seu* pai tivesse ido embora quando *você* era bebê e deixado a *sua* mãe sozinha para sustentar a casa lavando roupa para fora e trabalhando na casa dos outros, acho que também não se importaria muito com o paradeiro dele.

– Talvez ele volte para vocês um dia desses com uma enorme fortuna – sugeriu a Menina das Histórias.

– É. Talvez os porcos aprendam a assobiar também, mas têm uma boca muito ruim para isso – Peter respondeu à charmosa ideia.

– Olhem! Lá vai o senhor Campbell, na estrada! – Dan chamou nossa atenção. – Está com a égua nova que comprou. Ela não é uma beleza? O pelo parece cetim preto. Ele a chama de Betty Sherman.

– Não acho muito elegante dar o nome da avó a uma égua – Felicity desaprovou.

– Pois Betty Sherman consideraria isso um elogio – a Menina das Histórias opinou.

– Talvez. Ela mesma não era muito elegante, ou nunca teria pedido a um homem para se casar com ela.

– Por que não?

– Meu Deus, Sara! Foi horrível! Você faria algo assim?

– Não sei... – Os olhos da Menina das Histórias brilharam, travessos, parecendo sorrir. – Se eu o quisesse *muito* e ele não me pedisse antes, talvez sim.

– Eu preferiria morrer velha e solteira quarenta vezes! – Felicity exagerou.

– Você jamais será uma velha solteira, Felicity – Peter elogiou, sem restrições.

Ela jogou os cabelos para trás e fingiu não ter gostado, mas fracassou por completo.

– Não seria próprio de uma dama pedir um homem em casamento – Cecily concordou com a irmã.

– O *Guia da Família* deve pensar assim também – disse a Menina das Histórias, com certo sarcasmo. Não tinha o *Guia da Família* em tão alta

A Menina das Histórias

conta quanto Felicity e Cecily. As duas liam a coluna de etiqueta social todas as semanas e saberiam dizer, quando necessário, exatamente que tipo de luvas deveria ser usado num casamento, o que dizer ao apresentar ou ser apresentada a alguém e como se vestir quando o pretendente favorito aparecesse para fazer uma visita.

– Dizem que a senhora Richard Cook pediu o marido em casamento – Dan lembrou.

– O tio Roger disse que ela não o pediu exatamente em casamento – explicou a Menina das Histórias –, mas lhe deu um empurrãozinho com tanta habilidade que Richard acabou se comprometendo com ela antes mesmo de perceber o que tinha acontecido. Conheço uma história sobre a avó do senhor Cook. Era uma mulher dessas que vivem falando: "Eu não disse?"

– Preste atenção, Felicity – Dan observou, para a irmã, cheio de intenções.

– Ela era muito teimosa – a Menina das Histórias prosseguiu. – Pouco depois de se casar, brigou com o marido por causa de uma macieira que tinham plantado no pomar. Tinham perdido a etiqueta de identificação da árvore e ele dizia tratar-se de uma Fameuse, ou maçã da neve; ela garantia ser uma Transparente Amarela. Ficaram discutindo sobre o assunto até que os vizinhos saíram para ouvir. Por fim, ele ficou tão irritado que a mandou calar a boca. Como o *Guia da Família* ainda não existia, ele não sabia que era indelicado mandar a esposa se calar. Acho que a mulher pensou que poderia ensinar-lhe bons modos, porque, acreditem ou não, ela se calou e não mais trocou uma só palavra com o marido durante cinco anos! Depois desse tempo, a macieira produziu frutos, e as maçãs eram, de fato, do tipo Transparente Amarela. Foi então que ela, enfim, falou: "Eu não disse?"

– E, depois disso, ela voltou a falar normalmente com o marido? – Sara Ray quis saber.

– Sim. Voltou a ser como sempre tinha sido. Mas essa parte não pertence à história. O fim é quando ela fala "Eu não disse?". Você nunca se contenta em deixar uma história terminar onde deve, Sara Ray.

– É que gosto de saber o que se passou depois.

– O tio Roger disse que não quer uma esposa com quem não possa discutir – Dan comentou. – Porque teria uma vida calma demais para seu gosto.

– Às vezes, acho que o tio Roger vai se tornar um solteirão – declarou Cecily.

– Pois ele me parece bem feliz – Peter opinou.

– A mamãe acha que não faz mal, desde que ele seja um solteirão por vontade própria – Felicity especificou. – Mas se, um dia, ele acordar e descobrir que ficou sozinho porque não pode mais escolher uma noiva, aí já não terá mais jeito...

– Se sua tia Olivia se casar, como o senhor Roger vai fazer sem uma governanta? – Peter indagou.

– Ah, mas a tia Olivia nunca mais vai se casar – explicou Felicity. – Vai completar vinte e nove anos em janeiro!

– Ela já é bem velha, eu sei – ele concordou –, mas pode encontrar um homem que não se importe com isso, já que é tão bonita.

Cecily animou-se:

– Seria esplêndido, muito emocionante mesmo, termos um casamento na família, não acham? Nunca vi alguém se casar, mas adoraria. Já fui a quatro funerais, mas a nenhum casamento.

– Não fui, sequer, a um funeral – Sara Ray lamentou.

– Lá está o véu da Princesa Presunçosa! – Cecily apontou para uma longa e tênue linha de vapor no céu, a sudoeste.

– Vejam aquela nuvem cor de rosa logo abaixo! – Felicity acrescentou.

– Talvez aquela nuvenzinha seja um sonho, aprontando-se para descer e infiltrar-se no sono de alguém – a Menina das Histórias sugeriu.

– Ontem tive um sonho horrível – Cecily se lembrou, com um tremor. – Sonhei que estava numa ilha deserta habitada por tigres e nativos com duas cabeças.

– Oh! – A Menina das Histórias olhou para ela com certa repreensão no semblante. – Por que não contou seu sonho de um jeito melhor? Se

A MENINA DAS HISTÓRIAS

tivesse tido um sonho assim, eu o contaria de forma a fazer com que as pessoas sentissem que o sonharam também.

– Ah... mas não sou você. E não ia querer que se assustassem como me assustei. Foi um sonho muito feio! Mas não deixou de ser interessante.

– Tenho tido sonhos bem esquisitos – Peter interferiu –, mas logo me esqueço deles. Gostaria de lembrar por mais tempo.

– Por que não os coloca no papel? – a Menina das Histórias sugeriu. E, de repente, seu rosto se iluminou com uma inspiração nova: – Tenho uma ideia! Vamos pegar um caderno cada um e anotar os sonhos que tivemos exatamente como foram. E depois vamos ver quem tem a coleção de sonhos mais interessantes. Além disso, vamos guardá-los para, quando formos velhos, os ler e rir muito.

Instantaneamente vimos a nós mesmos e uns aos outros como pessoas velhinhas. Todos, menos a Menina das Histórias. Não conseguimos imaginá-la como uma senhora idosa. Parecia-nos que, enquanto vivesse, ela teria os mesmos cabelos castanhos, a voz semelhante ao som de uma harpa ao vento e os olhos que eram como estrelas da juventude eterna.

OS LIVROS DOS SONHOS

No dia seguinte, a Menina das Histórias convenceu o tio Roger a levá-la a Markdale e lá comprou nossos cadernos. Custaram dez centavos cada e tinham páginas com linhas e capas verdes com pintinhas. O meu está aqui, aberto, ao meu lado, enquanto escrevo; as páginas amareladas guardam a descrição das visões que assombraram meu sono infantil naquelas noites, tanto tempo atrás.

Colado na capa, há um cartão de visitas feminino no qual está escrito: "Livro dos sonhos de Beverley King". Cecily tinha um pacote desses cartões que escondia como se fosse um tesouro, com a intenção de, ao se tornar adulta, poder usá-los para anunciar suas visitas, como orientava o *Guia da Família*; mas ela generosamente nos deu um cada para identificarmos nossos "livros dos sonhos".

Ao folheá-lo agora e dar uma olhada nos registros que fiz, cada um deles começando com "Na noite passada, sonhei...", o passado volta, e muito vivo, para mim. Revejo aquele pomar e o caramanchão onde o sol produzia um brilho suave ("a luz que não havia sobre mar ou terra"), no qual nos sentávamos ao entardecer dos dias de setembro e escrevíamos o que

A Menina das Histórias

tínhamos sonhado, quando as tarefas do dia já tinham sido feitas e nada mais interferia na agradável atividade da escrita. Peter, Dan, Felix, Cecily, Felicity, Sara Ray, a Menina das Histórias parecem todos estar ao meu redor um vez mais na grama docemente perfumada, cada um deles com seu livro dos sonhos aberto e um lápis na mão, ora escrevendo, afoitos, ora olhando para o nada à procura da palavra correta ou da frase ideal para melhor descrever o indescritível. Posso de novo ouvi-los falar e rir, vejo seus olhos brilhantes e inocentes. Neste velho caderninho, recheado com a caligrafia ruim e infantil do menino que fui, há um encanto especial, mágico, que parece dissolver os anos. Beverley King se torna menino de novo e anota seus sonhos no velho pomar dos Kings, na estância sobre a colina onde soprava um vento almiscarado. E, diante desse meu eu-menino, sentava-se a Menina das Histórias, com seu enfeite de rosinhas vermelhas na cabeça, os lindos pés cruzados à frente, a mão delicada apoiada à testa alta, ao redor da qual pendiam os cabelos acetinados.

Mais à direita, ficava a querida Cecily, com um dicionariozinho gordo ao lado (pois havia coisas nos sonhos que eram difíceis de soletrar, e que não se podia esperar que uma menina de onze anos soubesse escrever). Ao lado dela, a linda Felicity, muito ciente da própria beleza, harmoniosamente composta pelos cabelos dourados como o sol, os olhos azuis da cor do mar e aquelas bochechas rosadas que pareciam ter roubado a cor das rosas daquele verão.

Peter, claro, acomodava-se ao lado dela, deitado de bruços sobre a grama, uma das mãos agarrando os cabelos encaracolados e muito escuros, e o caderno aberto sobre uma pedra arredondada diante de si (ele só conseguia escrever nessa posição e, ainda assim, achava difícil). Conseguia lidar melhor com uma enxada do que com um lápis, e sua ortografia, apesar dos constantes pedidos de ajuda a Cecily, era sofrível. Quanto à pontuação, nem tentava usar. Colocava um ponto aqui, outro acolá, quando considerava necessário, estivesse ou não no lugar certo. A Menina das Histórias lia seus sonhos quando ele terminava de escrevê-los e colocava as vírgulas e os pontos e vírgulas, além de dar uma ajeitada nas sentenças.

LUCY MAUD MONTGOMERY

Felix se sentava à direita dela, pesado e desajeitado, muito compenetrado no que compunha. Escrevia usando os joelhos como apoio para o caderno e ficava o tempo todo de cenho franzido, numa atenção feroz ao que produzia. Dan, como Peter, deitava-se de barriga para baixo, mas com as costas voltadas para nós; tinha um costume estranho de ficar gemendo e contorcendo o corpo e enfiando os dedos dos pés na grama quando não conseguia deixar uma sentença a seu gosto.

Sara Ray, à sua esquerda... Bem, quase nunca há muito o que dizer sobre ela, exceto onde costumava estar. Como Maud[9], de Tennyson, em um aspecto pelo menos, Sara era esplendidamente nula.

E ali ficávamos sentados, escrevendo sobre o que havíamos sonhado. E aí veio o tio Roger e nos acusou de estarmos envolvidos em alguma diabru... Melhor dizendo, em alguma travessura muito feia.

Cada um de nós queria fazer o relato mais emocionante; mas éramos um grupo de crianças muito honestas, e acredito que o que escrevíamos fosse, realmente, o relato verdadeiro do que tínhamos sonhado. Esperávamos ser eclipsados pela Menina das Histórias em matéria de sonhos, mas, pelo menos no começo, os sonhos dela não eram tão melhores do que os de todos nós. Na terra dos sonhos, todos parecíamos ser iguais. Cecily era quem parecia ter melhor talento para sonhos dramáticos. Apesar da suavidade e mansidão que a caracterizavam, costumava sonhar com coisas terríveis. Batalhas, mortes súbitas e assassinatos povoavam-lhe o sono quase todas as noites. Por sua vez, Dan, que era um tipo até meio truculento, viciado na leitura de livretos baratos com histórias sinistras que tomava emprestado de outros meninos da escola, sonhava com coisas tão pacatas e bucólicas que frequentemente ficava frustrado com o resultado insosso do que tinha sonhado e gravado no papel.

---

[9] Maud é uma personagem em um poema de mesmo nome, de autoria de Tennyson. Nele, o narrador fala de Maud, filha do vizinho que causara a falência de seu pai e pela qual ele se apaixonou. Após matar o irmão de Maud num duelo, o narrador foge e, ao saber da morte da amada, desespera-se, mas prontamente se recupera e, interessado na guerra, torna-se soldado, o que demonstra o quanto Maud não era, de fato, importante em sua vida. (N.T.)

A Menina das Histórias

No entanto, se a Menina das Histórias não tinha sonhos mais interessantes do que os nossos, vencia-nos a todos na maneira de descrevê-los. Ouvi-la ler a descrição de um deles podia ser tão bom (ou tão ruim) quanto o termos sonhado nós mesmos.

No quesito "descrever o sonho", porém, acredito que eu, Beverley King, era o melhor. Diziam que eu tinha o dom da escrita. Mesmo assim, a Menina das Histórias me vencia porque, tendo herdado alguma coisa do talento do pai em desenhar, ilustrava seus sonhos com gravuras que, com certeza, captavam o espírito do que queria contar, apesar de não terem uma qualidade técnica impecável. Tinha um talento especial para desenhar monstruosidades; lembro-me bem do desenho de um lagarto horrendo que mais parecia ter vindo do período jurássico em que viviam os pterodátilos o qual, no sonho que ela tivera, estava se rastejando no telhado de casa. Numa outra ocasião, teve um sonho horrível (pelo menos, nos pareceu horrível quando o descreveu, falando da sensação de pavor que a tinha invadido); sonhou que o divã a perseguia pela sala e que lhe fazia caretas. Ela fez um esboço do sofá sorrindo cruelmente na margem do caderno; e Sara Ray se assustou tanto com ele que voltou para casa chorando e pediu para dormir com Judy Pineau naquela noite, com medo de que alguma peça da mobília cismasse em persegui-la também.

Os sonhos de Sara Ray nunca foram muito dignos de nota. Neles, estava sempre metida em algum tipo de problema simples: não conseguia fazer a trança nos cabelos ou colocar o sapato no pé direito. Portanto, seu livro dos sonhos tornou-se uma sequência de narrativas monótonas. A única coisa que vale a pena mencionar é o sonho em que teve de voar num balão de ar e cair lá de cima.

– Achei que ia me arrebentar ao chegar ao chão – choramingou ela, toda trêmula –, mas me tornei leve como uma pluma e então acordei.

– Se não tivesse acordado, teria morrido – Peter sentenciou, com extrema sobriedade. – Se sonhar que está caindo e não acordar, você cai de verdade e morre. É por isso que algumas pessoas morrem enquanto estão dormindo.

– Como você sabe? – Dan perguntou, cético. – Quem morreu dormindo não voltou para contar como foi.

– Foi minha tia Jane que disse.

– Suponho que isso seja mais do que suficiente para acreditarmos, não? – Felicity comentou, desagradável.

– Você sempre diz alguma coisa de ruim quando falo da tia Jane – Peter protestou.

– E o que eu disse de ruim? Não disse nada – ela rebateu.

– Bem, pareceu ruim. – Peter sabia que o tom definia o significado.

– Como era sua tia Jane? – Cecily perguntou, cordial. – Era bonita?

– Não – ele admitiu, com certa relutância. – Não era bonita, mas se parecia com aquela mulher da figura que o pai da Menina das Histórias enviou na semana passada; aquela que tinha um círculo brilhante na cabeça e o bebê no colo. A tia Jane olhava para mim do jeito que aquela mulher olha para o bebezinho. A mamãe, não. Está sempre ocupada lavando roupas. Eu gostaria de sonhar com a tia Jane, mas nunca sonho.

– Sonhar com os mortos é saber dos vivos – Felix citou, proverbial.

– Ontem à noite, sonhei que joguei um fósforo aceso dentro daquele barril de pólvora na loja do senhor Cook em Markdale – Peter revelou. – Ele explodiu e levou tudo pelos ares; e depois me tiraram dos escombros, mas acordei antes de saber se tinha morrido na explosão ou não.

– A gente sempre acorda antes de as coisas ficarem interessantes – lamentou a Menina das Histórias.

– Sonhei, na noite passada, que tinha cabelos naturalmente cacheados – disse Cecily, com ar melancólico. – Estava tão feliz! Foi horrível acordar e ver que continuam lisos como sempre foram.

Felix, meu irmão tão sóbrio, tão firme, vivia sonhando que voava. Suas descrições dos voos oníricos que fazia acima das árvores nos enchiam de inveja. Nenhum de nós chegava perto de sonhar assim, nem mesmo a Menina das Histórias, que, supostamente, deveria sonhar em poder voar se outra pessoa o fazia. Felix tinha essa aptidão para sonhar, e seu livro dos sonhos, embora ficasse a dever no quesito "estilo literário", era, de longe, o melhor em termos de assunto. O de Cecily era mais dramático, e o de Felix era mais divertido. O sonho que consideramos ser sua obra-prima foi um no qual um grupo de animais selvagens estava no pomar e o rinoceronte perseguiu a tia Janet em volta da Pedra do Púlpito, mas acabou se transformando num porco inofensivo bem na hora em que ia alcançá-la.

Felix tinha passado mal do estômago pouco depois de começarmos a escrever nossos livros dos sonhos, e a tia Janet tentou curá-lo com uma dose de pílulas para o fígado, as quais Elder Frewen tinha garantido serem ótimas para qualquer tipo de doença. Felix, porém, recusou-se a tomá-las. Aceitaria tomar chá de mentruz, mas as pílulas, não, apesar do mal-estar e das ordens e pedidos da tia Janet. Não entendi o motivo da antipatia que demonstrou pelos insignificantes comprimidinhos brancos que eram tão fáceis de engolir, mas ele nos explicou depois, no pomar, quando sua indisposição já havia passado e ele já recuperara o humor habitual:

– Fiquei com medo de que as tais pílulas me impedissem de sonhar. Lembra-se da velha senhorita Baxter em Toronto, Bev? Lembra que ela disse à senhora McLaren que tinha sonhos horríveis e que, depois de tomar pílulas para o fígado, nunca mais os teve? – E concluiu solenemente: – Eu preferiria morrer a arriscar.

– Pela primeira vez, tive um sonho emocionante na noite passada! – Dan anunciou, cheio de júbilo. – Sonhei que Peg Bowen estava me perseguindo. Acho que fui até a casa dela e ela veio atrás de mim. Vou lhes dizer uma coisa: eu corri! E ela me pegou! Sim! Senti sua mão magra agarrar meu ombro. Soltei um grunhido e... acordei!

– Aposto que grunhiu, mesmo – Felicity observou. – Chegamos a ouvir do nosso quarto.

– Detesto sonhar que estou sendo perseguida, porque não consigo correr – comentou Sara Ray, estremecendo. – É como se criasse raízes no chão. E sinto que a coisa se aproxima e não posso me mexer. Quando se escreve, não parece ser tão assustador, mas é horrível passar por isso. Espero nunca sonhar que Peg Bowen está me perseguindo. Acho que eu morreria.

– Fico imaginando o que Peg Bowen faria se pegasse alguém – Dan especulou.

– Ela não precisa pegar você para fazer coisas – Peter ponderou. – Pode amaldiçoar você só com o olhar. E vai, se você a ofender.

– Não acredito nisso – disse a Menina das Histórias, com certa indiferença.

– Não? Pois saiba que, no verão passado, ela foi à casa de Lem Hill, em Markdale, e ele a mandou embora ou soltaria o cachorro. Ela foi, pelo pasto, resmungando e mexendo os braços para cá e para lá. No dia seguinte, a melhor vaca que ele tinha no curral adoeceu e morreu. Como se pode explicar uma coisa dessas?

– Teria acontecido de qualquer modo, Peter – a Menina das Histórias garantiu, mas já sem muita certeza do que dizia.

– Pode ser. Mas prefiro que Peg Bowen nem olhe para as minhas vacas.

– Como se você tivesse alguma – riu Felicity.

– Vou ter, um dia – ele afirmou, enrubescendo. – Não pretendo ser ajudante de fazenda a vida inteira. Vou ter minha própria fazenda, com vacas e tudo mais. Vai ver só se não!

– Sonhei que tínhamos aberto o baú azul – disse a Menina das Histórias. – E estava tudo lá: o candelabro azul de porcelana, só que era de metal no sonho; a cesta de frutas com a maçã na alça, o vestido de noiva e a anágua bordada. Estávamos rindo, experimentando as coisas e nos divertindo muito. E então Rachel Ward apareceu em pessoa e olhou para nós, muito triste e desapontada. Ficamos todos muito envergonhados. Comecei a chorar e acordei assim: chorando.

– Sonhei que Felix era magro – disse Peter, rindo. – Ele estava tão esquisito! Suas roupas estavam largas, e ele ficava girando, tentando segurá-las para que não caíssem.

Todos acharam engraçado, exceto Felix. E não falou com Peter por dois dias por causa disso. Felicity também se meteu em problemas por causa de um sonho que teve. Certa noite, acordou depois de um sonho muito emocionante, mas acabou por dormir de novo e, pela manhã, não conseguiu

A Menina das Histórias

se lembrar de nada que tinha sonhado. Decidiu que nunca mais deixaria um sonho escapar assim e, na vez seguinte que despertou durante a noite, após sonhar que tinha morrido e sido enterrada, levantou-se de imediato, acendeu uma vela e começou a passar tudo para o papel, com detalhes. Ficou tão compenetrada que acabou por derrubar a vela e atear fogo à camisola, que era nova em folha, enfeitada com um intrincado bordado de renda. O fogo deixou um buraco enorme no tecido e, quando a tia Janet descobriu o que se passara, deu uma bronca daquelas em Felicity, como nunca tinha feito antes, com gritos e tudo mais. Felicity, porém, encarou o fato de modo filosófico, já que estava acostumada às palavras duras da mãe, além de não ser excessivamente sensível.

– Salvei meu sonho – comentou, com tranquilidade.

E isso, claro, era o que importava. Os adultos eram tão estranhamente alheios ao que, de fato, tinha importância na vida! Tecidos podiam ser comprados, de dia ou de noite, para fazer roupas novas e por um preço razoável, além de não serem difíceis de costurar. Já se um sonho escapasse da sua lembrança, em que mercado do mundo se poderia consegui-lo de volta? Que moeda cunhada na Terra poderia pagar pelas adoráveis visões noturnas perdidas?

DO QUE SÃO FEITOS OS SONHOS

Peter chamou a mim e a Dan de lado, certo fim de tarde, quando seguíamos para o pomar com nossos livros dos sonhos, e disse, um tanto preocupado, que queria "um conselho". Fomos, então, ao bosque de abetos, longe dos olhos curiosos das meninas, onde nos contou seu dilema:

– Ontem sonhei que estava na igreja. Parecia que estava cheia de gente; fui até o banco e me sentei, sem preocupação nenhuma. E então notei que não estava usando roupa nenhuma! Nem umazinha só! – Ele baixou a voz para prosseguir: – E... o que está me incomodando é que... bem... seria indecente contar um sonho assim diante das meninas?

Minha opinião foi de que era um assunto delicado. Dan, porém, considerou que não havia por que ser indecente; ele mesmo contaria o sonho como se fosse qualquer outro. Não via nada de mau nele.

– Mas elas são suas parentes. Não são nada minhas, e isso torna as coisas diferentes. Além do mais, são meninas tão... elegantes. Talvez fosse melhor não arriscar. Tenho certeza de que a minha tia Jane não

A Menina das Histórias

consideraria decente contar um sonho como esse. E não quero ofender Fel... nenhuma delas.

Então, Peter jamais contou o tal sonho nem o escreveu. Em vez disso, lembro-me de ter visto, em seu caderno, na data de quinze de setembro, a seguinte anotação: "Ontem sonhei um sonho. Não foi um sonho educado, então não vou escrever como foi".

As meninas viram essas palavras, mas, verdade seja dita, nunca tentaram descobrir do que se tratava. Como Peter havia dito, eram "elegantes" e faziam jus a essa qualificação. Eram divertidas, travessas e brincalhonas, tinham todas as qualidades e defeitos típicos da infância, mas nenhum pensamento indelicado jamais ganhou forma, nenhuma palavra vulgar jamais foi pronunciada em sua presença. Se algum de nós, meninos, fizesse algo assim, o rostinho pálido de Cecily teria se tingido de vermelho, pois sua pureza teria sido ultrajada; Felicity teria erguido a cabeça dourada, indignada com o insulto à sua feminilidade; e os olhos esplêndidos da Menina das Histórias teriam brilhado de raiva e desprezo, fazendo murchar a alma do culpado por tal afronta.

Dan, certa vez, praguejou. O tio Alec lhe deu uma surra por isso. Foi a única vez que castigou um dos filhos. Mas o que, de fato, causou remorso e arrependimento em Dan não foi a punição dada pelo pai, mas o choro de Cecily durante a noite. No dia seguinte, jurou a ela que nunca mais iria praguejar; e manteve sua palavra.

De repente, a Menina das Histórias e Peter começaram a se adiantar a nós em matéria de sonhos. Suas descrições passaram a ser tão sinistras e horríveis, e também pitorescas, que era difícil acreditarmos que não estavam exagerando nos detalhes. A Menina das Histórias, porém, era o retrato vivo da honestidade; e Peter, desde cedo, fora colocado no caminho da verdade por sua tia Jane e nunca alguém soubera que tivesse se desviado dele. Quando juraram para nós, com ar solene, que seus sonhos tinham sido exatamente como os estavam descrevendo, tivemos de acreditar. Mas havia algo estranho ali; disso tínhamos certeza. Eles tinham um segredo guardado entre si, que mantiveram por duas semanas inteiras. Não houve como fazer a Menina das Histórias revelar o que era. Ela tinha grande habilidade em guardar segredos; além disso, durante aquelas duas semanas, ficou estranhamente rabugenta e petulante, e achamos melhor não a provocar. Ela não estava bem, e a tia Olivia disse a tia Janet:

– Não sei qual é o problema com Sara. Anda tão diferente nestas duas últimas semanas. Tem se queixado de dores de cabeça e está sem apetite, além de estar muito pálida. Vou ter que levá-la ao médico se não melhorar logo.

– Tente primeiro tratá-la com chá de mentruz – a tia Janet aconselhou. – Economizei muito dinheiro que seria gasto com médicos, tratando minha família com esse chá.

O chá de mentruz foi devidamente ministrado, mas não melhorou o estado geral da Menina das Histórias, que, no entanto, continuou sonhando de tal modo que logo seu livro dos sonhos se tornou uma verdadeira curiosidade literária.

– Se não descobrirmos logo o que faz a Menina das Histórias e Peter sonhar desse jeito, vamos ter que desistir de escrever nossos sonhos – Felix observou, com ar desolado.

Por fim, descobrimos do que se tratava. Felicity conseguiu tirar o segredo de Peter utilizando-se da "astúcia de Dalila", o que vem sendo a ruína de muitos homens desde os tempos de Sansão. Ela, primeiramente, ameaçou nunca mais falar com ele se não lhe contasse a verdade; depois prometeu-lhe que, se contasse, permitiria que andasse ao seu lado na ida e na volta da Escola Dominical até o final do verão, além de carregar seu material para ela. Peter não aguentou a pressão e acabou por revelar o segredo.

Achei que a Menina das Histórias fosse ficar indignada com ele e desprezar sua atitude, mas ela não se importou.

– Sabia que Felicity ia acabar arrancando a verdade de Peter – comentou. – Acho até que ele aguentou por bastante tempo.

Peter e a Menina das Histórias, ao que parecia, tinham conseguido sonhar com aquelas coisas mirabolantes simplesmente através da ingestão

A Menina das Histórias

de alimentos fortes, pesados, antes de irem para a cama. A tia Olivia nada sabia a respeito, claro. Permitia que fizessem uma refeição leve, mas saudável, à noite. Durante o dia, porém, a Menina das Histórias levava várias guloseimas para cima às escondidas e as dividia, colocando metade no quarto de Peter e metade no dela própria. E o resultado foram aquelas visões que tanto nos tinham desesperado.

– Ontem à noite, comi um pedaço de torta de carne moída – disse ela. – E também muito picles e duas tortinhas de geleia de uva. Mas acho que exagerei porque acabei me sentindo mal de verdade e não consegui dormir, então, claro, não sonhei. Deveria ter comido só a torta e o picles e deixado as tortinhas. Peter fez isso e teve um belo sonho em que Peg Bowen o capturou e o colocou para cozinhar vivo naquela panela preta enorme que fica pendurada do lado de fora da sua casa. Mas ele acordou antes que a água esquentasse. Bem, senhorita Felicity, você foi bem esperta, mas vai gostar de ir e voltar da Escola Dominical acompanhada por um menino com calças remendadas?

– Não vou ter que fazer isso – Felicity respondeu, com ar de triunfo. – Peter vai ganhar roupas novas. Vão ficar prontas no sábado. Eu sabia disso antes de prometer.

Ao descobrirmos como era possível produzir sonhos emocionantes, todos seguimos prontamente o exemplo de Peter e da Menina das Histórias.

– Não há como eu ter sonhos horríveis – Sara Ray queixou-se. – A mamãe não me deixa comer nada antes de ir para a cama. Não é justo!

– Não consegue esconder alguma coisa durante o dia, como fazemos? – Felicity sugeriu.

– Não. – Sara sacudiu a cabeça tristemente. – Ela mantém a despensa trancada, com medo de que Judy Pineau pegue alguma coisa para seus amigos.

Durante uma semana, nós nos empanturramos à noite e sonhamos com coisas absurdamente loucas; e, lamento dizer, discutimos e brigamos sem parar durante o dia, já que nosso processo de digestão estava alterado, e nosso humor, idem. Até mesmo eu e a Menina das Histórias brigamos, algo que nunca acontecera. Peter foi o único que conseguiu manter o equilíbrio. Nada podia mexer com o estômago daquele menino.

Uma noite, Cecily entrou na despensa, pegou um pepino enorme e passou a devorá-lo. Os adultos não estavam em casa, já que tinham ido a Markdale para assistir a uma palestra; então comemos nossos "lanchinhos" com total liberdade, sem precisar recorrer a atitudes sórdidas. Lembro que comi várias fatias de carne de porco bem gorda e, para arrematar, um pedaço enorme de pudim de ameixa.

– Achei que não gostasse de pepino, Cecily – Dan comentou.

– Eu também – respondeu ela, com uma careta –, mas Peter disse que pepinos produzem sonhos incríveis. Ele tinha comido um na noite em que sonhou que foi pego por canibais. Eu comeria três se pudesse ter um sonho assim.

Cecily terminou seu pepino e tomou um copo de leite. Então ouvimos as rodas da charrete do tio Alec sobre as tábuas da ponte, lá no sopé da colina. Felicity rapidamente guardou a carne de porco e o pudim em seus devidos lugares e, quando a tia Janet entrou em casa, já estávamos todos em nossas respectivas camas. Pouco tempo depois, a casa mergulhou no silêncio e na escuridão.

Eu estava começando a adormecer quando ouvi uma agitação no quarto das meninas, diante do nosso. A porta delas se abriu e, como a nossa nunca estava fechada, percebi a figura clara de Felicity em sua camisola branca sair correndo em direção às escadas, para chamar a tia Janet, cujo quarto era no andar de baixo. Do quarto das meninas, vinham soluços e gemidos de dor.

– Cecily está passando mal – Dan logo entendeu, e pulou da cama. – Aquele pepino não deve ter-lhe caído bem.

Em poucos minutos, a casa inteira estava em movimento. Cecily estava mal; muito mal, sem dúvida. Estava ainda pior do que Dan quando comeu as frutinhas venenosas. O tio Alec, mesmo cansado da lida na fazenda e da saída até Markdale depois, saiu em busca do médico. A tia Janet e Felicity deram a ela todos os remédios paliativos de que puderam se lembrar, mas

A Menina das Histórias

nenhum deles fez efeito. Felicity contou à mãe sobre o pepino, mas a tia Janet não achou que ele pudesse ser o responsável pela condição alarmante em que Cecily se encontrava.

– Pepinos são indigestos, mas eu nunca soube que pudessem deixar uma pessoa tão mal assim! – disse, tensa. – E por que comer um pepino antes de dormir?! Achei que Cecily nem gostasse deles!

– Foi aquele miserável do Peter! – Felicity acusou, indignada. – Ele disse que o pepino a faria ter sonhos especiais.

– E por que, em nome de Deus, ela queria sonhar!?

– Para ter algo que valesse a pena descrever no livro dos sonhos, mamãe. Todos temos um, sabe? E todos querem que seu próprio sonho seja o mais emocionante. Temos comido coisas pesadas para nos fazerem sonhar. E fazem. Mas, se Cecily... Oh! Nunca vou me perdoar! – Felicity exclamou, sem muita coerência, escancarando, em seu desespero, todas as nossas verdades.

– Imagino o que mais vocês vão aprontar! – a tia Janet lamentou, em tom de completo desânimo.

Cecily ainda não tinha melhorado quando o médico chegou. Ele, como a tia Janet fizera, disse que um pepino não seria capaz de causar aquele estrago todo; mas, quando descobriu que ela também tinha bebido um copo de leite, o mistério foi solucionado.

– Leite e pepino formam uma mistura venenosa – explicou. – Não é de admirar que ela esteja se sentindo tão mal. Mas acalmem-se – pediu, em tom sereno ao ver os rostos alarmados à sua volta. – Não se assustem. Como a velha senhora Fraser diz: "Não é mortal". Cecily não corre perigo de morte, mas vai ainda se sentir bem mal por dois ou três dias.

E, de fato, assim foi. E todos nos sentimos péssimos também. A tia Janet investigou tudo que havia acontecido, e o assunto dos nossos livros dos sonhos foi discutido em família. Não sei o que mais feriu nossos sentimentos: a bronca que ela nos deu ou o ridículo diante dos outros adultos, em especial do tio Roger. Peter recebeu uma repreensão extra, a qual considerou injusta.

– Eu não disse a Cecily para beber leite. O pepino sozinho não teria feito mal a ela – resmungou, numa queixa.

Cecily ainda não conseguira sair de casa conosco novamente, então Peter achou que podia ir além em suas alegações:

– Além disso, ela me pediu para lhe dizer o que era bom para provocar sonhos. Eu disse, como um favor. E agora sua tia coloca a culpa toda em cima de mim!

– A tia Janet também disse que não vamos mais comer nada antes de dormir a não ser pão e leite – Felix lamentou.

– Eles gostariam de nos fazer parar completamente de sonhar se pudessem – manifestou-se a Menina das Histórias, com raiva.

– Seja como for, não podem nos impedir de crescer – Dan nos consolou.

– Não precisamos nos preocupar com essa história de "apenas pão e leite" antes de irmos dormir – Felicity esclareceu. – A mamãe já fez essa mesma imposição antes, mas a manteve só por uma semana, e então, tudo voltou ao normal. E vai ser a mesma coisa agora, mas é claro que não vamos mais poder comer coisas muito pesadas no jantar, e nossos sonhos serão bem simples.

– Bem, vamos descer até a Pedra do Púlpito – disse a Menina das Histórias. – Vou lhes contar uma história.

Fomos. E logo passamos a nadar nas águas do esquecimento. Pouco depois, já estávamos rindo, sem nos lembrar do que tínhamos sofrido nas mãos daqueles adultos cruéis. Nossas risadas ecoaram pelo celeiro, pelo bosque de abetos, como se os elfos que ali habitavam estivessem partilhando nossa alegria.

Logo, a risada dos adultos juntou-se à nossa. A tia Olivia e o tio Roger, seguidos pela tia Janet e pelo tio Alec, vieram caminhando pelo pomar e sentaram-se conosco; faziam isso às vezes, quando a lida do dia havia terminado e a hora mágica entre o entardecer e a noite parecia fazer um pacto feliz entre o trabalho duro e o descanso. Era nesses momentos que mais gostávamos dos nossos adultos, porque era como se eles fossem metade crianças novamente.

A MENINA DAS HISTÓRIAS

O tio Alec e o tio Roger se esparramaram na grama como se fossem meninos. A tia Olivia se sentou no chão e passou um dos braços pelos ombros de Cecily, parecendo, mais do que nunca, um amor-perfeito em seu vestido xadrez violeta com um lacinho amarelo na gola. E o rosto da tia Janet deixou de lado a seriedade do dia a dia e assumiu uma expressão puramente maternal.

A Menina das Histórias estava em ótima forma nesse anoitecer. Suas histórias pareceram ganhar um brilho novo de inteligência e encanto.

– Sara Stanley, se não se cuidar, pode tornar-se famosa um dia, sabia? – a tia Olivia observou, apontando-lhe o dedo após uma história hilária.

– Essas historiazinhas engraçadas são boas, mas quero ouvir uma bem assustadora – o tio Roger pediu. – Quero me divertir! Por que não nos conta aquela sobre a Mulher Serpente que a ouvi contar um dia no verão passado?

Ela começou a contá-la sem hesitar. Mas, antes de se adiantar muito na narrativa, eu, que estava sentado ao seu lado, senti uma repulsa inexplicável tomar conta de mim. Pela primeira vez desde que a conhecera, quis me afastar da Menina das Histórias. E, ao olhar para o rosto das outras pessoas que ali estavam, vi que sentiam a mesma coisa. Cecily tinha coberto os olhos com as mãos. Peter olhava para a Menina das Histórias com fascinação e horror ao mesmo tempo. A tia Olivia estava pálida e inquieta. Todos reagiam como se tivessem sido presos por um encanto maldoso, do qual queriam se libertar, mas não conseguiam.

Não era a nossa Menina das Histórias que estava sentada ali nos fazendo aquela narrativa com voz sibilante, coagulante. Ela parecia ter se vestido com uma nova personalidade, como se fosse um traje, e essa nova *persona* era algo venenoso, mau, repugnante. Eu preferiria morrer a tocar seu pulso delgado, bronzeado, no qual se apoiava. A luz que havia em seus olhos semicerrados era fria, como a luz sem piedade dos olhos de uma serpente. Senti um medo ancestral dessa criatura demoníaca que de repente se apossara do corpo da nossa querida menina.

Quando ela terminou, houve um breve silêncio. E então a tia Janet observou com severidade, mas também com certo alívio:

– Menininhas não deveriam contar histórias tão horríveis.

Esse comentário, bem típico dela, quebrou o encanto. Os adultos riram muito, e a Menina das Histórias, novamente a nossa querida Menina das Histórias, e não mais a Mulher Serpente, defendeu-se:

– Foi o tio Roger que me pediu para contar essa. Também não gosto de histórias assim. Elas fazem com que eu me sinta horrível. Sabem, por um minutinho, quase me senti uma cobra de verdade.

– Você chegou a se parecer com uma – ele comentou. – Como consegue fazer isso, menina?

– Não sei explicar. Só... acontece.

A genialidade não se explica. Não seria genialidade se pudesse ser explicada. E a Menina das Histórias tinha genialidade em si.

Quando, por fim, saímos do pomar, segui logo atrás do tio Roger e da tia Olivia e pude ouvir sua conversa:

– Aquela foi uma apresentação estranha para uma menina de quatorze anos, Roger. O que o futuro reserva para ela?

– Fama. Se ela tiver a oportunidade de atingi-la, é claro. E acho que o pai vai cuidar para que isso aconteça. Pelo menos, espero que cuide. Você e eu, Olivia, nunca tivemos a nossa. Espero que Sara tenha a dela.

Aquela foi minha primeira pista para o que viria a compreender por inteiro no futuro. O tio Roger e a tia Olivia haviam, ambos, tido sonhos e ambições quando mais jovens, mas as circunstâncias lhes tinham negado a chance de persegui-los, e essas aspirações nunca tinham sido alcançadas.

– Um dia, talvez, Olivia – ele prosseguiu –, você e eu venhamos a ser tios da maior atriz de sua época. Se uma menina de quatorze anos foi capaz de fazer dois fazendeiros pragmáticos e duas donas de casa realistas acreditar, por dez minutos, que ela era, de fato, uma cobra, do que não será capaz quando tiver trinta?

Nesse momento, o tio Roger percebeu minha presença.

– Ei, você, aperte o passo e vá direto para a cama. E nada de misturar pepinos com leite antes de se deitar!

O FEITIÇO DE PAD

Estávamos todos sofrendo muito; pelo menos nós, as crianças, estávamos. E os adultos, condescendentes, preocuparam-se com o nosso problema. Pad, nosso querido, alegre Paddy, estava doente de novo. Muito doente.

Na sexta-feira, mostrou-se abatido e recusou o pires de leite fresco logo após a ordenha. Na manhã seguinte, esticou-se sobre a plataforma ao lado da porta dos fundos da casa do tio Roger, deitou a cabeça sobre as patinhas pretas e recusou-se a interagir com qualquer coisa ou pessoa. Nós o acariciamos, suplicamos por sua atenção, oferecemos petiscos, mas foi tudo em vão. Somente quando a Menina das Histórias o acariciou, ele miou baixinho, como se lhe implorasse, sofrido, para fazer algo que pudesse ajudá-lo. Diante disso, Cecily, Felicity e Sara Ray começaram a chorar, e nós, meninos, ficamos com um nó na garganta. Mais tarde, nesse mesmo dia, surpreendi Peter, com os olhos vermelhos, atrás da leiteira da tia Olivia. Ele não negou quando lhe perguntei se estivera chorando, mas não disse que era por causa de Paddy; isso seria bobagem.

– Por que estava chorando, então? – insisti.

– Porque... porque minha tia Jane morreu – respondeu, com certo ar de desafio.

– Mas isso foi há dois anos! – estranhei.

– Um motivo a mais para chorar. Estou sem ela faz dois anos, e isso é pior do que se fossem só alguns dias.

– Acho que você estava chorando porque Pad está muito mal – rebati, com firmeza.

– Ora! E eu ia chorar por causa de um gato! – E se afastou, assobiando.

Claro que tentamos o tratamento com banha e remédio novamente. Besuntamos as patinhas e os flancos de Paddy generosamente. Mas, para nosso espanto, ele nem sequer tentou se lamber.

– Está doente demais – Peter opinou, sombrio. – Quando um gato não liga mais para a própria aparência, é porque está quase moribundo.

– Se, ao menos, soubéssemos o que ele tem, poderíamos fazer alguma coisa – a Menina das Histórias lamentou, acariciando a cabeça imóvel do seu bichano querido.

– Eu poderia dizer o que ele tem, mas vocês dariam risada de mim – Peter voltou a falar.

Todos nós nos voltamos para ele.

– Peter Craig, deixe de bobagem! – Felicity repreendeu.

– Eu não disse?

– Olhe, se sabe qual é o problema com Paddy, diga logo – a Menina das Histórias ordenou, levantando-se. Sua voz soara suave, mas Peter obedeceu. Diante daqueles olhos e daquele tom de voz, acho que teria obedecido mesmo que ela lhe tivesse mandado atirar-se ao mar. Eu o faria.

– Ele está enfeitiçado. Esse é o problema – Peter anunciou, numa mistura de sabedoria e vergonha.

– Enfeitiçado? Bobagem!

– Estão vendo? Eu avisei... – ele se queixou.

A Menina das Histórias encarou-o, depois voltou-se para nós, e então para Paddy.

A Menina das Histórias

– Como poderia estar enfeitiçado? – estranhou. – E quem teria lançado o feitiço?

– Não sei como foi feito – disse Peter. – Eu mesmo teria de ser um bruxo para saber. Mas sei que foi Peg Bowen.

– Bobagem! – ela repetiu.

– Então, está bem. Não precisa acreditar em mim.

– Se Peg Bowen pudesse enfeitiçar alguma coisa, e não acredito que possa, por que escolheria Pad? Todos aqui da fazenda do tio Alec sempre foram tão bons para ela!

– Vou lhes dizer por quê – Peter ofereceu. – Na quinta-feira à tarde, quando vocês estavam na escola, Peg Bowen esteve aqui. Sua tia Olivia deu comida a ela. Bastante comida. Podem rir quando dizem que ela é bruxa, mas reparei que vocês são sempre muito bons para ela e procuram nunca fazer algo que a ofenda.

– A tia Olivia é boa com todas as criaturas. E a mamãe também – Felicity fez questão de frisar. – E é claro que ninguém quer ofender Peg Bowen, porque ela é rancorosa e uma vez ateou fogo ao celeiro de um homem em Markdale quando ele a ofendeu. Mas é ridículo achar que é uma bruxa.

– Está bem. Mas espere só até ouvir o que vou contar. Quando ela estava indo embora, Pad se deitou nos degraus, bem no seu caminho. Peg pisou no rabo dele. Vocês sabem que Pad não gosta que mexam no seu rabo. Ele se virou e arranhou o pé de Peg, que estava descalça. Se vissem o modo como ela o olhou, saberiam se é ou não bruxa. E ela se foi pela estradinha de terra, resmungando e mexendo os braços, como fez lá no pasto de Lem Hill. Ela lançou um feitiço em Pad, podem apostar! E ele amanheceu doente no dia seguinte.

Nós nos olhamos, calados e perplexos. Éramos apenas crianças e acreditávamos que bruxas tinham existido no passado. Além do mais, Peg Bowen era, sim, uma criatura estranhíssima.

– Se é assim, embora eu não acredite, não há nada que possamos fazer – lamentou a Menina das Histórias. – Pad vai morrer.

Cecily recomeçou a chorar.

– Eu faria qualquer coisa para salvá-lo! – exclamou, entre lágrimas. – Acreditaria em qualquer coisa!

– Não há nada a fazer – Felicity comentou, com impaciência.

– Acho que deveríamos falar com Peg Bowen – Cecily soluçou – e pedir-lhe que perdoe Pad e retire o feitiço. Ela poderia fazê-lo se nos desculpássemos com muita humildade.

A princípio, ficamos chocados com tal ideia. Não acreditávamos que Peg Bowen fosse uma bruxa. Mas ir até ela, naquele bosque misterioso em que praticamente se escondia, onde poderia haver todos os horrores do desconhecido... E essa sugestão viera de Cecily! Mas o pobre Pad merecia que tentássemos...

– Será que adiantaria? – perguntou a Menina das Histórias, desesperada. – Se foi ela, realmente, que deixou Pad doente, acho que ficaria ainda mais zangada se fôssemos até lá e a acusássemos de tê-lo enfeitiçado. Além do mais, ela não fez isso!

Havia, porém, certa dúvida em sua voz.

– Não faria mal tentar – Cecily insistiu. – Se não foi ela quem o fez ficar doente, não fará diferença se ficar zangada.

– Não fará diferença para Pad, mas fará para quem for falar com ela – Felicity alertou. – Peg não é bruxa, mas é uma velha rancorosa e só Deus sabe o que faria contra nós se nos pegasse. Tenho medo dela e não me importa que saibam disso. Desde que me conheço por gente, ouço a mamãe dizer: "Se não se comportar, Peg Bowen vai pegar você".

– Se eu achasse que ela enfeitiçou Pad e que poderia fazê-lo ficar bem de novo, tentaria acalmá-la de alguma forma – analisou a Menina das Histórias, determinada. – Também tenho medo dela, mas olhem para o nosso querido Paddy! Coitadinho!

Olhamos. Paddy continuava com os olhos fixos, quase sem piscar. O tio Roger veio e deu uma olhada também.

– Acho que a hora dele chegou – comentou, com o que nos pareceu ser uma despreocupação brutal.

A Menina das Histórias

– Tio Roger, Peter disse que Peg Bowen enfeitiçou Paddy porque ele a arranhou – Cecily lhe contou, com olhinhos suplicantes. – Acha que pode ser verdade?

– Pad a arranhou? – ele estranhou, com expressão horrorizada. – Meu Deus... Meu Deus! Solucionamos o mistério! Pobre Pad... – E sacudiu a cabeça, como se estivesse resignado à má sorte do gatinho.

– Acredita, mesmo, que Peg Bowen é uma bruxa, tio Roger? – a Menina das Histórias perguntou, ainda incrédula.

– Se acho que ela é uma bruxa? Minha querida Sara, o que você acharia de uma mulher que consegue se transformar num gato preto quando bem entende? Ela seria uma bruxa? Ou não? Conclua você.

Felix arregalou os olhos e indagou:

– Peg Bowen consegue se transformar num gato preto!?

– Acredito que esse seja o mais simples de seus atributos – ele respondeu, muito sério. – Para uma bruxa, não há nada mais fácil do que se transformar em qualquer animal. É... Pad foi enfeitiçado, não há dúvida nenhuma.

– Por que está dizendo esse tipo de coisa às crianças? – a tia Olivia ralhou ao passar por nós para ir ao poço.

– Tentação irresistível – o tio Roger explicou, indo até ela para segurar o balde.

– Viram? Seu tio acredita que Peg Bowen é uma bruxa – reiterou Peter.

– Como você pôde ver, a tia Olivia, não! – rebati. – E eu também não.

– Escutem – chamou-nos a Menina das Histórias. – Eu não acredito, mas talvez haja alguma verdade nisso. Suponhamos que haja. A pergunta é: o que podemos fazer?

– Vou lhes dizer o que eu faria – Peter anunciou. – Eu levaria um presente para Peg Bowen e pediria para ela curar Paddy. Não deixaria parecer que acho que a culpa é dela. Assim, ela não ficaria ofendida e, talvez, retirasse o feitiço.

– Acho que todos nós deveríamos dar alguma coisa a ela – Felicity propôs. – Estou disposta a fazê-lo. Mas quem vai levar os presentes?

– Temos que ir todos juntos – a Menina das Histórias determinou.

– Eu não vou! – Sara Ray recuou, apavorada. – Não chegaria nem perto da casa dela, não importa quem estivesse comigo.

– Mas tenho um plano: vamos, todos, dar algo a ela, como Felicity sugeriu. E vamos à casa dela nesta tarde. Se Peg estiver do lado de fora, vamos apenas colocar os presentes diante dela, em silêncio, com uma carta. E depois vamos nos retirar, com muito respeito.

– Se ela deixar – Dan observou significativamente.

– Ela sabe ler? – perguntei.

– Sabe. A tia Olivia me contou que ela é bem culta; que frequentou a escola e era muito inteligente até ficar louca. Vamos escrever uma carta simples.

– E se não a virmos? – Felicity perguntou.

– Vamos deixar os presentes diante da porta e nos retirar.

– Ela poderá estar bem longe, vagando pelo campo – Cecily ponderou. – E, quando voltar, talvez seja tarde para Paddy. Mas... é a única coisa a fazer. O que podemos dar a ela?

– Não podemos oferecer dinheiro – orientou a Menina das Histórias. – Peg fica indignada quando alguém faz isso. Sempre diz que não é mendiga. Mas aceita qualquer outra coisa. Vou dar meu colar de contas azuis. Ela gosta de coisas bonitas.

– Vou dar o pão de ló que fiz nesta manhã – disse Felicity. – Imagino que Peg não coma esse tipo de coisa com frequência.

– Não tenho nada para dar a não ser o anel contra reumatismo que ganhei no inverno passado por vender agulhas – Peter comentou. – Mas posso dá-lo. Mesmo que Peg não tenha reumatismo, é um anel bem bonito. Até parece ser de ouro.

– Vou dar uma barra de doce de menta – Felix ofereceu.

– E eu, um potinho de compota de cerejas que eu mesma fiz – disse Cecily.

– Não vou chegar perto dela – Sara Ray alertou –, mas quero fazer algo por Paddy, então vou dar aquele pedaço de tricô de renda que fiz na semana passada, com desenho de flor de macieira.

A Menina das Histórias

Decidi levar algumas maçãs da minha "árvore do nascimento" para a temível Peg, e Dan disse que ia levar-lhe um pedaço de fumo.

– Ela não vai se ofender com isso? – Felix protestou, horrorizado.

Dan riu e explicou:

– Não. Ela masca fumo como os homens. Vai gostar mais dele do que do seu doce de menta, pode apostar. Vou até a loja da senhora Sampson para comprar um pedaço.

– Agora precisamos escrever a carta e levar os presentes o mais depressa possível, antes que escureça – determinou a Menina das Histórias.

Fizemos uma reunião na tulha a fim de produzir o importante documento, que a Menina das Histórias ia redigir.

– Como começar? – indagou ela, pensativamente. – Não seria bom colocar "Querida Peg", e soa ridículo dizer "Prezada senhorita Bowen".

– Além disso, ninguém sabe se ela é senhora ou senhorita – enfatizou Felicity. – Ela passou a infância aqui, mas depois foi embora para Boston e se casou por lá, mas o marido a abandonou, e é por isso que ela enlouqueceu. Então, já que se casou, não vai gostar de ser chamada de "senhorita".

– Nesse caso, como me dirigir a ela? – A Menina das Histórias estava desesperada.

Peter novamente ajudou, com uma solução prática:

– Comece com "Respeitável senhora". A minha mãe tem uma carta que um administrador, uma vez, escreveu para a tia Jane, e ela começa assim.

E a Menina das Histórias escreveu:

Respeitável senhora,

Queremos lhe pedir um grande favor e esperamos que o faça, se puder. Nosso gato favorito, Paddy, está muito doente, e tememos que venha a morrer. A senhora acha que poderia curá-lo? Poderia, por favor, tentar? Nós gostamos tanto dele, e ele é um gatinho tão bonzinho! Não tem nenhum hábito ruim. Claro que, se algum de nós, sem querer, pisar em seu rabo, ele vai nos arranhar, mas a senhora sabe que os gatos não gostam quando alguém pisa no rabo deles, porque é

um local muito delicado, e arranhar é seu único meio de se defender,
mas ele não quer fazer mal a ninguém. Se puder curar Pad para nós,
seremos eternamente agradecidos. Os presentinhos que acompanham
esta carta são testemunhos do nosso respeito e da nossa gratidão e
ficaríamos honrados se os aceitasse.
   Respeitosamente,
   Sara Stanley

– Essa última sentença ficou muito boa! – Peter elogiou.

– Não inventei o que está escrito nela – a Menina das Histórias esclareceu, com honestidade. – Li essa frase em algum lugar e me lembrei.

– Acho que ficou refinada demais – Felicity criticou. – Peg Bowen não vai saber o significado dessas palavras difíceis.

Mas acabamos por decidir que assim estava bem, e todos assinamos a carta. Reunimos, então, os "testemunhos" e iniciamos a reluctante jornada aos domínios da bruxa. Sara Ray não nos acompanhou, claro, mas se ofereceu para ficar com Pad enquanto estávamos fora. Não achamos necessário avisar aos adultos sobre o que íamos fazer; afinal, eles têm uma visão muito peculiar das coisas. Poderiam nos proibir de irmos e, com certeza, ririam da nossa atitude.

A casa de Peg Bowen ficava a aproximadamente um quilômetro e meio de distância, mesmo tomando o atalho através do pântano e subindo pela colina do bosque. Descemos pelo campo do riacho e passamos pela ponte de madeira meio perdida naquele mar amarelo de varas-de-ouro. Ao chegarmos ao bosque que ficava mais além, começamos a ficar com medo, mas ninguém admitiu o que estava sentindo. Caminhamos muito juntos e em silêncio. Quando se está próximo a um retiro de bruxas e seres afins, quanto menos se fala, melhor é, pois essas criaturas tendem a ser notoriamente sensíveis. Claro que Peg não era uma bruxa, mas era melhor não jogar com a sorte.

Finalmente chegamos ao caminho de terra que levava aos seus domínios. Estávamos todos muito pálidos agora, e nossos corações batiam mais forte. O sol avermelhado de setembro brilhava entre os galhos dos

A Menina das Histórias

abetos altos, a oeste. Isso não me pareceu muito comum para o sol àquela hora. Na verdade, tudo ali me parecia muito estranho e desejei que nossa aventura terminasse o quanto antes.

Uma curva repentina no caminho nos revelou a clareira onde ficava a casa, mas ainda não estávamos preparados para vê-la. Apesar do medo que sentia, olhei para ela com certa curiosidade. Era pequena, frágil, com um telhado caído, e estava praticamente enfiada no meio do mato. O que nos pareceu mais estranho é que não havia uma entrada no andar térreo, como haveria em qualquer casa respeitável. A única porta ficava no andar de cima e tinha-se acesso a ela através de uma escada de degraus raquíticos. Não havia sinal de vida no lugar, a não ser (presságio de má sorte!) por um gato preto sentado no último degrau de cima. Lembramo-nos das palavras assustadoras do tio Roger. Aquele gato preto seria Peg? Bobagem! Mas, ainda assim, ele não nos pareceu ser um gato comum. Era tão grande e tinha olhos tão verdes, tão malignos! Havia, simplesmente, algo de muito estranho naquele bicho!

Em meio a um silêncio tenso em que mal respirávamos, a Menina das Histórias colocou os pacotes com os presentes no degrau de baixo e depositou a carta por cima. Seus dedos tremiam, e seu rosto estava lívido.

De repente, a porta se abriu, e Peg Bowen apareceu no umbral. Era uma mulher velha, alta e magra; usava uma saia de lã grossa mais curta do que o normal, esfarrapada, que mal chegava abaixo dos joelhos, e uma blusa de xadrez vermelho, além de um chapéu masculino. Os pés, braços e pescoço estavam nus e trazia um cachimbo velho de barro na boca. O rosto queimado de sol era marcado por um sem-número de rugas, e os cabelos grisalhos estavam despenteados, caindo-lhe sem controle sobre os ombros. Estava franzindo a testa e os olhos escuros com que nos observava tinham o brilho de poucos amigos.

Tínhamos nos comportado bravamente até então, apesar de estarmos tremendo por dentro. Mas nossos nervos acabaram por nos trair e um pânico absurdo tomou conta de nós. Peter soltou um breve grito de terror e então saímos correndo pela clareira em direção ao bosque. Descemos a colina em debandada, como criaturas enlouquecidas e perseguidas, convencidos de que Peg Bowen estava em nosso encalço. Foi uma corrida selvagem, um verdadeiro pesadelo, muito pior do que qualquer um que tivéssemos descrito em nossos livros dos sonhos. A Menina das Histórias estava à minha frente, e lembro-me bem dos saltos que dava sobre troncos de árvore caídos e moitas pequenas, e de seus cabelos castanhos flutuando, soltos da fita vermelha. Cecily corria atrás de mim e, quase sem ar, dizia frases contraditórias:

– Bev, espere por mim! Bev, depressa, depressa! Corra!

Nós nos mantivemos juntos mais por instinto cego do que por qualquer outra coisa e logo encontramos o caminho para fora do bosque da colina. Chegamos ao campo depois do riacho, sobre o qual o céu se tingia de um rosa delicado. Havia algumas vacas ao nosso redor, pastando com a tranquilidade habitual; e as varas-de-ouro pareciam assentir para nós, movidas por sua amiga, a brisa. Paramos, aliviados por nos vermos outra vez em refúgios conhecidos e, mais ainda, por Peg Bowen não ter conseguido nos alcançar.

– Oh, que experiência horrível! – Cecily exclamou, toda trêmula, recuperando o fôlego. – Não quero passar por isso nunca mais! Não aguentaria; nem mesmo por Pad.

– Tudo aconteceu tão de repente! – Peter comentou, um tanto envergonhado. – Eu poderia ter aguentado por mais tempo se soubesse que Peg Bowen ia sair da casa. Mas, quando ela apareceu, achei que era o meu fim!

– Não deveríamos ter corrido – opinou Felicity, com ar entristecido. – Isso só mostrou que ficamos com medo, e Peg geralmente fica zangada quando as pessoas demonstram ter medo dela. Aposto que não vai ajudar Pad agora...

– Não creio que ela pudesse fazer alguma coisa por ele, mesmo – lamentou a Menina das Histórias. – Bancamos um bando de bobos, isso sim.

Todos, com exceção de Peter, estávamos inclinados a concordar com ela. E a certeza de sermos tolos só aumentou quando voltamos à tulha e vimos que Pad, ao lado do qual Sara Ray se mantivera com lealdade, não tinha melhorado nem um pouco. A Menina das Histórias anunciou, então, que o levaria para a cozinha e ficaria de vigília a noite toda.

A Menina das Histórias

– Pelo menos, ele não vai morrer sozinho – murmurou, absolutamente infeliz, ao pegar seu corpinho largado entre os braços.

Achamos que a tia Olivia não a deixaria ficar acordada a noite inteira, mas deixou. Ela era uma querida, mesmo. Quisemos ficar com Pad também, mas a tia Janet não quis nem ouvir falar a respeito. Mandou-nos para a cama, dizendo que era até um pecado ficarmos tão preocupados por causa de um gato.

Então, cinco crianças de coração partido subiram as escadas, na casa do tio Alec, sabendo que o mundo está cheio de gente que não se preocupa com os amigos peludinhos.

– Não podemos fazer mais nada a não ser rezar para que Deus cure Pad – constatou Cecily.

Devo dizer que seu tom era o de quem pensa na prece como um derradeiro recurso. Não que estivesse acostumada a rezar por qualquer coisa; Cecily era uma menina de muita fé. Tanto ela quanto nós sabíamos que a oração é um ritual solene que não deve ser visto de maneira trivial e aplicado a coisas comuns. E foi Felicity quem colocou tal ideia em palavras:

– Não acho correto rezar por um gato.

– E por que não? – Cecily reagiu. – Deus fez Paddy também, como fez você, Felicity King, embora, talvez, não tenha tido tanto trabalho. E tenho certeza de que Ele tem muito mais poder para isso do que Peg Bowen. Bem, eu vou rezar por Paddy com todo o meu fervor e quero ver você me impedir! É claro que não vou misturar essa oração com outras mais importantes, mas vou dizê-la quando tiver acabado de pedir as minhas bênçãos, mas antes de dizer "Amém".

As preces por Paddy, naquela noite, não vieram apenas de Cecily. Felix, que sempre rezava sussurrando alto, convicto de que, assim, Deus o ouviria melhor, também acrescentou após a "importante" parte das suas orações:

– Oh, Deus, por favor, faça com que Pad esteja bem pela manhã. Por favor!

E eu, apesar destes últimos anos de irreverência pelos sonhos da juventude, não me sinto nem um pouco envergonhado em confessar que, quando me ajoelhei para fazer as preces naquela noite, voltei os

213

pensamentos para o nosso amiguinho peludo em sua hora de agonia e pedi, com toda a reverência de que era capaz, por seu restabelecimento. Só então me deitei para dormir, confortado pela simples esperança de que nosso Pai do Céu iria, depois de dar ouvidos às "coisas importantes", atender também os pedidos por Paddy.

Na manhã seguinte, assim que nos levantamos, seguimos correndo para a fazenda do tio Roger. Encontramos Peter e a Menina das Histórias a meio caminho, e seus semblantes eram os de quem traz notícias auspiciosas.

– Pad está melhor! – ela gritou ao nos ver, triunfante, feliz. E acrescentou, já se aproximando: – Ontem, à meia-noite, ele começou a lamber as patinhas; depois se lambeu inteiro e foi dormir no sofá. Quando acordei, estava lavando a carinha e tomou todo o leite do pires. Não é maravilhoso?

– Como podem ver, Peg Bowen tinha colocado um feitiço nele – Peter observou. – E depois retirou.

– Acho que as orações de Cecily tiveram mais a ver com a cura de Pad do que Peg Bowen – Felicity rebateu. – Ela ficou rezando sem parar por ele. Por isso Pad melhorou.

– Ah, está bem. Mas eu aconselharia Pad a nunca mais arranhar Peg Bowen – ele teimou.

– Eu gostaria de saber se foram as orações ou Peg Bowen que o curaram – Felix comentou, pensativo.

– Não deve ter sido nenhum dos dois – Dan analisou. – Pad adoeceu e ficou bom sozinho.

– Pois vou acreditar que foram as orações – disse Cecily, decididamente. – É tão melhor acreditar que foi Deus, e não Peg Bowen, quem o curou!

– É, mas não se deve acreditar em algo só porque é melhor – Peter objetou. – Veja bem, não estou dizendo que Deus não curou Pad, mas nada nem ninguém vai me fazer acreditar que não houve um dedo de Peg Bowen nessa história.

Assim, a fé, a superstição e a incredulidade se juntaram em mais uma de nossas aventuras.

UMA PITADA DE FRACASSO

Num quente fim de tarde de domingo, quando a lua já aparecia, dourada, estávamos todos, adultos e crianças, sentados no pomar ao lado da Pedra do Púlpito, cantando alguns hinos antigos. Todos sabíamos cantar com certa afinação, exceto a pobre Sara Ray, que, certa vez, tinha me confessado, em tom de desespero, que não sabia o que iria fazer ao chegar ao paraíso, porque não sabia cantar uma nota sequer.

A cena daquele começo de noite volta com muita clareza à minha memória: o arco amarelo-pálido no céu sobre as árvores atrás da casa antiga, os frutos pendendo nos galhos do pomar, o tapete de varas-de-ouro, como se fossem uma onda de sol sobre a terra atrás da Pedra do Púlpito, a cor indescritível do bosque de abetos banhado pelo pôr do sol avermelhado.

É como se eu pudesse rever os olhos azuis do tio Alec, cansados, mas brilhantes; as feições saudáveis, matronais, da tia Janet; o rosto corado do tio Roger onde despontava a barba dourada; e a beleza desabrochada da tia Olivia.

Duas vozes me voltam aos ouvidos, acima das demais na música que ainda ecoa em minhas recordações: a de Cecily, tão doce e aguda, e a do tio Alec, um tenor bem afinado. Havia um provérbio em Carlisle naqueles tempos, que dizia: "Se um King você nasceu, boa voz para o canto Deus lhe deu". Tia Julia tinha sido a melhor de todos na família nesse aspecto e tornara-se uma notável cantora de concertos. O mundo, porém, nunca ouvira falar dos demais, e sua música ecoara apenas para alegrar momentos comuns e tarefas corriqueiras.

Naquele entardecer, quando se cansaram de cantar, nossos adultos passaram a falar da juventude e do que tinham feito então. Esse assunto era sempre deliciosamente interessante para nós, crianças. Ouvíamos com avidez as histórias da época em que eles também (difícil de acreditar!) tinham sido crianças. Podiam até ser bons e respeitáveis agora, mas parecia que, um dia, tinham feito travessuras e até brigado e se desentendido. Naquele começo de noite, em particular, o tio Roger nos contou muitas histórias sobre o tio Edward. E uma delas, na qual o dito Edward havia feito sermões da Pedra do Púlpito, à madura idade de dez anos, acendeu a imaginação da Menina das Histórias, como descreverei adiante.

– É como se pudesse revê-lo agora – lembrou o tio Roger –, inclinado à borda daquela pedra, o rosto afogueado, os olhos incendiados de emoção, batendo com a mão como tinha visto os pastores fazer na igreja. A pedra não era forrada com uma almofada, porém, e ele sempre se feria em sua seriedade naqueles momentos em que se esquecia de si mesmo. Nós o considerávamos um fenômeno. Adorávamos ouvi-lo pregar, mas não gostávamos quando rezava, porque sempre insistia em fazer orações por todos nós, um de cada vez, chamando-nos pelo nome, o que, de certa forma, nos deixava bem incomodados. Alec, lembra-se de como Julia ficou furiosa porque Edward rezou, um dia, para que ela fosse preservada da vaidade e do convencimento por cantar bem?

– Lembro, lembro – riu o tio Alec. – Estava sentada bem ali onde Cecily está agora, mas levantou-se de imediato e saiu do pomar batendo os pés, mas se voltou, do portão, e gritou, indignada: "Você deveria rezar para Deus tirar o seu convencimento, e não o meu, Ned King! Nunca ouvi sermões mais arrogantes do que os seus!" Ned continuou pregando

A Menina das Histórias

e fez de conta que não a ouviu, mas, no final, disse: "Oh, Deus, peço-Vos que fique de olho em todos da nossa família, mas peço que preste maior atenção à minha irmã Julia, porque acho que ela precisa bem mais do que nós, neste mundo sem fim, Amém!"

Nossos tios caíram na risada com essas lembranças. Todos rimos, na verdade, em especial com outra história, na qual o tio Edward, ao se inclinar demais sobre seu "púlpito" no calor da pregação, perdeu o equilíbrio e acabou caindo vergonhosamente na grama lá de baixo.

– Ele caiu sobre um canteiro de cardos bem espinhudos! – o tio Roger acrescentou, rindo. – E também esfolou a testa numa pedra. Mas estava determinado a terminar o sermão e o fez! Subiu de novo para o "púlpito", ainda com lágrimas rolando pelo rosto, e pregou por mais dez minutos, soluçando às vezes, e com o sangue escorrendo da testa. Era um moleque corajoso! Não é de admirar que tenha se dado tão bem na vida.

– E seus sermões e preces eram sempre tão francos quanto aquele que Julia detestou ouvir – o tio Alec observou. – Bem, estamos todos seguindo com nossas vidas, e Edward já é um homem de cabelos grisalhos, mas, quando penso nele, vejo sempre o menino corado de cabelos encaracolados que adorava nos trazer as leis do Senhor, daquela Pedra do Púlpito. Parece que foi ontem que nos sentamos aqui, como estas crianças, juntos; e, agora, estamos todos espalhados pelo mundo. Julia está na Califórnia, Edward, em Halifax, Alan, na América do Sul, e Felix, Felicity e Stephen já partiram para outro mundo, muito, muito distante.

Houve alguns momentos de silêncio; então o tio Alec começou a recitar os lindos versos do salmo número nove, numa voz baixa, impressionante. E esses versos passaram a estar ligados, em nossa memória, àquela noite tão linda, habitada por recordações familiares. E todos ouvimos cada palavra com extrema reverência:

– "Senhor, Vós sois nosso abrigo de geração em geração, antes mesmo de criardes as montanhas ou de formardes a Terra e o mundo. Vós sereis sempre, de eternidade a eternidade, o nosso Deus, pois mil anos nada são a Vossos olhos além de apenas um dia de ontem que passou, como as horas da noite; pois nossos dias são consumidos em Vossa ira, e nosso tempo é vivido como numa narrativa antiga. Os anos de nossas vidas chegam a setenta, ou a oitenta para os mais fortes; são anos difíceis de trabalho e sofrimento, e logo serão ceifados e à Vossa presença voaremos. Ensinai-nos, então, a contar nossos dias para que o nosso coração alcance a sabedoria; satisfazei-nos com a Vossa misericórdia para que possamos nos regozijar e sermos felizes em todos os nossos dias; e que a glória do Senhor, nosso Deus, esteja sobre nós; e que Vós consolideis o trabalho de nossas mãos; sim, que o trabalho de nossas mãos seja por Vós consolidado".

O crepúsculo caiu sobre o pomar como uma entidade sombria e, ao mesmo tempo, encantadora. Era como se a pudéssemos ver, ouvir e sentir; como se ela caminhasse nas pontas dos pés de árvore em árvore, cada vez mais próxima. E logo suas asas se abriram sobre nós e, através delas, pudemos ver brilhar as primeiras estrelas daquela noite de outono.

Os adultos se levantaram, mesmo relutantes, e foram embora, mas nós permanecemos ainda um pouco para discutir uma ideia que a Menina das Histórias tivera. Era uma boa ideia, avaliamos com entusiasmo, que iria acrescentar uma boa dose de tempero às nossas vidas.

Estávamos à procura de uma diversão diferente. Os livros dos sonhos já tinham começado a nos entediar. Já não escrevíamos neles com tanta regularidade, e os sonhos não eram mais como antes do incidente com o pepino. Assim, a sugestão da Menina das Histórias veio no momento psicológico exato.

– Pensei num plano maravilhoso – ela anunciou. – Tive a ideia quando os tios estavam falando sobre o tio Edward. E a beleza dessa minha ideia é que pode ser feita aos domingos e vocês sabem que há bem poucas coisas consideradas apropriadas para se fazer num domingo. É uma brincadeira absolutamente cristã, então acho que não haverá problemas.

– Não é como a brincadeira religiosa da cesta de frutas, é? – Cecily perguntou, com certo receio.

Tínhamos bons motivos para esperar que não fosse. Numa tarde desesperadora de domingo, quando não tínhamos nada para ler e o tempo

A Menina das Histórias

parecia simplesmente não passar, Felix sugeriu a brincadeira da cesta de frutas, só que, em vez de falarmos nomes de frutas, tínhamos que falar nomes de personagens bíblicos. Assim, ele garantiu, a brincadeira se tornaria apropriada para um dia santificado como o domingo. Como estávamos ansiosos para sermos convencidos, concordamos. E, durante uma hora feliz, Lázaro, Marta, Moisés e Aarão, entre muitas outras figuras das escrituras sagradas, entretiveram-nos no pomar dos Kings. O nome de Peter já estava presente na Bíblia, então não quis assumir outro. Não achamos justo, já que isso lhe daria uma vantagem sobre nós. Seria fácil demais dizer seu próprio nome em vez de pensar em outro. Assim, Peter retaliou, escolhendo o nome Nabucodonosor, o qual nenhum de nós conseguiria repetir três vezes seguidas antes que Peter o gritasse uma vez. Estávamos rindo por não poder pronunciá-lo quando o tio Alec e tia Janet apareceram.

É melhor nem mencionar o que se seguiu. Basta dizer que a lembrança da bronca foi a causa da pergunta ansiosa de Cecily ao falarmos da nova ideia da Menina das Histórias.

– Não, não tem nada a ver com aquela brincadeira – ela assegurou. – É o seguinte: cada um dos meninos terá de fazer um sermão, como o tio Edward fazia. Cada um num domingo. E quem fizer o melhor sermão ganha um prêmio.

Dan logo disse que não o faria; mas Peter, Felix e eu gostamos da ideia. Secretamente, eu achava que poderia fazer um sermão muito bom.

– E quem vai dar o prêmio? – Felix quis saber.

– Eu! – a Menina das Histórias respondeu. – Vou dar aquela gravura que papai me enviou na semana passada.

Como a mencionada gravura era uma bela cópia de um cervo pintado por Landseer[10], Felix e eu ficamos muito animados; Peter, porém, disse que preferia ter a Madona, que se parecia com sua tia Jane, e a Menina

---

[10] Sir Edwin Henry Landseer (1802-1873) foi um pintor e escultor inglês bastante conhecido por suas pinturas de animais, particularmente cavalos, cães e cervídeos. Entretanto, suas obras mais conhecidas são as esculturas dos leões de Trafalgar Square, em Londres. (N.T.)

das Histórias concordou que, se o melhor sermão fosse o dele, ela lhe daria a gravura.

– Quem vai julgar? – perguntei. – E que tipo de sermão será considerado melhor?

– O que causar maior impressão – ela respondeu de pronto. – E nós, meninas, seremos as juízas, já que não há mais ninguém. Então, quem vai pregar domingo que vem?

Ficou decidido que eu seria o primeiro, e fiquei acordado uma hora a mais naquela noite, pensando no que usaria para meu sermão de domingo. No dia seguinte, comprei duas folhas de papel almaço do diretor da escola e, após o chá, fui para a tulha, coloquei a tranca na porta e me pus a escrever o sermão. A tarefa não foi tão fácil como me parecera a princípio, mas me dediquei e, depois de duas tardes de trabalho duro, enchi as quatro páginas, embora tivesse de acrescentar, aqui e ali, versos de alguns hinos conhecidos. Decidi que meu sermão seria sobre o trabalho missionário, já que era um assunto que eu conhecia melhor do que doutrinas teológicas confusas ou discursos evangélicos; e, sabendo que precisava impressionar, desenhei uma figura pungente do sofrimento dos pobres pagãos que, na escuridão da sua descrença, se curvavam diante de pedras e árvores. Então falei da responsabilidade que tínhamos em relação a eles e, para encerrar minha fala com voz solene e firme, usei a frase "Nós, cujas almas encontraram a luz". Quando terminei de escrever, li tudo com muita atenção e anotei, com tinta vermelha (que Cecily tinha preparado para mim com anilina), a palavra "bater" nas partes do discurso que considerei oportunas para castigar o "púlpito" com a mão.

Ainda guardo o sermão, com as anotações em vermelho, junto ao livro dos sonhos; mas não vou obrigar meus leitores a lê-lo. Já não tenho tanto orgulho dele quanto tive lá no passado. Naquela época, porém, enchi-me de vaidade por tê-lo produzido. Felix, pensei, ia fazer de tudo para escrever um sermão melhor do que o meu. Quanto a Peter, bem, não o considerei um concorrente a ser temido. Era impossível que um ajudante de fazenda com pouquíssima educação formal e quase nenhuma

A Menina das Histórias

experiência como frequentador de igreja fosse capaz de pregar melhor do que eu, em cuja família havia um pastor de verdade.

Depois de escrito, o sermão precisou ser memorizado e ensaiado, inclusive com as batidas, até que as palavras e os gestos estivessem perfeitamente sincronizados. Eu o pratiquei inúmeras vezes na tulha, tendo apenas Paddy, sentado num pedaço de madeira e absolutamente imóvel, como audiência. Ele até que suportou a provação muito bem. Foi um ouvinte adorável, a não ser nos momentos em que ratos imaginários roubavam sua atenção.

O senhor Marwood, nosso pastor, teve pelo menos três ouvintes muito atentos ao seu sermão na manhã do domingo seguinte. Felix, Peter e eu o observamos, anotando mentalmente tudo que podíamos sobre a arte de fazer um bom sermão. Nada nos escapou, nenhum gesto, olhar ou entonação de voz. Na verdade, ao voltar para casa, nenhum de nós se lembrava mais das palavras que ele dissera, mas sabíamos como jogar a cabeça para trás e agarrar a borda do púlpito com ambas as mãos, para melhor efeito dramático.

À tarde, fomos todos para o pomar com nossas Bíblias e hinários nas mãos. Não achamos necessário informar aos adultos sobre o que íamos fazer. Nunca se sabia que tipo de atitude poderiam ter. Poderiam achar que não era apropriado fazer nenhum tipo de brincadeira no domingo, mesmo que ela fosse cristã. Quanto menos se dizia aos adultos, melhor.

Subi os degraus da Pedra do Púlpito sentindo certa ansiedade enquanto minha audiência se acomodava na grama diante de mim. Nossos exercícios de abertura consistiram apenas de cânticos e leituras. Tínhamos concordado que não haveria orações. Nem Felix, nem Peter, nem eu nos sentíamos bem rezando em público. Mas fizemos uma coleta. O dinheiro angariado iria para as missões. Dan passou o pratinho (um pratinho com botões de rosa que pertencia a Felicity), tão sério e solene quanto o próprio Elder Frewen (das suíças). Cada um doou um centavo.

E então fiz meu sermão. E me senti absolutamente sem graça. Percebi que não estava sendo interessante quando ainda estava no meio dele. Achei que preguei muito bem e me lembrei de todas as batidas nos momentos certos, mas minha audiência estava visivelmente entediada. Quando desci do "púlpito", após ter dito, com paixão, "Nós, cujas almas encontraram a luz" e tudo o mais, senti, com uma humilhação secreta, que o sermão tinha sido um fracasso. Não causara impressão alguma. Felix, com certeza, ganharia o prêmio.

– Foi muito bom por ser o primeiro – a Menina das Histórias comentou, gentil. – Foi como os sermões de verdade que já ouvi.

Por um momento, o encanto de sua voz me fez pensar que, afinal, não tinha sido tão ruim, mas as outras meninas, achando que também deveriam me fazer algum tipo de elogio, logo acabaram com minha tênue ilusão.

– Senti verdade em cada palavra – declarou Cecily; e seu tom deixou bem claro, mesmo que inconscientemente, que esse era o único mérito do sermão.

– Sempre acho que não pensamos nos pagãos tanto quanto deveríamos – Felicity acrescentou. – Deveríamos pensar mais.

E Sara Ray arrematou, para minha total humilhação:

– Foi tão bonito e curtinho!

Naquela mesma noite, perguntei a Dan, que não era nem juiz nem concorrente e, por isso, podia discutir o assunto comigo:

– Qual foi o problema com o meu sermão?

– Foi muito parecido com os sermões em geral – respondeu ele, com franqueza.

– Mas... quanto mais parecido com um sermão em geral, melhor. Não?

– Não, se você quiser causar uma impressão. Deve haver algo de diferente para tanto. Peter, sim, terá algo "muito" diferente.

– Peter? Não acredito que consiga fazer um sermão.

– Talvez não. Mas vai ver como ele vai causar uma impressão.

Dan não era profeta nem filho de profeta, mas, pela primeira vez, pareceu ter um sexto sentido avisando-o. Porque Peter causou uma impressão.

PETER CAUSA UMA IMPRESSÃO

Depois de mim, foi a vez de Peter. Ele não escreveu seu sermão. Disse que seria muito difícil. E não quis usar texto nenhum.

– E alguém já ouviu falar de um sermão sem texto? – Felix estranhou.

– Vou usar um assunto, não um texto – explicou Peter, despreocupado. – Não vou ficar amarrado a um texto. E vou me basear em pontos. Três pontos principais. Você não teve nenhum no seu sermão, Bev.

– O tio Alec me contou que o tio Edward acredita que pontos estão fora de uso – eu me defendi, indignado, sabendo que deveria, sim, ter usado pontos de discurso. Meu sermão teria causado uma impressão bem melhor. Mas, na verdade, nem tinha me lembrado desse tipo de recurso.

– Vou usar pontos – Peter anunciou. – E não ligo se estão fora de moda ou não. São bons. Minha tia Jane dizia que, se um homem não determina pontos para seguir, vai ficar passando pela Bíblia inteira e não vai chegar a lugar nenhum.

– Sobre o que vai pregar? – Felix perguntou.

– Vai descobrir no domingo – foi a resposta inquietante.

O domingo seguinte já foi em outubro e amanheceu lindo, ameno e suave como os dias de junho. Havia algo de ilusório no ar, que parecia trazer de volta coisas bonitas esquecidas e sugeria doces esperanças para o futuro. Teias de aranha espalhavam suas teceduras pelos bosques, e a colina a oeste já se tingira em tons de vermelho e dourado.

Nós nos sentamos diante da Pedra do Púlpito para esperar por Peter e Sara Ray. Era domingo de folga para Peter, e ele foi para casa na noite anterior, mas garantiu que voltaria a tempo para fazer seu sermão. E, de fato, logo chegou e subiu ao "púlpito" com a naturalidade de quem fora feito para aquilo. Estava usando as roupas novas e, ao notar esse detalhe, percebi que já era uma vantagem sobre mim. Ao fazer meu sermão, eu tinha usado meu segundo melhor traje, porque era uma das determina-ções da tia Janet que tirássemos nossas melhores roupas logo ao chegar de volta da igreja no domingo. Havia, como eu pude ver, vantagens em ser um ajudante de fazenda.

Peter estava muito bem, um verdadeiro pastorzinho, com paletó azul marinho, colarinho branco e gravata com laço bem feito. Seus olhos escuros brilhavam, e os caracóis dos cabelos tinham sido disciplinados com boas escovadelas, causando um efeito bem próximo à imagem de um pastor, apesar de alguns deles teimarem em se insurgir, à testa.

Decidimos que seria inútil esperar mais tempo por Sara Ray, que poderia ou não vir, de acordo com o humor instável da mãe. Assim, Peter deu início aos serviços: leu o capítulo da Bíblia e escolheu o hino com o sangue frio de quem só fez isso a vida toda. Nem mesmo o senhor Marwood teria dito melhor:

– Vamos cantar o hino todo, com exceção da quarta estrofe.

Foi um toque especial, no qual eu não havia pensado. E comecei a achar que Peter podia, sim, ser um concorrente à altura, digno de uma boa luta.

Quando ia começar, ele enfiou as mãos nos bolsos, o que era algo ab-solutamente "não" ortodoxo a fazer. E então começou a falar em seu tom costumeiro (outra atitude nada ortodoxa). Não havia nenhum repórter

A MENINA DAS HISTÓRIAS

ali presente para anotar aquele sermão; mas, se necessário, eu poderia reproduzi-lo, palavra por palavra, como, com certeza, todos ali. Aquele não foi um sermão do tipo que a gente esquece.

– Prezados fiéis – começou. – Meu sermão de hoje é sobre o "mau lugar", ou seja, o inferno.

Uma espécie de choque passou por nós da audiência. Ficamos, todos, subitamente alerta. Peter havia, com uma única sentença, feito o que o meu sermão inteiro não conseguira: tinha causado uma impressão.

– Vou dividir meu sermão em três pontos – prosseguiu. – O primeiro deles é o que vocês *não* devem fazer se não querem ir para o "mau lugar". O segundo é *como* é o "mau lugar". – E a sensação crescendo na audiência. – E o terceiro ponto é *como escapar* de ir para lá. Bem, há muitas coisas que vocês não devem fazer e é muito importante que saibam quais são elas. Não devem perder tempo em descobrir. Em primeiro lugar, não devem jamais se esquecer de prestar atenção ao que os adultos lhes dizem, isto é, os bons adultos.

– Mas como podemos identificar quem são os adultos bons? – Felix perguntou de repente, esquecendo-se de que não estava na igreja.

– Ah, é fácil! – Peter respondeu. – Vocês podem *sentir* quem é bom e quem não é. E não devem mentir nem matar ninguém. Devem tomar muito cuidado, em especial, para não matar ninguém. Mentiras podem ser perdoadas, se vocês realmente se arrependerem delas, mas, se matarem alguém, seria muito difícil conseguirem perdão, então é melhor escolherem a opção correta. E também não devem cometer suicídio, porque, se vocês se matarem, nem terão oportunidade para se arrepender. E não devem se esquecer de fazer suas orações. E não devem brigar com suas irmãs.

Nesse momento, Felicity cutucou Dan com o cotovelo. E Dan se armou todo.

– Pode parar de pregar direto para mim, Peter Craig! – gritou. – Não vou aguentar isso! Não brigo com minha irmã mais do que ela comigo! Pode me deixar em paz!

– E quem falou de você? – Peter rebateu. – Não citei nomes. Um pastor pode dizer o que quiser no púlpito se não mencionar nomes. E ninguém pode responder a ele!

– Está certo. Mas espere até amanhã... – Dan resmungou, voltando, relutante, a se calar sob os olhares repreensivos das meninas.

– Não devem fazer brincadeiras nem jogar aos domingos – Peter continuou. – Quero dizer, nenhuma brincadeira ou jogo dos dias de semana. Não devem cochichar nem rir na igreja. Fiz isso uma vez, mas me arrependi muito. E não devem se importar com Paddy, isto é, não colocar o gato da família em suas orações, nem que ele suba nas suas costas. Também não devem falar palavrões nem fazer caretas.

– Amém! – gritou Felix, que já sofrera muito com as caretas de Felicity. Peter parou e olhou diretamente para ele, por cima da beirada da pedra.

– Não deve dizer nada desse tipo no meio do sermão! – ralhou.

– Fazem isso no culto metodista em Markdale – Felix contestou. – Eu ouvi!

– Sei que fazem. É o jeito dos metodistas e está muito bem para eles. Não tenho nada contra os metodistas. Minha tia Jane era metodista, e eu também poderia ter sido se não tivesse ficado tão apavorado no Dia do Julgamento Final. Mas *você* não é metodista. É presbiteriano, não é?

– Sim, claro, desde que nasci.

– Muito bem, então deve fazer as coisas do jeito que os presbiterianos fazem. Não quero ouvir mais nenhum "Amém!", ou vou, eu mesmo, dizer "Amém!" a você!

– Por favor, não interrompam mais! – pediu a Menina das Histórias. – Não é justo. Como se pode fazer um bom sermão se as pessoas ficam interrompendo? Ninguém interrompeu Beverley.

– Beverley não subiu lá e ficou apontando para nós – Dan resmungou.

– Vocês não devem brigar – Peter retomou, sem medo. – Quero dizer, não devem brigar por diversão ou por descontrole de temperamento. Não devem dizer palavras feias nem praguejar. Não devem ficar bêbados, embora, claro, não se sintam inclinados a isso antes de crescerem; e as

A Menina das Histórias

meninas, nunca! Deve haver muitas outras coisas que não devem fazer, mas as que mencionei são as mais importantes. É claro que não estou dizendo que irão para o "mau lugar" se as fizerem, mas digo que estarão correndo o risco de ir. O diabo está atento às pessoas que fazem essas coisas e vai preferir ir atrás delas a perder tempo com pessoas que não as fazem. E aqui termina o primeiro ponto do meu sermão.

Sara Ray chegou nesse momento, um tanto afobada. Peter olhou para ela, repreensivo.

– Perdeu meu primeiro ponto inteiro, Sara! – admoestou. – Isso não é justo, já que será uma das juízas. Acho que vou repeti-lo para você.

– Isso aconteceu uma vez, sabiam? – interferiu a Menina das Histórias. – Sei de uma história a respeito.

– Quem está interrompendo agora? – Dan provocou.

– Não faz mal – o próprio pastor Peter a desculpou, inclinando-se sobre o "púlpito". – Conte a história, Sara.

– Foi o reverendo Scott quem fez isso – ela continuou. – Ele estava pregando em algum lugar da Nova Escócia e, quando já estava a pouco mais do meio do sermão (e, como sabem, os sermões eram bem longos naquela época), um homem entrou na igreja. O reverendo Scott parou e esperou que se sentasse. Então dirigiu-se a ele: "Meu amigo, chegou muito atrasado para este culto. Espero que não se atrase também para o paraíso. A congregação vai me desculpar, mas vou recapitular o sermão em benefício do irmão recém-chegado". E então fez o sermão de novo, do começo. Dizem que o tal homem nunca mais chegou atrasado a um culto.

– Bem feito para ele – opinou Dan –, mas o resto da congregação teve de ouvir tudo de novo.

– Agora vamos ficar quietos e ouvir o resto do sermão de Peter – Cecily pediu.

Peter endireitou os ombros e segurou a beirada do "púlpito". Não havia batido uma vez sequer nela, mas acho que aquele seu jeito de a agarrar e olhar fixamente ora para um, ora para outro dos ouvintes era muito mais eficaz.

– Chegamos ao segundo ponto do meu sermão – recomeçou –: *como* é o "mau lugar".

Ele começou a descrição. Descobrimos, depois, que se baseara numa tradução ilustrada do *Inferno*, de Dante, que havia sido dada a sua tia Jane como prêmio, na escola. Mas, naquele momento, achamos que estava se inspirando em relatos da Bíblia. Peter vinha lendo a Bíblia regularmente desde o que passamos a chamar de "Domingo do Juízo Final" e já tinha quase terminado. Nenhum de nós tinha lido o Livro Sagrado inteiro, e achamos que Peter havia encontrado sua descrição do inferno em alguma parte que não conhecíamos. Assim, suas expressões carregavam o peso da inspiração, e ficamos abismados com as frases sinistras que escolheu. Ele usava suas próprias palavras para descrever as ideias que encontrara, e o resultado foi de uma simplicidade e de uma força que atingiram nossa imaginação por completo.

De repente, Sara Ray se colocou de pé, com um grito; um grito que, estranhamente, se transformou em uma risada bizarra. Todos nós, incluindo nosso "pastor", olhamos para ela, horrorizados.

Cecily e Felicity levantaram-se também e a seguraram. Sara Ray parecia estar tendo um ataque de histeria, mas, em nossa quase nula experiência infantil, desconhecíamos esse tipo de coisa e achamos que tivesse enlouquecido. Ela guinchava, gritava, ria e se debatia.

– Enlouqueceu... – Peter murmurou e, muito pálido, desceu da Pedra do Púlpito.

– Você a assustou tanto com seu sermão horrível que a coitadinha ficou louca! – Felicity gritou, num rompante de indignação.

Ela e Cecily levaram Sara Ray, cada uma segurando-a por um braço, meio que a carregando, e a tiraram do pomar, em direção à casa. Nós, que permanecemos ali, trocamos olhares interrogativos, num silêncio cheio de horror.

– Causou uma impressão forte demais, Peter – a Menina das Histórias comentou, por fim.

– Ela não precisava ter tanto medo – Peter observou, em tom amargo.
– Se tivesse esperado pelo terceiro ponto, eu teria mostrado como é fácil

A Menina das Histórias

evitar ir para o "mau lugar" e seguir direto para o paraíso, mas vocês, meninas, têm sempre tanta pressa...

– Acham que ela vai ter que ser levada para o hospício? – Dan sussurrou.

– Psiu... Seu pai está vindo – Felix avisou.

O tio Alec vinha pelo pomar a passos firmes. Nunca antes o tínhamos visto zangado, mas não havia como negar que era assim que estava agora. Seus olhos azuis faiscaram para nós quando se aproximou.

– O que foi que fizeram para assustar Sara Ray daquele modo? – esbravejou.

– Nós só... estávamos fazendo um concurso de sermões – a Menina das Histórias explicou, tremendo. – E Peter estava pregando sobre o "mau lugar" e Sara se assustou. Foi só isso, tio Alec.

– *Só* isso!? Não sei o que vai acontecer com os nervos daquela menina tão sensível! Está tremendo lá em casa e nada parece acalmá-la! E que história é essa de fazerem um concurso em pleno domingo? Além do mais, brincando com coisas sagradas!

A Menina das Histórias ia falar, mas ele ergueu a mão e a impediu.

– Nem uma palavra! – ordenou. – Você e Peter, voltem agora mesmo para casa. E, na próxima vez que os pegar com essas brincadeiras num domingo, ou em qualquer outro dia, vou lhes dar motivo para se lembrarem desse dia pelo resto das suas vidas!

Eles obedeceram, caminhando humildemente para casa, e nós os seguimos.

– Não entendo os adultos – Felix comentou, em tom desesperado. – Quando o tio Edward fazia seus sermões, estava tudo certo, mas, quando somos nós, estamos "brincando com coisas sagradas". E me lembro de ter ouvido o tio Alec contar uma história sobre quando quase morreu de medo, ainda menino, ao ouvir um pastor pregar sobre o fim do mundo. Ele disse: "Foi durante um sermão. Mas não se fazem mais sermões assim". E, quando Peter faz um sermão parecido, a história é bem diferente...

– Não é de admirar que não entendamos os adultos – a Menina das Histórias acrescentou, indignada. – Afinal, nunca fomos adultos. Mas eles, sim, já foram crianças, e não vejo por que não conseguem nos entender. Talvez não devêssemos ter feito o concurso aos domingos, mas acho que o tio Alec não deveria ter ficado tão bravo. Oh, espero que Sara não tenha que ir para o hospício. Coitadinha!

Sara, "coitadinha", não foi para o hospício. Acabou por se acalmar e, no dia seguinte, estava como sempre esteve. E, humildemente, pediu perdão a Peter por estragar seu sermão. Ele a perdoou, mas não com muito boa vontade, e tenho para mim que nunca a desculpou de fato por aquele ataque. Felix também se ressentiu, porque perdeu a chance de fazer seu próprio sermão.

– É claro que sei que eu não ganharia o prêmio, porque não causaria uma impressão tão forte quanto Peter – lamentou –, mas queria poder mostrar do que sou capaz. É o que ganhamos por aceitar meninas choronas em nosso grupo. Cecily estava tão assustada quanto Sara Ray, mas soube se controlar em vez de ter um chilique como ela.

– Sara não fez de propósito – a Menina das Histórias comentou, generosa –, mas parece que estamos sem sorte em tudo que tentamos fazer ultimamente. Pensei numa nova brincadeira nesta manhã, mas estou até com medo de mencioná-la, porque algo de ruim pode acontecer de novo.

– Ah, não! Conte! Qual é? – pedimos.

– Bem, é um julgamento por provações, e vamos ver quem de nós consegue passar. A provação será comer uma maçã amarga sem fazer caretas.

Dan fez uma careta antecipada.

– Acho que nenhum de nós vai conseguir – opinou.

– *Você* não consegue se der mordidas grandes que encham sua boca – Felicity riu, com maldade.

– Talvez você consiga, então – Dan rebateu, sarcástico. – Ficaria com tanto receio de estragar sua aparência que preferiria morrer a fazer uma careta, não importa o que comesse.

– Felicity já faz caretas suficientes mesmo quando não há motivo para fazê-las – Felix aproveitou para criticar, já que tinha sido alvo das caretas de Felicity no café da manhã e se ressentia disso.

A MENINA DAS HISTÓRIAS

– Acho que as maçãs amargas seriam ótimas para Felix – ela observou. – Dizem que coisas amargas ajudam a emagrecer.

– Vamos pegar as maçãs – Cecily interferiu depressa, vendo que os outros estavam a ponto de entrar numa discussão mais amarga do que as próprias frutas.

Fomos até a árvore que nascera sozinha e pegamos uma maçã cada um. O jogo mandava que um por vez mordesse, mastigasse e engolisse um pedaço sem fazer caretas. Peter, de novo, distinguiu-se na brincadeira. Somente ele conseguiu vencer a prova mastigando o primeiro pedaço sem mover um só músculo que traísse seu gosto horrível. As expressões retorcidas nos rostos de todos os outros, no meu inclusive, estão além de qualquer descrição. O mesmo ocorreu em todas as outras tentativas. Peter manteve-se firme, enquanto todos fazíamos caretas medonhas. Isso o fez subir cinquenta por cento no conceito de Felicity.

– Peter é bem esperto – ela me confidenciou. – É uma pena que seja um ajudante de fazenda.

Se não conseguimos passar na prova, pelo menos nos divertimos muito. E o pomar continuou ecoando nossas risadas tarde após tarde.

– Crianças abençoadas – comentou o tio Alec enquanto cruzava o quintal, levando os baldes de leite da ordenha. – Nada consegue acabar com a alegria delas por muito tempo.

A PROVAÇÃO DAS MAÇÃS AMARGAS

Nunca entendi por que Felix ficou tão amuado com o sucesso de Peter na provação das maçãs amargas. Ele não tinha sentido tanto no concurso dos sermões, e o fato de Peter conseguir comê-las sem fazer caretas não magoou nem decepcionou nenhum dos outros participantes da prova. Para Felix, porém, tudo se tornou, de repente, sem graça, sem interesse, porque Peter continuou a ser o campeão em matéria de comer as tais maçãs. Acordava pensando nisso e demorava a dormir, obcecado com o assunto. Cheguei a ouvi-lo falar sobre Peter e as maçãs enquanto dormia. Se alguma coisa pudesse fazê-lo emagrecer, talvez fosse a preocupação com esse assunto.

Eu mesmo não dei a mínima importância ao fato. Queria ser o vencedor no concurso dos sermões e fiquei aborrecido por ter falhado, mas não tinha um desejo obscuro de conseguir comer maçãs amargas sem fazer caretas, além de não ser solidário com meu irmão nesse assunto. Mas, quando vi que ele começou a rezar por causa disso, percebi como realmente se sentia e comecei a torcer para que conseguisse.

A Menina das Histórias

Felix rezou fervorosamente para que Deus lhe concedesse a graça de conseguir comer uma maçã amarga sem fazer caretas. E, após três noites de orações nesse intento, conseguiu comer uma quase inteira, mas fez uma careta no último pedaço. Isso lhe mostrou que poderia chegar até o fim, o que o encorajou muito.

– Mais uma ou duas noites de orações e vou conseguir comer uma inteira! – disse, cheio de esperança e alegria.

Mas não conseguiu. Apesar das orações e das tentativas heroicas, Felix nunca conseguiu ir até o último pedaço. Não adiantaram as preces, tampouco os esforços. Durante algum tempo ele não entendeu por quê, mas entendeu que o mistério estava finalmente solucionado quando Cecily lhe disse, um dia, que Peter estava rezando contra ele.

– Peter reza para você não conseguir comer a maçã amarga inteira – ela revelou. – Ele contou a Felicity, e ela me contou. Disse que achou bonitinho da parte dele ter contado. Acho que é muito feio fazer uso de orações com essa finalidade e disse isso a ela. E Felicity quis que lhe prometesse não contar a você, mas não prometi porque acho que é justo que saiba o que está se passando.

Felix ficou indignado. E muito zangado também.

– Não entendo por que Deus atende às preces dele, e não às minhas – queixou-se, contrariado. – Fui à igreja e à Escola Dominical minha vida inteira, e Peter só começou a ir neste verão. Não é justo!

– Felix, não fale assim – Cecily recomendou, um tanto chocada. – Deus é justo! Vou lhe dizer o que penso que seja o motivo: Peter reza três vezes ao dia, todos os dias: pela manhã, na hora do almoço e à noite. Além disso, a qualquer hora do dia em que pense no assunto, ele reza, mesmo em pé. Já ouviu falar numa coisa dessas?

– Bem, ele vai ter que parar de rezar contra mim, de um modo ou de outro! – Felix exclamou, decidido. – Não vou mais aceitar essa situação e vou falar com ele agora mesmo sobre isso!

Felix saiu pisando duro em direção à casa do tio Roger, e nós seguimos atrás, pressentindo a confusão.

Peter estava debulhando feijões na tulha, assobiando alegremente, como se tivesse a mais leve das consciências.

– Olhe aqui, Peter! – Felix chegou exclamando. – Disseram que você anda rezando para eu não conseguir comer uma maçã amarga inteira. E eu vim lhe dizer que...

– Eu nunca fiz isso! – Peter o interrompeu, cheio de indignação. – Nunca disse o seu nome! Nunca rezei para você não conseguir. Rezei apenas para que eu fosse o único a conseguir.

– É a mesma coisa! – Felix gritou. – Está rezando contra mim por despeito! E vai ter que parar com isso, Peter Craig!

– Ah, é? Pois não vou parar! – Peter se enfezou. – Tenho tanto direito de rezar pelo que quero quanto você, Felix King, apesar de você ter sido criado em Toronto! Deve achar que um ajudante de fazenda não pode rezar para conseguir o que quer, mas vou mostrar que posso, sim! Vou rezar pelo que quiser e quero ver você me impedir!

– Vai ter que lutar comigo se continuar a rezar contra mim!

As meninas prenderam a respiração, mas Dan e eu estávamos muito animados com a possibilidade de uma boa briga.

– Ora, posso lutar tão bem quanto rezo – Peter desafiou.

– Por favor, não briguem! – Cecily implorou. – Seria horrível! Podem conseguir outra solução. Vamos todos desistir da provação das maçãs, está bem? Nem é tão divertido assim! E aí nenhum de vocês vai precisar rezar.

– Não quero desistir da provação! – Felix teimou. – E não vou!

– Mas deve haver um jeito de arranjar as coisas sem uma luta... – ela insistiu.

– Não quero brigar! – Peter exclamou. – É Felix quem quer. Se ele não interferir nas minhas orações, não há necessidade de lutar. Mas, se ele insistir, não vai haver outro jeito!

– E como uma luta poderá resolver o assunto? – Cecily perguntou.

– Ora, quem perder vai ter que deixar de rezar – Peter explicou. – Para mim, parece justo. Se eu perder, não rezo mais para ganhar a prova.

Ela suspirou.

A Menina das Histórias

– É tão horrível brigar por algo tão sagrado quanto rezar...

– E por que é? Antigamente, as pessoas viviam brigando por causa da religião – Felix argumentou. – Quanto mais sagrada era uma coisa, mais se lutava por ela.

– Um homem tem o direito de rezar pelo que quer – afirmou Peter. – E, se alguém tentar impedir, ele deve lutar. Esse é o meu jeito de ver as coisas.

– O que a senhorita Marwood diria se soubesse que vocês querem brigar? – indagou Felicity.

A senhorita Marwood era a professora de Felix na Escola Dominical, e ele gostava muito dela. Felix, porém, não se deixou convencer:

– Não quero saber o que ela diria!

Felicity, então, tentou outra tática:

– Você vai acabar apanhando se brigar com Peter. É gordo demais para lutar.

Depois disso, força moral nenhuma na face da Terra conseguiria impedir que Felix lutasse. Ele teria enfrentado até um exército cheio de estandartes.

– Poderiam resolver a situação com um sorteio – Cecily sugeriu, já desesperada.

– Sorteios são ainda piores do que lutas – Dan opinou. – São um tipo de jogo de azar.

– O que sua tia Jane diria se soubesse que você ia lutar? – Para Cecily, qualquer argumento valia numa situação assim.

– Não coloque minha tia Jane no meio! – Peter protestou, numa carranca.

– Você disse que se tornaria presbiteriano – ela continuou tentando demovê-lo da ideia. – Os bons presbiterianos não se metem em lutas.

– Ah, não? Ouvi seu tio Roger dizer que os presbiterianos eram os melhores lutadores do mundo. Ou os piores, não me lembro direito, mas a ideia é a mesma.

Cecily tinha apenas mais uma bala na agulha:

– Achei que tinha dito, em seu sermão, reverendo Peter, que as pessoas não devem brigar.

– Eu disse que não devem brigar por diversão nem por descontrole de temperamento – ele rebateu. – Isto é diferente. Sei pelo que estou brigando, mas não me lembro da palavra.

– Acho que se refere a "princípios" – eu disse.

– É isso! – Peter aceitou de pronto. – Brigar por princípios é correto. É como rezar com os punhos.

– Oh, não consegue fazer alguma coisa para impedi-los de lutarem, Sara? – Cecily pediu, voltando-se para a Menina das Histórias, que estava sentada num latão, balançando os pés bem feitos para a frente e para trás.

– Não adianta interferir nesse tipo de situação entre meninos – disse ela, com ar de sabedoria.

Posso estar enganado, mas acho que a Menina das Histórias não desejava que a luta fosse evitada. E tenho certeza de que Felicity também não queria.

Ficou acertado que a luta aconteceria no bosque de abetos atrás da tulha do tio Roger. Era um local afastado, agradável, cheio de árvores, onde nenhum adulto poderia passar e se intrometer. E ali nos reunimos ao entardecer.

– Espero que Felix vença – a Menina das Histórias me confidenciou –, não só pela honra da família, mas porque a oração de Peter foi muito, muito mesquinha. Acha que ele consegue?

– Não sei – confessei, em dúvida. – Felix está bem gordo. Vai logo ficar sem fôlego. E Peter é um sujeito duro, além de ser um ano mais velho do que Felix. No entanto, Felix tem certa prática. Já lutou com alguns meninos em Toronto. E esta é a primeira luta de Peter.

– E você, já lutou?

– Uma vez – respondi, sem me estender, temendo a próxima pergunta, que, entretanto, veio mesmo assim:

– Quem venceu?

Às vezes, é muito amargo dizer a verdade, em especial a uma jovem a quem admiramos muito. Senti um impulso de mentir e quase o fiz, não

A Menina das Histórias

fosse pela súbita lembrança de certa promessa feita no sábado antes daquele fatídico Domingo do Juízo Final.

– O outro menino – revelei, com uma honestidade doída.

– Bem, acho que não importa muito ser vencedor ou não, desde que a luta seja boa e justa – ela comentou.

Sua voz poderosa me fez sentir um herói, e a dor da derrota deixou de habitar minha lembrança daquela velha luta.

Ao chegarmos à parte de trás da tulha, os outros já estavam lá. Cecily estava muito pálida, e Felix e Peter já tiravam os casacos. O sol estava bem claro naquele dia, e as alamedas entre as árvores inundavam-se com seus raios. Um vento fresco, típico do outono, soprava entre os galhos escuros e arrancava folhas vermelhas do bordo que ficava num dos cantos da tulha.

– Vou contar até três – Dan avisou. – E aí vocês se atracam e se batem até que um dos dois desista. Cecily, fique quieta. Vamos lá! Um, dois e... três!

Peter e Felix se "atracaram" com muito entusiasmo. Como resultado desse ardor todo, Peter foi atingido por um soco no olho, o qual, mais tarde, ficou roxo; e o nariz de Felix começou a sangrar. Cecily soltou um grunhido e saiu correndo dali. Achamos que tinha ido embora por não suportar a visão do sangue e não nos importamos, porque sua ansiedade e seu desagrado rasgado em relação à luta estavam estragando a emoção do momento.

Felix e Peter se separaram após o primeiro ataque e passaram a se estudar mutuamente, andando em círculos lentos. E, assim que se agarraram de novo, o tio Alec apareceu, vindo pelo lado da tulha, seguido de perto por Cecily.

Ele não estava zangado, mas havia um ar de estranhamento em seu semblante. Segurou os dois oponentes pelo colarinho e os fez separar-se.

– Isto acaba aqui, meninos – ordenou. – Sabem que não admito lutas.

– Mas, tio Alec, aconteceu o seguinte: Peter... – Felix tentou esclarecer, mas o ele não deixou.

– Não, não quero ouvir nada – afirmou, severo. – Não me interessa qual foi o motivo da briga, mas vão ter que resolver seus problemas de modo diferente. Lembre-se bem das minhas determinações, Felix. Quanto a você, Peter, Roger está à sua procura para lavar a charrete. Vá logo.

Peter obedeceu, relutante, e Felix, da mesma forma, sentou-se e passou a cuidar do nariz. Fez questão de ficar de costas para Cecily.

Assim que o tio Alec se foi, ela recebeu "o que merecia". Dan chamou-a de "tagarela" e de "bebezinha" e zombou dela até fazê-la chorar.

– Não aguentei ficar olhando enquanto eles se batiam daquele jeito – ela soluçou. – Eram tão amigos, e foi horrível vê-los brigar.

– O tio Roger teria deixado que lutassem até o fim – comentou a Menina das Histórias, descontente. – Ele acha normal que meninos lutem. Diz que é um jeito tão inofensivo quanto qualquer outro de lidarem com o pecado original. Peter e Felix não teriam deixado de ser amigos depois da luta. Seriam ainda mais amigos, porque a questão das orações estaria resolvida. E, agora, não está, a não ser que Felicity consiga convencer Peter a desistir de rezar contra Felix.

Pela primeira vez na vida, a Menina das Histórias não foi tão diplomática quanto costumava ser. Seria possível que tivesse falado com maldade premeditada? De qualquer modo, Felicity não gostou da insinuação de que pudesse ter maior influência sobre Peter do que qualquer outra pessoa.

– Não me intrometo nas orações de ajudantes de fazenda – respondeu, com altivez.

– Foi tolice brigarem por causa dessas orações – concluiu Dan, provavelmente achando que, já que não haveria mais luta nenhuma, podia agora admitir seus sentimentos quanto à bobagem que ela significava. – Como também foi tolice rezar por causa das maçãs amargas.

– Oh, Dan, então acha que não adianta rezar? – Cecily o repreendeu.

– Em determinadas situações, adianta, mas não nesse caso. Acho que, para Deus, não faz diferença se alguém consegue comer uma maçã amarga sem fazer caretas ou não.

– Acho que não é correto você falar de Deus como se Ele fosse seu velho conhecido – Felicity criticou, aproveitando a oportunidade para esnobá-lo.

– Há algo de errado nisso tudo – Cecily observou, perplexa. – Devemos rezar pelo que queremos, com certeza. E Peter queria ser o único a passar

A Menina das Histórias

pela provação das maçãs amargas. Parece certo, mas também não parece. Eu gostaria de poder entender.

– A oração de Peter foi errada porque foi egoísta, eu suponho – explicou a Menina das Histórias, pensativa. – A oração de Felix foi correta porque não faria mal a ninguém; mas Peter foi muito egoísta por querer ser o único. Não devemos fazer orações egoístas.

– Ah, entendi agora – Cecily comentou, mais alegre.

– Sim, mas, se você acredita que Deus atende orações sobre determinados assuntos, foi a oração de Peter que Ele atendeu – Dan analisou. – O que me diz disso?

A Menina das Histórias sacudiu a cabeça impacientemente e disse:

– Não adianta tentar entender esse tipo de coisa, porque acabamos ficando ainda mais confusos o tempo todo. Vamos esquecer o assunto. Vou contar uma história. A tia Olivia recebeu uma carta hoje de uma amiga da Nova Escócia, que vive em Shubenacadie. Quando o pronunciei, achei que era um nome engraçado, e ela me mandou olhar no seu livro de recortes, onde há a explicação sobre a origem desse nome. E eu olhei. Querem que eu conte?

É claro que queríamos; e nos sentamos nas raízes altas dos abetos para ouvir. Felix, finalmente, tinha se acertado com o nariz e virou-se para escutar também. Continuou sem olhar para Cecily, embora já a tivéssemos perdoado.

A Menina das Histórias recostou a linda cabeça de cabelos castanhos ao tronco do abeto e ergueu os olhos para o céu verde azulado que se podia ver entre os galhos acima de nós. Lembro-me de que usava um vestido vermelho escuro e tinha passado uma tira feita de frutos de loureiro em torno da cabeça que se assemelhava a um colar de pérolas. Seu rosto ainda estava corado por causa da emoção daquela tarde. E ali, à luz do entardecer, estava linda, dona de uma suavidade selvagem e mística e de um encanto inegável.

– Muitas luas atrás, uma tribo indígena vivia às margens de um rio na Nova Escócia. Um de seus jovens guerreiros chamava-se Accadie e era o homem mais alto, mais corajoso e mais bonito da tribo.

– Por que os homens são sempre bonitos nas histórias? – Dan interrompeu. – Por que não existem histórias sobre pessoas feias?

– Talvez porque as histórias não aconteçam com pessoas feias – Felicity sugeriu.

– Acho que as pessoas feias são tão interessantes quanto as bonitas – ele rebateu.

– Talvez, na vida real, sejam mesmo – interferiu Cecily –, mas, nas histórias, podem ser ou não. Eu prefiro que sejam bonitas. Gosto de ler uma história em que a heroína é linda como um sonho.

– Pessoas bonitas são sempre convencidas – Felix opinou, já cansado de ficar calado.

– Os heróis das histórias sempre são bonzinhos – Felicity acrescentou, com aparente irrelevância. – São altos e esbeltos. Não seria muito engraçado se alguém escrevesse uma história sobre um herói gordo? Ou sobre um herói de boca enorme?

– A aparência de um homem não importa! – afirmei, ao perceber que Dan e Felix estavam levando a conversa para o lado pessoal. – Ele tem que ser um sujeito bom e fazer uma série de coisas certas. Só isso.

– Algum de vocês está interessado em ouvir o resto da história? – a Menina das Histórias nos perguntou, num tom de voz ameaçadoramente educado que nos conscientizou do quanto estávamos sendo deselegantes.

Nós nos desculpamos e prometemos nos comportar melhor. E ela prosseguiu, mais calma:

– Accadie era todas essas coisas que mencionei e, além delas, era também o melhor caçador da tribo. Não errava uma só flecha que tivesse disparado. Matou vários alces brancos e sempre entregava a pele dos animais à sua amada. O nome dela era Shuben e era tão linda quanto a lua ao se erguer do mar e tão adorável quanto um crepúsculo de verão. Tinha olhos escuros e doces, pés leves como a brisa e voz suave como o som de um riacho em meio ao bosque, ou do vento que sopra sobre as colinas à noite. Ela e Accadie estavam muito apaixonados um pelo outro e, às vezes, caçavam juntos, já que Shuben era quase tão habilidosa com seu arco e

A Menina das Histórias

flecha quanto ele. Os dois se amavam desde que eram pequenos e tinham jurado amar-se enquanto o rio corresse pela terra. Num anoitecer, quando Accadie estava caçando na floresta, ele matou um alce branco, tirou a pele e enrolou-a em torno do próprio corpo. Então seguiu pela mata, sob a luz das estrelas que surgiam. Sentia-se tão feliz e de coração tão leve que, às vezes, saltava e dava cambalhotas, como faziam os alces jovens. Shuben estava caçando também e, ao vê-lo brincar daquela maneira, achou que fosse, de fato, um alce. Caminhou com cuidado em meio à vegetação e chegou à beira de um pequeno vale. Logo abaixo, estava o alce brincalhão. Shuben colocou a flecha no arco e puxou-a. Conhecia muito bem a arte da caça. Mirou bem e atirou. No instante seguinte, Accadie caiu morto, atingido pela flecha bem no coração.

A Menina das Histórias fez uma pausa dramática. O bosque de abetos estava mergulhado nas sombras. Podíamos ver seu rosto e olhos, mas vagamente, na escuridão. A lua prateada brilhava acima da tulha e parecia nos observar. As estrelas cintilavam entre os galhos balançados de leve. Além do bosque, vislumbramos um mundo enluarado banhado pela geada daquela noite de outubro. E o céu, lá no alto, mostrava-se frio, etéreo e místico. À nossa volta, havia as sombras; e a história um tanto sinistra, contada por uma voz carregada de mistério e compaixão, transformou-as em pessoas furtivas que usavam cinto e colares de miçangas e tinham os longos cabelos lisos das nativas americanas.

– O que ela fez quando descobriu que tinha matado Accadie? – Felicity perguntou, ansiosa.

– Ela morreu, com o coração partido, antes de chegar a primavera – respondeu a Menina das Histórias. – E foi enterrada ao lado dele às margens do rio, que, desde aquele dia, passou a ter o nome feito da união dos nomes dos dois apaixonados: Shubenacadie.

O vento soprou mais forte em torno da tulha e fez Cecily estremecer. Ouvimos a voz da tia Janet chamar: "Crianças! Crianças!" Sacudimos o feitiço dos abetos, do luar e da história de amor que tínhamos acabado de ouvir e nos levantamos a fim de voltar para casa.

– Eu bem que gostaria de ter nascido índio – divagou Dan. – Acho que teria uma boa vida: nada a fazer a não ser caçar e lutar.

– Não seria agradável se o capturassem e o torturassem numa estaca – Felicity opinou.

– Não – ele concordou, mesmo que com relutância. – Imagino que haja inconvenientes em tudo, até em ser índio.

– Está frio, não? – Cecily se queixou, estremecendo de novo. – Logo será inverno. Eu gostaria que o verão durasse para sempre. Felicity gosta do inverno; a Menina das Histórias também, mas eu, não. Perece demorar tanto até ser primavera outra vez!...

– Não faz mal. Tivemos um verão maravilhoso – eu a consolei, passando um braço por seus ombros para afastar qualquer tristeza que pudesse ter se refletido em sua voz.

De fato, tivéramos um verão delicioso; e, justamente por isso, ele nos pertenceria para sempre. "Nem os próprios deuses conseguem tomar de volta os dons que distribuíram." Podem nos tirar nosso futuro e amargar nosso presente, mas o passado permanecerá intocado. Ele será para sempre nosso, marcado por risadas, prazer e *glamour*.

Mesmo assim, todos sentíamos certa tristeza pelo final da estação. Havia um peso em nossas almas, mas ele durou apenas até Felicity nos levar à despensa e nos agradar com tortas de maçã e nos confortar com creme de leite. Então nos alegramos novamente. Afinal, vivíamos em um mundo muito bom.

A HISTÓRIA DA PONTE DO ARCO-ÍRIS

Felix, pelo que me lembro, nunca teve sucesso na provação das maçãs amargas. E, depois de um tempo tentando, acabou por desistir; também desistiu de rezar para conseguir não fazer caretas, dizendo, ele próprio amargo, que de nada adiantava rezar se havia "outros sujeitos" rezando contra por puro despeito. Ele e Peter permaneceram afastados por algum tempo, por causa disso.

Estávamos todos cansados demais naquelas noites para rezar. Acredito que, às vezes, nossas preces "regulares" fossem arrastadas ou resmungadas, numa pressa reverente. Outubro foi um mês agitado nas fazendas das colinas. As maçãs tinham de ser colhidas, e esse trabalho acabou sendo dado, em sua maior parte, a nós, crianças. Não fomos à escola a fim de fazê-lo. Era um trabalho agradável e nos divertimos muito, mas era duro também, e nossos braços e costas estavam sempre doloridos à noite. Pela manhã, era uma maravilha; à tarde, era tolerável; quando o dia estava acabando, porém, nós nos arrastávamos de cansaço, e as risadas e brincadeiras das primeiras horas tinham se tornado apenas parte do passado.

LUCY MAUD MONTGOMERY

Algumas das maçãs tinham de ser colhidas com extremo cuidado. Com as outras, no entanto, não importava muito. Nós, meninos, subíamos nas árvores e sacudíamos os galhos até que as meninas pedissem para, por favor, pararmos. Os dias eram frescos e alegres, o sol era quente, mas havia um quê de geada no ar, misturado ao aroma amadeirado que vinha da grama já ressequida. As galinhas e os perus ficavam perambulando aqui e ali, bicando coisinhas trazidas pelo vento, e Paddy dava-lhes carreirões em meio às folhas caídas. O mundo além do pomar ia se colorindo numa paleta de tons magníficos sob o céu muito azul do outono. O enorme salgueiro junto ao portão tornara-se um esplêndido domo dourado, e os bordos espalhados entre os abetos acenavam seus estandartes vermelho-sangue acima das coníferas sombrias. A Menina das Histórias em geral enfeitava os cabelos com suas folhas. Pareciam poder pertencer somente a ela. Nem Felicity nem Cecily as poderiam ter usado. Eram, ambas, do tipo doméstico e não ficavam bem com o fogo selvagem contido nas veias da Natureza. Mas, quando a Menina das Histórias enfeitava os cabelos castanhos com guirlandas de folhas vermelhas, parecia, como Peter disse, que elas cresciam nela, como se as chamas e o dourado de seu espírito tivessem eclodido naquela espécie de coroa, tornando-se parte dela, como é parte da Madona o halo pálido que lhe circunda a cabeça.

Quantas histórias ela nos contou naqueles distantes dias de outono, enchendo as alamedas castanho-avermelhadas com personagens de um mundo mais antigo. Princesas passaram por nós cavalgando seus elegantes corcéis; cavalheiros galantes desfilaram bravamente, trajados em veludo e plumas, pelo Passeio do tio Stephen; damas majestosas vestidas de seda caminharam em meio à opulência do pomar.

Quando enchíamos nossas cestas, elas tinham de ser carregadas para o andar de cima da tulha, e as maçãs tinham de ser estocadas em latões ou espalhadas pelo chão para amadurecer ainda mais. Comíamos muitas delas, é claro, sabendo que o trabalhador merecia desfrutar do trabalho feito. As maçãs de nossas próprias árvores do nascimento foram estocadas em barris separados, identificados com os nossos nomes. Podíamos

A Menina das Histórias

fazer o que quiséssemos com elas. Felicity vendeu as dela para o ajudante que o tio Alec contratou e foi enganada, pois ele partiu pouco depois com as maçãs, tendo pago apenas metade do valor combinado. Ela ainda não superou essa trapaça. Cecily, nossa querida, enviou a maior parte das suas para o hospital da cidade, o que, sem dúvida, gerou dividendos de gratidão e satisfação pessoal que jamais poderiam ser comprados em qualquer tipo de barganha ou negócio. O resto de nós comeu as próprias maçãs ou as levou à escola, onde foram trocadas por pequenos tesouros que nossos colegas possuíam e que eram objeto dos nossos desejos.

Havia um tipo de maçã escura, pequena, com formato de pera, de uma das árvores do tio Stephen, que era a nossa favorita; e também uma maçã amarela, suculenta, deliciosa, da árvore da tia Louisa. Gostávamos tanto das maçãs doces grandes! Costumávamos jogá-las para cima e deixá-las cair no chão até ficarem machucadas a ponto de estourar; e então chupávamos o suco, que era mais doce do que o néctar bebido pelos deuses do Olimpo.

Às vezes, trabalhávamos até que o pôr do sol amarelo e frio se misturasse, na distância, às sombras próximas da noite e a lua de outubro viesse nos espiar através do ar frio. As constelações do outono cintilavam acima de nós. Peter e a Menina das Histórias conheciam tudo sobre elas e generosamente partilhavam seu conhecimento conosco. Lembro-me de uma noite em que Peter subiu à Pedra do Púlpito ao nascer da lua e identificou cada uma delas para nós, às vezes tendo uma leve diferença de opinião com a Menina das Histórias sobre o nome de alguma estrela em particular. O Caixão de Job e a Cruz do Norte ficavam a oeste; ao sul estava Fomalhaut. O grande Quadrado de Pegasus ficava bem acima de onde estávamos. Cassiopeia sentava-se em seu belo trono a nordeste; e, ao norte, as Ursas giravam incansavelmente ao redor da Estrela Polar. Cecily e Felix eram os dois únicos que conseguiam distinguir a estrela dupla do punho da Ursa Maior e se vangloriavam muito disso. A Menina das Histórias nos contou mitos e lendas criados sobre esses grupamentos imemoriais de estrelas e, ao contar, sua voz adotava um timbre remoto, claro como as estrelas que descrevia. Quando as histórias terminavam, voltávamos à Terra, sentindo como se tivéssemos voado a milhões de quilômetros de distância, no éter azul, e o mundo em que, de fato, vivíamos tivesse, momentaneamente, sido esquecido e se tornado estranho para nós.

Aquela noite em que Peter nos mostrou as estrelas, em pé na Pedra do Púlpito, foi a última vez, por várias semanas, que partilhou conosco o trabalho e os passatempos. No dia seguinte, queixou-se de dor de cabeça e de garganta e preferiu ficar deitado no sofá da cozinha da tia Olivia a fazer qualquer tipo de serviço. Como não costumava fingir, deixaram-no em paz enquanto fomos colher maçãs. Somente Felix afirmou, com rancor e muito injustamente, que Peter estava fugindo ao trabalho.

– Ele está com preguiça; isso é o que ele tem – resmungou.

– Se é para dizer alguma coisa, que seja a verdade – Felicity o repreendeu. – Não pode dizer que Peter é preguiçoso. É como se dissesse que tenho cabelos pretos. É claro que, sendo um Craig, ele tem seus defeitos, mas é um menino inteligente. O pai podia ser preguiçoso, mas a mãe... Não há um só osso preguiçoso no corpo dela! E Peter é igual a ela.

– O tio Roger disse que o pai de Peter não era exatamente preguiçoso – observou a Menina das Histórias. – O problema com ele era que gostava muito mais de outras coisas do que de trabalhar.

– Fico pensando se, um dia, ele vai voltar para a família – ponderou Cecily. – Imaginem que horrível seria se o papai nos tivesse abandonado assim.

– O papai é um King – Felicity enfatizou. – E o pai de Peter é apenas um Craig. Um membro da nossa família não poderia jamais se comportar desse jeito.

– Dizem que, em todas as famílias, há uma ovelha negra – a Menina das Histórias salientou.

– Na nossa, não há – Cecily refutou, cheia de lealdade.

– Por que as ovelhas brancas comem mais do que as pretas? – Felix perguntou.

A Menina das Histórias

– Isso é uma adivinha? – Cecily desconfiou. – Se é, nem vou tentar dar a resposta. Nunca consigo.

– Não é uma adivinha – afirmou ele, sério. – É um fato. Elas comem. E há um motivo para isso.

Paramos de colher as maçãs, fomos nos sentar na grama e tentamos descobrir, com exceção de Dan, que declarou saber que havia alguma "pegadinha" na pergunta e ele não queria ser "pego". Não víamos como poderia haver uma "pegadinha", já que Felix jurara, de dedos cruzados, que as ovelhas brancas comiam, sim, mais do que as pretas.

Discutimos seriamente sobre o assunto, mas, por fim, tivemos de desistir.

– Está bem, qual é o motivo? – Felicity indagou.

– Porque elas são em maior número – Felix respondeu, num sorriso maroto.

Esqueci o que fizemos com ele.

A chuva chegou naquele entardecer e tivemos que parar a colheita. Depois dela, formou-se um magnífico arco-íris duplo. Estávamos na tulha, de onde podíamos vê-lo bem, e a Menina das Histórias contou-nos uma lenda antiga, tirada de um dos muitos cadernos de recortes da tia Olivia.

– Há muito, muito tempo, na Era de Ouro, quando os deuses costumavam visitar a Terra com tanta frequência que era comum poder vê-los, Odin fez uma peregrinação pelo mundo. Odin era o grande deus das terras nórdicas, como sabem. E, nos vários lugares por onde andou, ele falou aos homens sobre o amor e a fraternidade e também sobre as artes; e grandes cidades surgiram nos lugares por onde passou; todas as terras por onde andou foram abençoadas, porque um dos deuses viera até os homens. No entanto, muitos homens e mulheres decidiram seguir Odin, desistindo de todas as suas posses e ambições mundanas. A essas pessoas ele prometeu o dom da vida eterna. Eram pessoas boas, de coração nobre, generosas e altruístas, mas o melhor e mais puro de coração entre todas elas era um jovem chamado Ving. E Odin o amava mais do que a todos os outros, por sua beleza, sua força e sua bondade. Ving sempre caminhava à direita de Odin e era sempre sobre ele que recaía a primeira luz do sorriso do deus. Ving era alto e ereto como um pinheiro jovem; tinha cabelos longos da cor do trigo maduro ao sol e olhos azuis que lembravam o céu do norte numa noite estrelada. No grupo de pessoas que seguiram Odin, havia uma bela jovem, de nome Alin. Era tão linda e delicada quanto uma bétula jovem na primavera entre os velhos e escuros pinheiros e abetos, e Ving amava-a com todo o seu coração. Sua alma vibrava de arrebatamento ao pensar que, juntos, beberiam da fonte da imortalidade, como Odin havia prometido, e passariam a ser um só para sempre em sua juventude eterna. Por fim, chegaram ao local onde o arco-íris tocava a terra. E o arco-íris era uma linda ponte, construída em cores vivas, tão deslumbrante e maravilhosa que, adiante dela, nada mais se podia ver além de muito, muito distante, um brilho infinitamente intenso, onde jorrava, resplandecente, a fonte da juventude. Porém, abaixo da Ponte do Arco-íris, fluía uma corrente poderosa, profunda, larga e violenta, cheia de rochas, correntezas e redemoinhos. Havia um Guardião na ponte: um deus soturno, severo e tristonho. Odin deu-lhe ordens para abrir o portão e permitir que seus seguidores atravessassem a Ponte do Arco-íris para irem beber da fonte da vida eterna, mais adiante. E, assim, o Guardião obedeceu e abriu o portão. "Passem e bebam da fonte", disse ele. "A todos que experimentarem essa água, será dada a imortalidade, mas apenas àquele que dela beber primeiro será dada a glória de estar para sempre ao lado direito de Odin!" Então, as pessoas começaram a atravessar, apressadas, movidas pelo desejo de serem a primeira pessoa a beber daquela fonte e receber uma bênção tão maravilhosa. Ving atravessou por último. Ele havia ficado para trás, entretido em tirar um espinho do pé de uma criança pobre que encontrara no caminho e, dessa forma, não ouviu as palavras do Guardião. Mas quando, com o coração cheio de alegria e ansiedade, colocou os pés na ponte, o Guardião, severo como sempre, segurou-o por um braço e o deteve. "Corajoso, nobre e forte Ving, a Ponte do Arco-íris não é para você", ele afirmou. O semblante de Ving se fechou. Seu coração encheu-se

A Menina das Histórias

de rebeldia, que logo lhe subiu aos lábios: "Por que você afasta de mim o dom da imortalidade?", perguntou, intensamente. O Guardião, então, apontou para as águas escuras que corriam com violência sob a ponte e desafiou: "O caminho do arco-íris não é para você, mas há outro modo: atravesse a correnteza. A fonte da vida fica no ponto mais distante da outra margem". "Está zombando de mim", Ving reclamou, aborrecido, e argumentou: "Nenhum mortal conseguiria passar por essa correnteza". E, voltando-se para Odin, suplicou: "Meu grande Mestre, o senhor me prometeu a vida eterna, como aos outros. Não vai manter sua promessa? Ordene ao seu Guardião que me deixe passar, e ele obedecerá". Odin, no entanto, permaneceu em silêncio, com o rosto virado para o outro lado, enquanto o coração de Ving enchia-se de desespero e amargura. "Você deve voltar à Terra se teme enfrentar a correnteza", disse o Guardião. Ving, porém, recusou-se: "Não. A vida terrena sem Alin seria pior do que a morte que me espera nesse rio sombrio". Ele, então, lançou-se às águas. Nadou, com grande esforço, tentando vencer a corrente. As ondas cobriram sua cabeça, os redemoinhos o sugaram e jogaram-no contra as rochas. A água gelada e revolta bateu contra seus olhos e o cegou por momentos enquanto o rugido do rio o ensurdeceu. Ving suportou os ferimentos e arranhões das rochas cruéis e várias vezes esteve a ponto de ser vencido, mas seu pensamento estava em Alin, em seus olhos apaixonados, e isso deu-lhe forças e coragem para continuar tentando o quanto podia. A árdua travessia pareceu-lhe extremamente longa e perigosa, mas, por fim, conseguiu chegar à margem oposta. Extenuado, cambaleando, quase sem ar, sangrando nos ferimentos terríveis que sofrera, e tendo as roupas em retalhos, Ving percebeu que estava na praia onde ficava a fonte da imortalidade. Ele se arrastou até ela e bebeu de sua água cristalina. Imediatamente, todas as dores e o cansaço desapareceram. Ele se levantou, já sendo um deus, belo e imortal. E, ao fazê-lo, viu o grupo que vinha pela ponte, formado por seus companheiros de viagem. Todos estavam atrasados para conseguir a bênção duplicada. Ving a conseguira por meio do sofrimento e do perigo representados pelas águas escuras do rio.

O nosso arco-íris desapareceu, e a escuridão de mais uma noite de outubro se aproximou.

– Fico imaginando... – avaliou Dan, pensativo, enquanto nos afastávamos daquele lugar tão perfumado. – Como seria viver para sempre neste mundo?

– Acho que acabaríamos ficando cansados depois de algum tempo – a Menina das Histórias supôs. – Mas, para mim, esse "algum tempo" seria bem longo.

A SOMBRA MAIS TEMIDA PELO HOMEM

Levantamos bem cedo na manhã seguinte e nos vestimos à luz de velas. Mesmo sendo tão cedo, encontramos a Menina das Histórias já na cozinha ao descermos; estava sentada sobre o baú de Rachel Ward e fingia ter ares de grande importância.

– Sabem de uma novidade? – exclamou. – Peter está com sarampo. Passou muito mal ontem à noite, e o tio Roger teve que ir buscar o médico. Estava com tanta febre que não reconhecia ninguém. E está tão doente que não pode ser levado para casa, então sua mãe veio para cuidar dele, e vou ter que morar aqui até que fique bem de novo.

Esse anúncio veio com uma mistura de amargor e doçura. Amargor porque Peter estava com sarampo; e doce porque a Menina das Histórias estaria conosco o tempo todo. Quantas folias de contação de histórias teríamos pela frente!

– Acho que vamos acabar pegando sarampo agora – Felicity lamentou. – E outubro é um mês tão ruim para ficarmos doentes! Há tanto trabalho a fazer!

– Acho que mês nenhum é bom para se pegar sarampo – Cecily observou.

– Talvez não peguemos – a Menina das Histórias aventou, alegre. – Peter pegou em Markdale, na última vez que foi para casa. É o que a mãe dele disse.

– Não quero pegar sarampo dele! – Felicity exclamou. – Imaginem! Pegar sarampo de um ajudante de fazenda!

– Oh, Felicity, não o chame assim! Peter está doente – Cecily repreendeu.

Nos dois dias seguintes, tivemos muito a fazer. Ficamos ocupados demais para contar ou ouvir histórias. Só tínhamos tempo para vagar nos reinos dourados com a Menina das Histórias durante o crepúsculo gelado. Ela havia, ultimamente, lido alguns volumes sobre mitos clássicos e folclore nórdico que encontrara no sótão da casa da tia Olivia; e, para nós, deuses e deusas, ninfas sorridentes e sátiros zombeteiros, nornas[11] e valquírias, elfos, ogros e povos da floresta tornaram-se criaturas reais novamente, habitando os bosques e campos que nos rodeavam, como se a Era de Ouro estivesse de volta à Terra.

No terceiro dia, a Menina das Histórias veio até nós com o rosto muito pálido. Tinha ido ao quintal do tio Roger para saber das últimas notícias sobre nosso companheiro enfermo. Até aquele momento, elas tinham sido um tanto quanto evasivas, mas agora parecia que era portadora de más novas.

– Peter está muito, muito doente – anunciou, cheia de tristeza. – Pegou um resfriado, não se sabe como, e o sarampo piorou. – Ela apertou as mãos uma na outra. – E... o médico acha que ele pode não melhorar.

Ficamos pasmos, incrédulos; e calados.

– Quer dizer... – Felix, por fim, encontrou a voz. – Quer dizer que Peter vai morrer!?

Ela assentiu, aflita.

---

[11] Nornas eram deusas da mitologia nórdica, nascidas da fonte da vida; controlavam o destino, a sorte, o azar e conservavam as leis que regem os homens. (N.T.)

– É o que temem.

Cecily sentou-se ao lado da cesta que já enchera pela metade e começou a chorar. Felicity declarou, com violência, que não acreditava.

– Não vou conseguir colher nem mais uma maçã hoje – disse Dan. – Nem vou tentar.

Nenhum de nós conseguiu. Procuramos os adultos e lhes dissemos que não conseguiríamos. E eles, com incomum compreensão e solidariedade, deram-nos permissão para não trabalharmos. Ficamos, então, por ali, tentando consolar uns aos outros. Evitamos ir ao pomar; ele trazia-nos recordações boas demais, e a amargura que estávamos sentindo não combinava com elas. Preferimos nos refugiar no bosque de abetos; ali, o silêncio, as sombras e o soprar suave do vento nos ramos mais altos não confrontavam a tristeza que nos dominava.

Não podíamos acreditar que Peter ia morrer. Pessoas idosas morriam; adultos morriam. Também algumas crianças, como já tínhamos ouvido falar, morriam. Mas um de nós, um membro do nosso grupo, não podia morrer. Não conseguíamos acreditar. Ainda assim, a possibilidade existia e nos atingiu como um soco no estômago. Fomos até as pedras tomadas pelo limo e nos sentamos embaixo das árvores, entregues à nossa infelicidade. Todos nós choramos; até mesmo Dan. Mas a Menina das Histórias, não.

– Como pode ser tão insensível, Sara? – Felicity a admoestou. – Foi sempre tão amiga de Peter e fazia parecer que se importava tanto com ele, e agora não derrama uma lágrima sequer!

Olhei para os olhos tristes da Menina das Histórias e me lembrei de que nunca a tinha visto chorar de fato. Quando nos contava histórias tristes, com a voz embargada por todas as lágrimas choradas nelas, ela mesma jamais derramava nenhuma.

– Não consigo chorar – revelou, com tristeza. – Mas gostaria. Estou com um sentimento ruim bem aqui. – Ela tocou o pescoço delicado. – E acho que, se pudesse chorar, me sentiria bem melhor. Mas não consigo...

– Talvez Peter melhore, afinal – observou Dan e engoliu um soluço. – Ouvi falar de muitas pessoas que ficaram bem, mesmo depois de o médico dizer que iam morrer.

– "Enquanto há vida, há esperança" – Felix citou. – Não devemos enfaixar a cabeça antes de quebrá-la.

– São apenas provérbios – a Menina das Histórias comentou, amarga. – São muito bons quando você não precisa se preocupar com nada; mas, quando se tem um problema, não servem para coisa alguma.

– Oh, eu gostaria de nunca ter dito a Peter que não queria me misturar a ele – Felicity gemeu. – Se melhorar, jamais lhe direi coisas assim novamente. Não vou sequer pensar em algo tão horrível. Ele é um menino tão querido e muito mais inteligente do que tantos outros que não são ajudantes de fazenda!

– Peter sempre foi tão educado e bonzinho. E também tão prestativo! – Cecily lembrou, com um suspiro.

– E sempre foi um cavalheiro – acrescentou a Menina das Histórias.

– Não há muitos sujeitos tão honestos e justos quanto ele – declarou Dan.

– E é um bom trabalhador – Felix adicionou à lista.

– O tio Roger disse que nunca teve um menino ajudante em quem pudesse confiar tanto – comentei.

– Agora é tarde demais para fazermos elogios a ele – a Menina das Histórias enfatizou. – Peter nunca vai saber o quanto o apreciávamos. É tarde demais...

– Se ele melhorar, vou lhe dizer – Cecily prometeu.

– Gostaria de não ter batido nas orelhas dele naquele dia em que tentou me beijar – Felicity suspirou, obviamente travando uma batalha com sua consciência em razão das tantas vezes em que ofendera Peter. – É claro que eu não poderia deixar que um ajudante... deixar que um menino me beijasse. Mas não precisava ter ficado tão zangada. Poderia ter sido mais elegante. E também disse a ele que o odiava. Não é verdade, mas talvez ele morra pensando que sim. Oh, Deus, por que as pessoas dizem coisas das quais vão se arrepender tanto depois?

– Acho que... de qualquer modo... se Peter morrer, ele irá para o céu – Cecily soluçou. – Ele foi tão... bonzinho este verão, mas não é membro da igreja...

– Ele é presbiteriano, lembra? – observou Felicity. Seu tom era de convicção. Ser presbiteriano o levaria, com certeza, ao céu. – Nenhum de nós é membro da igreja. Mas é claro que Peter não poderia ser mandado para o "mau lugar". Seria ridículo! O que fariam com ele lá, já que é tão bonzinho e educado, e honesto e gentil?

– Ah... Também acho que ele ficará bem – Cecily concordou –, mas ele não ia à igreja nem à Escola Dominical antes deste verão.

– Bem, o pai dele foi embora, e a mãe sempre esteve ocupada demais para criá-lo direito – Felicity argumentou. – Não acha que Deus faria concessões num caso assim?

– É claro que Peter irá para o céu! – atestou a Menina das Histórias. – Não é adulto o suficiente para ir a alguma outra parte. As crianças sempre vão para o céu, mas não quero que vá para lá nem para algum outro lugar. Quero que fique aqui. O céu deve ser um lugar maravilhoso, com o paraíso e tudo mais, mas tenho certeza de que Peter prefere ficar aqui, divertindo-se conosco.

– Sara Stanley, eu gostaria que você não dissesse essas coisas num momento tão solene! – Feicity a repreendeu. – É uma menina tão esquisita!

– Você não prefere ficar aqui a ir para o céu? – ela rebateu. – Vamos, Felicity King! Diga a verdade!

Felicity, porém, esquivou-se da pergunta, buscando refúgio nas lágrimas.

– Se pudesse fazer alguma coisa para ajudá-lo! – exclamei, desesperado. – É horrível não poder fazer nada.

– Há algo que podemos fazer: rezar por ele – Cecily sugeriu, gentil.

– É, podemos – concordei.

– Vou rezar muito! – Felix jurou.

– Temos que ser muito bons. Não adianta rezarmos se não formos bons – Cecily orientou.

– Isso será fácil. Não tenho a menor vontade de ser má – observou Felicity. – Se algo acontecer a ele, tenho certeza de que jamais serei má. Não vou ter coragem de ser.

Rezamos sinceramente pelo restabelecimento de Peter. E não o fizemos, como no caso de Paddy, depois de "coisas mais importantes"; nossas preces por ele foram colocadas na linha de frente dos pedidos a Deus. Até mesmo Dan, sempre tão prático, rezou; seu pragmatismo foi descartado como um roupa velha naquele vale de sombras que dilacera corações e coloca as almas à prova até que tenhamos, adultos ou crianças, compreendido nossa fraqueza e, vendo que nossa força nada mais é do que um junco balançado pelo vento, nos voltemos ao Deus sem o qual, em nossa vaidade, imaginávamos poder viver.

Peter não melhorou no dia seguinte. A tia Olivia nos contou que a senhora Craig estava de coração partido. Não pedimos novamente para sermos dispensados do trabalho. Ao contrário, dedicamo-nos a ele com entusiasmo febril. Trabalhando muito, sobrava menos tempo para sofrermos e termos pensamentos ruins. Colhemos as maçãs e as levamos para a tulha obstinadamente. À tarde, a tia Janet nos trouxe um lanche de folhados de maçã, mas não conseguimos comê-los. Peter, como Felicity nos lembrou entre lágrimas, adorava folhados de maçã.

Procuramos ser muito bons. Angelicalmente, incomumente bons. Nunca houve, em pomar algum do mundo, um grupo de crianças tão gentis, tão altruístas e com temperamentos tão doces. Até mesmo Felicity e Dan, pela primeira vez na vida, passaram o dia inteiro sem trocar uma única alfinetada. Cecily me confidenciou que estava pensando em nunca mais enrolar os cabelos aos sábados, porque isso nada mais era do que fingimento. Estava tão ansiosa por se arrepender de alguma coisa, e isso era tudo em que podia pensar, aquele anjo de menina!

Durante a tarde, Judy Pineau nos trouxe um bilhete de Sara Ray, marcado por lágrimas. Ela estava proibida de vir à estância desde que Peter pegara sarampo. Permanecia em seu triste exílio e só conseguia aliviar a alma da angústia que sentia enviando cartinhas diárias a Cecily, que a leal e prestativa Judy trazia para ela. As tais cartas continham tantas palavras sublinhadas que parecia que Sara Ray havia sido uma correspondente nos primórdios exagerados da era vitoriana, acostumada a expressar a dor e o sofrimento através da escrita.

A MENINA DAS HISTÓRIAS

Cecily não respondia às missivas porque a senhora Ray decretara que não deveria haver cartas vindas da estância, pois poderiam ser via de contágio da doença. Ela, então, sugerira colocar as cartas no forno antes de enviá-las, mas a senhora Ray estava irredutível em sua proibição, então Cecily contentou-se em enviar longas mensagens orais através de Judy Pineau. A carta trazida naquele dia por ela dizia:

"Minha querida Cecily,

Acabei de receber a notícia tão triste sobre o querido Peter. Não consigo descrever meus sentimentos. Eles são horríveis. Chorei a tarde inteira. Gostaria de poder ir voando até você, mas a mamãe não permite. Ela tem receio de que eu pegue sarampo, mas eu prefiro ter dez vezes essa doença a estar afastada de você assim. Mas sinto, desde o Domingo do Juízo Final, que devo obedecer à mamãe bem mais do que antes. Se alguma coisa acontecer a Peter e permitirem que você o veja antes que aconteça, envie a ele o meu amor e diga o quanto lamento e que espero que todos nós nos encontremos num mundo melhor. Tudo continua igual na escola. O professor vive enfezado. Jimmy Frewen voltou para casa com Nellie Bowan ontem à noite depois da reunião de orações, e ela tem só quatorze anos! É horrível começar assim tão cedo, não acha? Você e eu jamais faríamos uma coisa dessas até sermos adultas, não é mesmo? Willy Fraser parece estar tão solitário na escola nestes últimos dias! Devo parar por aqui porque a mamãe diz que desperdiço tempo demais escrevendo cartas. Conte todas as novidades a Judy. Ela vai me contar.

Sua amiga de verdade,

Sara Ray

P.S. Oh, espero mesmo que Peter melhore. Mamãe vai me comprar um vestido marrom novo para o inverno. S.R.

Ao entardecer, fomos nos sentar embaixo dos sussurrantes, suspirantes abetos. A noite começava linda: clara, sem vento, geladinha. Ouvimos alguém passar a cavalo pela estrada cantando uma música engraçada em voz alta. Como ousava? Era como um insulto à nossa tristeza profunda. Se Peter ia... ia... Bem, se alguma coisa de ruim acontecesse a Peter, estávamos tão seguros de que a música da vida cessaria por completo em nós! Como alguém podia se sentir feliz no mundo quando estávamos mergulhados em tamanha dor?

A tia Olivia logo apareceu, vindo em nossa direção ao longo da alameda formada pelas árvores. Vinha sem chapéu, os cabelos claros à mostra. Fazia lembrar uma rainha no vestido leve e no porte esbelto. Achamos que estava muito linda naquele momento. Revendo-a agora, sob um ponto de vista mais amadurecido, compreendo que deve ter sido uma mulher de beleza incomum; e estava no auge dessa beleza ao caminhar sob os galhos balançados de leve, à luz derradeira daquele crepúsculo e sorrir diante de nossos semblantes amargurados.

– Queridas pessoinhas tristes, trago-lhes notícias muito, muito boas – anunciou. – O doutor acabou de nos fazer uma visita e achou que Peter está muito melhor. Parece que vai, afinal, ficar bom!

Nós a encaramos em silêncio por alguns segundos. Ao sabermos que Paddy ficaria bem, pulamos e gritamos de alegria; agora, porém, ficamos quietos. Tínhamos estado perto demais de uma ameaça terrível e sombria; e, mesmo tendo ela sido removida de repente, a sensação de medo e frio permaneceu em nós. Segundos depois, a Menina das Histórias, que estivera em pé, recostada a um tronco, escorregou até o chão e desandou a chorar. Eu nunca tinha visto alguém chorar tanto e soluçar com tamanho sentimento. Estava acostumado a ouvir as meninas chorar. Era o estado costumeiro de Sara Ray; Felicity e Cecily muitas vezes se utilizavam desse privilégio feminino. Mas eu jamais ouvira um choro como aquele. E tive a mesma sensação desagradável que havia sentido uma vez ao ver meu pai chorar.

– Não chore, Sara. Não chore – tentei consolar, batendo levemente em seus ombros sacudidos pelos soluços.

– Você é, mesmo, uma menina esquisita – Felicity comentou, embora mais tolerante do que de hábito. – Não chorou uma lágrima quando achou que Peter ia morrer. E, agora, quando ele vai melhorar, chora desse jeito!

A Menina das Histórias

– Sara, querida, venha comigo – a tia Olivia chamou, inclinando-se sobre ela.

A Menina das Histórias se levantou e foi, aconchegada pelos braços dela. O som do seu choro foi desaparecendo devagar sob os abetos e, com ele, pareceu ir também o medo terrível e a dor que tínhamos sentido por tanto tempo. E nosso entusiasmo pareceu renovar-se.

– Não é ótimo saber que Peter vai ficar bom? – animou-se Dan, ficando em pé de um pulo.

– Nunca fiquei tão feliz em toda a minha vida – Felicity confessou, sem restrições.

– Será que podemos avisar Sara Ray ainda nesta noite? – Cecily avaliou, sempre pensando nos outros. – Ela me pareceu tão triste na carta... E vai se sentir assim até amanhã se não a avisarmos.

– Vamos todos descer até o portão dos Rays e chamar bem alto até que Judy Pineau nos ouça e saia – Felix sugeriu.

Assim fizemos. E chamamos *bem alto*. Ficamos surpresos quando quem nos atendeu foi a própria senhora Ray, e não Judy Pineau; ela indagou, um tanto irritada, por que estávamos gritando daquele jeito. Ao ouvir a notícia da qual éramos portadores, porém, teve a decência de dizer que ficou feliz e prometeu levá-la ao conhecimento de Sara.

– Ela já está na cama – acrescentou, severa –, que é onde *todas* as crianças da sua idade deveriam estar.

Nós mesmos não tínhamos a menor intenção de ir para a cama, pelo menos não nas próximas duas horas. Em vez disso, agradecemos devotamente à Providência pelo fato de nossos adultos, apesar de terem algumas imperfeições, não serem como a senhora Ray e nos dirigimos à tulha, onde acendemos uma lanterna enorme que Dan tinha feito usando um nabo; e passamos a devorar as maçãs que deveríamos ter comido durante o dia, mas que não tínhamos conseguido por causa do nosso estado de espírito.

Éramos um grupinho feliz, sentados ali, à luz da lanterna improvisada, que mais parecia um duende. A beleza voltara a nos animar, e já não tínhamos mais aquela pesada sensação de luto que nos afligira. A vida era como uma linda rosa vermelha novamente.

– Amanhã, bem cedo, a primeira coisa que vou fazer é uma fornada de empanadas – Felicity prometeu, alegre. – Não é estranho? Ontem à noite, eu queria apenas rezar; e, hoje, minha vontade é de cozinhar!

– Não podemos esquecer de agradecer a Deus pela melhora de Peter – Cecily nos lembrou quando, por fim, voltamos para casa.

– Acha que Peter não teria melhorado sozinho? – Dan perguntou.

– Oh, Dan, o que leva você a fazer perguntas como essa!? – ela protestou, chocada.

– Não sei. Elas aparecem na minha cabeça. Mas é claro que vou agradecer a Deus antes de me deitar. É o mínimo que posso fazer.

UMA CARTA CONJUNTA

Tão logo ficou fora de perigo, Peter se recuperou rapidamente, mas sua convalescença o deixou entediado; e a tia Olivia sugeriu, um dia, que escrevêssemos uma "carta conjunta" para animá-lo até que pudesse vir à janela e conversar conosco de uma distância segura. Gostamos da ideia; era sábado, e as maçãs já estavam todas colhidas, então nos reunimos no pomar para compor nossas mensagens. Cecily, claro, já enviara um aviso a Sara Ray através de sua portadora de sempre, para que ela também fizesse parte do projeto e escrevesse sua carta. Como, naquela época, eu tinha a mania de guardar todos os "documentos" relacionados à nossa vida em Carlisle, copiei as cartas que escrevemos nas últimas páginas do meu livro dos sonhos. Por isso posso agora reproduzi-las, palavra por palavra, com o mesmo perfume que conservaram por todos os anos após serem escritas naquele pomar na colina, em tardes de um outono de folhas caídas e grama coberta de geada, envolvidas na melancolia agradável do fim da estação.

LUCY MAUD MONTGOMERY

Carta de Cecily:

Querido Peter,

Estou tão feliz e agradecida por você estar se recuperando! Estávamos com tanto medo de que não durasse até terça-feira! Ficamos apavorados, inclusive Felicity. Todos rezamos por você. Acho que os outros já pararam, mas eu continuo rezando todas as noites, por medo de que você tenha uma recaída (não sei se essa é a palavra correta. Meu dicionário não está aqui e, se eu perguntar aos outros, Felicity vai rir de mim, embora ela mesma não saiba soletrar uma porção de palavras). Guardei algumas peras da árvore do reverendo Whalen para você. Eu as escondi onde ninguém vai encontrar. Tenho apenas doze, porque Dan comeu todo o resto, mas acho que você vai gostar. Já colhemos todas as maçãs e estamos prontos para pegar sarampo agora se tivermos que pegar, mas espero que não. Se pegarmos, porém, prefiro pegar de você, e não de outra pessoa, porque conhecemos você. Se eu pegar sarampo e alguma coisa me acontecer, quero que Felicity fique com meu vaso de cerejas. Eu gostaria de dá-lo à Menina das Histórias, mas Dan disse que deve ser mantido na família, mesmo Felicity sendo uma chata. Não tenho mais nada de valor, já que dei minha jarrinha de miosótis para Sara Ray, mas, se você quiser alguma das minhas coisas, é só dizer e deixarei instruções para que você a receba. A Menina das Histórias tem nos contado histórias maravilhosas ultimamente. Eu gostaria de ser inteligente como ela. A mamãe disse que não importa se não somos inteligentes, desde que sejamos bons, mas não sou nem mesmo muito boa.

Acho que estas são todas as minhas notícias, exceto que quero dizer o quanto pensamos em você, Peter. Quando ficamos sabendo que estava doente, dissemos coisas muito boas sobre você, mas achamos que poderia ser tarde demais e eu disse que, se você melhorasse, ia lhe contar. É mais fácil escrever do que falar pessoalmente. Achamos que você é um menino inteligente, educado e prestativo; e também trabalhador e um cavalheiro.

Sua amiga de verdade,

Cecily King

P.S. Se responder à minha carta, não diga nada sobre as peras, porque não quero que Dan saiba que ainda restaram algumas. C.K.

Carta de Felicity:

Querido Peter,

A tia Olivia sugeriu que escrevêssemos uma carta conjunta para animar você. Estamos todos imensamente felizes por você estar melhor. Ficamos muito assustados quando soubemos que você ia morrer. Mas você logo estará bem e poderá sair de casa novamente. Cuidado para não pegar um resfriado. Vou assar alguns quitutes gostosos e enviar para você, agora que o médico disse que já pode comer coisas assim. E vou mandar também meu prato com botões de rosa para você usar quando for comer. Estou apenas emprestando, não dando. Permito que apenas poucas pessoas usem meu prato, porque ele é o meu maior tesouro. Cuidado para não o quebrar. E somente a tia Olivia deve lavá-lo; sua mãe, não.

Espero de verdade que nenhum de nós pegue sarampo. Deve ser horrível ter marquinhas vermelhas espalhadas pelo rosto. Ainda nos sentimos muito bem. A Menina das Histórias continua dizendo suas coisas esquisitas, como sempre. Felix acha que está emagrecendo, mas está mais gordo do que nunca; e não é de admirar, com todas as maçãs que tem comido. Por fim, ele desistiu de comer as maçãs amargas. Beverley cresceu meio centímetro desde julho, como acusa a marca na porta do hall, e está muito satisfeito com isso. Eu disse a ele que achava que as sementes mágicas estavam, por fim, fazendo efeito, e ele ficou bravo. Ele nunca fica bravo com as coisas que a Menina das Histórias diz, mesmo ela sendo tão sarcástica às vezes. Dan continua difícil de se conviver, mas tento aguentá-lo com paciência.

Cecily está bem e disse que não vai mais tentar cachear os cabelos. Ela é tão decente! Fico feliz por meus cabelos serem naturalmente cacheados, você não?

Não vemos Sara Ray desde que você ficou doente. Ela está se sentindo muito só, e Judy disse que chora praticamente o tempo todo, mas isso não é novidade. Tenho muita compaixão por Sara, mas fico feliz em não ser ela. Sara também vai lhe escrever uma carta. Você vai me deixar ver o que ela escrever, não? Acho que você deveria tomar um pouco de chá de mentruz agora. É muito bom para purificar o sangue.

Vou ganhar um vestido azul escuro lindo para usar no inverno. Vai ser muito mais bonito do que o vestido marrom de Sara Ray. A mãe dela não tem gosto nenhum! O pai da Menina das Histórias vai lhe enviar um vestido vermelho novo e uma touca de veludo, de Paris. Ela gosta muito de vermelho! Eu mesma não suporto essa cor. Acho que é comum demais. A mamãe disse que também vou ter um gorro de veludo. Cecily acha que não é certo usar veludo, porque é muito caro e os pagãos estão precisando tanto ser evangelizados! Teve essa ideia quando leu um artigo na Escola Dominical, mas vou ter meu gorro mesmo assim.

Bem, Peter, não tenho mais nada para contar, então encerro minha carta aqui. Espero que melhore logo.

Sinceramente,

Felicity King

P.S. A Menina das Histórias espiou por cima do meu ombro e disse que eu deveria ter escrito "afetuosamente", mas li, no Guia da Família, como se deve terminar uma carta a um rapaz que é apenas um amigo. F.K.

Carta de Felix:

Querido Peter,

Estou feliz demais por você estar melhor. Todos ficamos tristes quando achamos que você não se recuperaria, mas me senti pior do

A MENINA DAS HISTÓRIAS

que os outros, porque não andávamos em muito bons termos ulti-mamente, e eu havia dito coisas não muito gentis sobre você. Sinto muito. E, olhe, Peter, você pode rezar pelo que quiser; nunca mais vou fazer nenhuma objeção. Fico feliz que o tio Alec tenha interferido e acabado com a nossa luta. Se eu tivesse vencido e você viesse a morrer de sarampo, teria sido horrível.

Colocamos todas as maçãs na tulha e agora não temos muito a fazer; e estamos nos divertindo muito, mas gostaríamos que você estivesse aqui para se juntar a nós. Estou bem mais magro do que eu era. Acho que trabalhar bastante colhendo maçãs é muito bom para quem quer emagrecer. As meninas estão todas bem. Felicity continua esnobe, mas faz comidas deliciosas. Tenho tido sonhos incríveis desde que paramos de anotá-los. É sempre assim. Não iremos à escola até termos certeza de que não vamos pegar sarampo. Isto é tudo em que posso pensar no momento, então vou terminar por aqui. Lembre-se: você pode rezar pelo que quiser.

Felix King

Carta de Sara Ray:

Querido Peter,

Nunca escrevi para um menino antes, então, por favor, desculpe--me pelos erros todos. Estou tão feliz por você estar melhor! Ficamos com tanto medo de que você fosse morrer! Chorei todas as noites! Mas, agora que está fora de perigo, pode me dizer como é de fato pensar que se vai morrer? É esquisito? Você ficou muito assustado?

Mamãe agora não me deixa subir a colina de jeito nenhum. Eu morreria, não fosse por Judy Pinô (os nomes franceses são tão difíceis de soletrar!). Judy é muito prestativa, e sinto que ela me entende. Em minhas horas de solidão, leio meu livro dos sonhos e as cartas que Cecily me mandou faz tempo. Elas me confortam tanto! Também estou lendo um dos livros da biblioteca da escola. É muto bom, mas eu gostaria que a biblioteca tivesse mais histórias de amor, porque elas são tão emocionantes! Mas o diretor não permite.

Se você tivesse morrido, Peter, e seu pai ficasse sabendo, ele teria se sentido péssimo, não acha? O tempo tem estado lindo, e a paisagem está maravilhosa, porque as folhas estão mudando de cor. Acho que não existe nada tão lindo quanto a Natureza, afinal.

Espero que todo o perigo do sarampo passe logo para podermos nos encontrar de novo na estância aí da colina. Então, até lá, adeus!

Sua amida verdadeira,

Sara Ray

P.S. Não deixe Felicity ver esta carta. S.R.

Carta de Dan:

Peter, meu velho,

Bom demais saber que você enganou o doutor. Achei, mesmo, que você não fosse do tipo que estica as canelas com tanta facilidade. Devia ter ouvido as meninas chorar! Elas estão todas preocupadas com suas roupas de inverno agora, e toda essa conversa sobre modismos iria deixar você de estômago virado. A Menina das Histórias vai ganhar um vestido de Paris, e Felicity está se mordendo de inveja, mas finge que não. Mas conheço a minha irmã.

Kitt Marr veio aqui na quinta para ver as meninas. Como teve sarampo, não sente medo de vir. É uma menina engraçada. Gosto de meninas assim. Você não?

Peg Bowen também passou por aqui ontem. Devia ter visto a Menina das Histórias tirar Pad do caminho, mesmo não acreditando que ele foi enfeitiçado. Peg estava usando o anel contra reumatismo que você lhe deu e o colar de contas azuis da Menina das Histórias, além da renda de Sara Ray costurada na frente do vestido. Queria fumo e picles. Mamãe deu-lhe os picles, mas disse que não temos fumo, e Peg foi embora muito brava, mas acho que não lançou feitiço nenhum, porque, afinal, levou parte do que queria.

A Menina das Histórias

Olhe, não sou de escrever cartas, então vou parar por aqui. Espero que possa sair logo.

Dan

Carta da Menina das Histórias:

Querido Peter,

Oh, como estou feliz por você estar melhorando! Os dias em que pensamos que não melhoraria foram os mais difíceis de toda a minha vida. A possibilidade de você vir a morrer parecia horrível demais para ser verdade. E então, quando ficamos sabendo que ia melhorar, pareceu simplesmente bom demais! Oh, Peter, fique bom depressa, porque estamos nos divertindo muito e sentimos demais a sua falta! Consegui convencer o tio Alec a não queimar os talos de batata até você estar bem, porque me lembrei de que você sempre gostou de vê-los queimar. Ele concordou, embora a tia Janet tenha dito que está mais do que na hora de queimá-los. O tio Roger queimou os dele na noite passada e foi muito divertido.

Pad está ótimo. Não teve mais nenhum problema de saúde como aquele. Eu o deixaria ir até aí para fazer companhia, mas a tia Janet não permitiu, porque ele poderia trazer o sarampo ao voltar. Não vejo como, mas temos que fazer como ela determina. A tia Janet é muito boa com todos nós, mas sei que ela não me aprova. Disse que sou "filha de peixe". Sei que isso não é nenhum elogio, porque ela ficou esquisita quando percebeu que eu tinha ouvido seu comentário. Mas não ligo. Fico feliz por ser igual ao meu pai. Recebi uma carta maravilhosa dele nesta semana, com gravuras lindas! Ele está pintando um quadro novo que vai torná-lo famoso. Quero ver o que a tia Janet vai dizer então.

Sabe, Peter, ontem achei ter visto o Fantasma da Família finalmente. Eu estava passando pela falha na cerca e vi alguém vestido de azul em pé embaixo da árvore do tio Alec. Meu coração disparou!

Meus cabelos deveriam ter ficado em pé, mas não ficaram. Passei as mãos e senti que estavam lisos e baixos. Mas, no final das contas, era apenas um visitante. Não sei se fiquei tranquila ou desapontada. Acho que ver um fantasma não seria uma experiência agradável, mas, se tivesse visto, pense! Eu seria uma heroína!

Oh, Peter, olhe só: consegui, por fim, fazer amizade com o Homem Esquisito. Nunca pensei que pudesse ser tão fácil! Ontem, a tia Olivia queria umas samambaias, então fui ao bosque dos bordos a fim de buscar algumas para ela; achei algumas lindas perto da fonte. E, enquanto estava sentada lá, olhando para dentro da fonte, o Homem Esquisito em pessoa apareceu. Ele se sentou perto de mim e começou a conversar. Nunca fiquei tão surpresa na vida. Tivemos uma conversa muito interessante, e contei duas das minhas melhores histórias a ele e também muitos dos meus segredos. Podem dizer o que for, mas ele não se mostrou nem um pouco tímido ou desajeitado. E tem olhos lindos! Ele não me contou os segredos dele, mas acredito que o faça um dia. Claro que nem toquei no assunto do "quarto de Alice", mas lhe dei uma dica sobre seu livro marrom. Eu disse que adoro poesia e que, às vezes, até sinto vontade de escrever alguns poemas, e então perguntei: "O senhor se sente assim também, senhor Dale?" E ele disse que sim; que, às vezes, se sentia assim, mas não mencionou o livro marrom. Achei que poderia ter mencionado. Mas, no fim das contas, não gosto, mesmo, de pessoas que contam tudo no primeiro contato que têm com alguém, como Sara Ray costuma fazer. Quando foi embora, ele disse: "Espero ter o prazer de encontrar você novamente". E falou de um jeito muito sério e educado, como se eu fosse uma moça adulta. Tenho certeza de que ele não conseguiria se comportar assim se eu fosse, realmente, adulta. Eu lhe disse que, provavelmente, nos encontraríamos de novo e que não deveria se importar se eu já estivesse usando uma saia mais comprida, porque eu continuaria sendo a mesma pessoa.

Contei uma linda história de fadas para as crianças hoje. Eu as fiz ir ao bosque de abetos para ouvi-la. Um bosque de abetos é o local

A Menina das Histórias

mais adequado para contar histórias de fadas. Felicity disse que não vê diferença nenhuma onde elas são contadas, mas há uma diferença, sim. Eu gostaria que você tivesse estado lá para ouvir também, mas vou contá-la para você quando já tiver se recuperado.

Ah! Sabe, vou passar a chamar as aurônias de "abrótanos". Beverley disse que é assim que elas são chamadas na Escócia, e acho que soa tão mais poético do que "aurônia"! Felicity disse que o nome correto é "amor-de-menino", mas acho esse nome tão bobo!

Oh, Peter, as sombras são coisas tão bonitas, não? O pomar está cheio delas neste exato minuto. Às vezes, estão tão imóveis que parecem adormecidas, mas então começam a rir e a saltar. Lá fora, no campo de aveia, estão sempre perseguindo umas às outras. São as sombras selvagens. As do pomar são as domesticadas.

Tudo parece que cansou de crescer, exceto os abetos e os crisântemos do jardim da tia Olivia. O sol tem estado forte e amarelo, e também preguiçoso; e os grilos cantam o dia inteiro. Os pássaros já foram quase todos embora, e a maior parte das folhas dos bordos já caiu.

Só para fazer você rir, vou escrever uma história que ouvi o tio Alec contar ontem à noite. É sobre o avô de Elder Frewen e as cordas que pegou para levar um piano para casa. Todos riram, menos a tia Janet. O velho senhor Frewen era avô dela também, e ela não riu. Certo dia, quando o senhor Frewen ainda era um jovem de dezoito anos, seu pai chegou em casa e disse: "Sandy, hoje comprei um piano na liquidação da loja de Simon Ward. Você vai lá amanhã para buscá-lo". Assim, no dia seguinte, Sandy foi, a cavalo, levando duas cordas de montaria para trazer o piano para casa. Ele achou que "piano" fosse um tipo qualquer de animal. E, depois, o tio Roger contou outra história, sobre o velho Mark Ward, que se levantou para fazer um discurso numa reunião de missionários da igreja; mas ele estava muito bêbado (claro que não ficou bêbado na reunião. Já chegou lá nesse estado). E este foi seu discurso: "Senhoras e senhores, senhor presidente, não posso expressar meus pensamentos sobre este grande assunto das missões. Eles estão aqui dentro desta pobre criatura (e bateu no próprio peito), mas ela não consegue colocá-los para fora".

Vou lhe contar essas histórias quando você estiver bem. Sei contá-las muito melhor falando do que escrevendo.

Sei que Felicity está se perguntando por que estou escrevendo uma carta tão longa, então acho melhor parar. Se sua mãe a ler para você, talvez não compreenda boa parte dela, mas acho que sua tia Jane compreenderia.

Com carinho, sua sempre amiga,
Sara Stanley

Carta de Peter:

Queridos todos vocês, mas, em especial, Felicity,

Fiquei muito feliz em receber suas cartas. Ficar doente faz a gente se tornar importante, mas o tempo parece que não passa na recuperação. Suas cartas foram todas ótimas, mas gostei mais da de Felicity e, depois dela, da carta da Menina das Histórias. Felicity, vai ser muito gentil da sua parte me enviar coisas para comer, e no prato de botões de rosa. Vou tomar muito cuidado com ele. Espero que você não pegue sarampo, porque não é nada bom, ainda mais quando é sarampo forte, mas você ficaria bonita mesmo com marquinhas vermelhas no rosto. Eu gostaria de tomar o chá de mentruz, já que você sugeriu, mas a mamãe disse que não, porque não acredita que faça bem, e que o tônico Burtons Bitters é muito melhor para a saúde. Se eu fosse você, iria querer o gorro de veludo. Os pagãos vivem em países quentes, então não precisam de gorros.

Estou feliz por você continuar a rezar pela minha cura, Cecily, porque, com o sarampo, nunca se sabe. E também estou feliz por você ter guardado "aquilo" para mim. Acho que nada de mal vai acontecer a você se pegar sarampo, mas, se acontecer, eu gostaria de

A Menina das Histórias

ficar com aquele livrinho de capa vermelha, "A bússola da segurança", só para ter uma lembrança sua. É um livro tão bom para se ler aos domingos! É interessante e religioso também. Como a Bíblia. Eu não tinha terminado de ler a Bíblia antes de pegar sarampo, mas a mamãe está lendo os últimos capítulos para mim. Há muitas coisas naquele livro! Não consigo entender tudo, já que sou só um ajudante de fazenda, mas algumas partes são bem fáceis.

Fiquei feliz por vocês terem uma boa opinião sobre mim. Não mereço, mas, depois disso, vou tentar merecer. Nem sei dizer como me sinto com sua generosidade. Sou como o sujeito que a Menina das Histórias descreveu, que não conseguiu pôr para fora o que estava no peito. Estou com a gravura que ela me deu por causa do meu sermão. Está pendurada na parede diante da minha cama. Gosto de olhar para ela. A moça se parece tanto com a minha tia Jane!

Felix, parei de rezar para ser o único a aguentar comer maçãs amargas e nunca mais vou rezar por uma coisa assim. Foi uma oração muito mesquinha. Eu não entendi isso na época, mas, depois de passar pelo sarampo, vi que era. A tia Jane não teria gostado. Daqui em diante vou fazer somente orações das quais não sinta vergonha.

Sara Ray, não sei como é sentir que se vai morrer, porque eu não sabia que ia morrer até melhorar. Mamãe disse que fiquei meio doido a maior parte do tempo quando o sarampo me pegou de vez. Mas só fiquei doido por causa do sarampo! Não sou naturalmente doido, Felicity. Vou fazer o que você pediu no final da sua carta, Sara Ray, embora seja difícil.

Que bom que Peg Bowen não pegou você, Dan. Talvez ela tenha me enfeitiçado quando fomos à casa dela, por isso peguei sarampo tão forte. Estou feliz porque o senhor King não vai queimar os talos de batata até eu sarar e agradeço à Menina das Histórias por ter pedido para ele esperar. Acho que ela vai acabar descobrindo tudo sobre Alice. Algumas partes da carta que ela me mandou foram difíceis de entender, mas o sarampo costuma, mesmo, deixar as pessoas um *tanto estúpidas. Mesmo assim, foi uma carta muito bonita. Todas foram. E fiquei feliz por ter tantos amigos, mesmo sendo apenas um ajudante de fazenda. Talvez eu nunca descobrisse quantos se não tivesse ficado doente. Por isso, fico feliz em ter tido sarampo, mas espero nunca mais ter.*

Sempre seu criado,
Peter Craig

NO LIMITE ENTRE A LUZ E A ESCURIDÃO

Comemoramos aquele dia de novembro em que Peter pôde voltar a se reunir conosco fazendo um piquenique no pomar. Sara Ray também obteve permissão para vir, mas sob protestos; e sua alegria por estar entre nós novamente foi quase patética. Ela e Cecily choraram, uma nos braços da outra, como se tivessem ficado afastadas durante anos.

O dia do nosso piquenique estava lindo. Era como se novembro estivesse sonhando que era maio. Havia leveza e alegria no ar, e os vales se cobriam de uma névoa pálida que também pairava sobre as bétulas já sem folhas na colina a oeste. Os campos cobertos pela vegetação rasteira, já seca, tinham um encanto especial, e o céu era de um lindo azul perolado. Nas macieiras, as folhas ainda resistiam, espessas, embora já tivessem tons de vermelho, e a relva continuava verde, apesar das geadas das noites anteriores. O vento soprava com delicadeza pelos galhos, produzindo um murmúrio semelhante ao som das abelhas quando voam junto às folhas das macieiras.

– É igual à primavera, não? – Felicity observou.

A Menina das Histórias negou com a cabeça e disse:

– Não muito. Parece primavera, mas não é. É como se a Natureza estivesse descansando, preparando-se para dormir. Na primavera, ela está se preparando para crescer. Não consegue *sentir* a diferença?

– Acho que é igual à primavera – Felicity insistiu.

No local banhado pelo sol diante da Pedra do Púlpito, nós, meninos, tínhamos montado uma mesa com tábuas. A tia Janet permitiu que a cobríssemos com uma toalha de mesa velha, cujos furos foram artisticamente disfarçados pelas meninas com folhas de samambaia endurecidas pela geada. Pegamos pratos da cozinha, e Cecily nos emprestou seu vaso de cerejas para a decoração, no qual colocou três gerânios vermelhos e folhas de bordo. Quanto às provisões, as comidas eram tão boas quanto as dos deuses do Olimpo. Felicity passara o dia anterior e a manhã do dia do piquenique preparando quitutes. Sua obra-prima foi um bolo de ameixa com cobertura branca sobre a qual escreveu "Bem-vindo de volta" com balinhas cor de rosa. Ele foi colocado diante do lugar reservado a Peter e quase o levou às lágrimas.

– E pensar que vocês tiveram todo esse trabalho por minha causa! – murmurou, lançando um olhar de gratidão e adoração a Felicity.

Ela recebeu toda a gratidão, mas a ideia fora da Menina das Histórias, que também havia tirado as sementes das uvas passas e batido os ovos; e Cecily tinha caminhado até a lojinha da senhora Jameson junto à igreja para comprar as balinhas cor de rosa. Mas o mundo é assim mesmo...

– Temos que dar graças – Felicity determinou ao nos sentarmos à mesa do banquete. – Alguém se oferece?

Ela olhou para mim, mas enrubesci dos pés à ponta dos cabelos e fiz que não com a cabeça. Seguiu-se uma pausa esquisita. Ao que parecia, teríamos de prosseguir sem a oração, mas então Felix fechou os olhos, inclinou a cabeça e deu graças com uma prece bem bonita, sem demonstrar o menor sinal de constrangimento. Quando terminou, olhamos para ele com respeito intensificado.

A Menina das Histórias

– Onde aprendeu a fazer isso, Felix? – indaguei.

– É a prece que o tio Alec faz antes de todas as refeições – ele respondeu.

Ficamos muito envergonhados. Seria possível que tivéssemos prestado tão pouca atenção à oração do tio Alec a ponto de não a reconhecer quando dita por outra pessoa?

– Agora, vamos à comida! – Felicity convidou, animada.

Foi um banquete pequeno, mas feliz. Não tínhamos comido nada antes, para "guardar espaço" em nosso estômago, e comemos com grande apetite as delícias que ela tinha preparado com tanta habilidade. Paddy sentou-se no topo da Pedra do Púlpito e ficou nos observando com os lindos olhos amarelos, certo de que sobrariam petiscos para alegrar sua barriguinha felina também.

Muitas coisas espirituosas foram ditas (pelo menos, nós as consideramos espirituosas naquela época), e muitas risadas ecoaram pelo pomar. Ele nunca presenciara uma reunião tão feliz nem corações tão leves.

Quando o piquenique terminou, fizemos jogos e brincadeiras até o crepúsculo, quando fomos, com o tio Alec, para o campo de batatas a fim de queimar os talos, o que coroou de alegria o encerramento daquele dia feliz.

Os talos tinham sido colocados em pilhas por todo o campo, e recebemos o privilégio de atear fogo a eles. Foi incrível! Em minutos, o campo ficou claro com as muitas fogueiras, sobre as quais os rolos de fumaça subiram para o céu. Corremos de pilha em pilha, saltando de alegria, e cutucamos cada uma delas com uma vara comprida para ver as fagulhas avermelhadas saltar e desaparecer no ar. Era ótimo estar naquela espiral de fumaça, fogo e sombras!

Quando nos cansamos da brincadeira, fomos para o lado do campo que ficava a favor do vento e nos sentamos na cerca que separava um bosque escuro de abetos, de onde vinham sons estranhos, furtivos. O céu escuro acima das nossas cabeças se iluminava de estrelas e, ao nosso redor, os prados e bosques decoravam, com misteriosos tons de roxo, mais uma noite de outono. Bem longe, a leste, a lua se anunciava com contornos prateados por trás de um palácio feito de nuvens. Mas, bem à nossa frente,

LUCY MAUD MONTGOMERY

estava o campo de batatas iluminado pelas fogueiras, cruzado para lá e para cá pela sombra agigantada do tio Alec. E logo nos veio à lembrança a famosa descrição que Peter fizera do "mau lugar". Provavelmente movida por ela, a Menina das Histórias anunciou:

– Conheço uma história sobre um homem que viu o diabo. – Sua voz soou bizarra. – O que foi? Qual é o problema, Felicity?

– É que não me acostumo com a forma leviana como você menciona... esse nome. Ouvir você falar dessa criatura até faz parecer que ele é uma pessoa comum.

– Deixe para lá – incentivei, curioso. – Conte a história.

– É sobre o tio da senhora John Martin, de Markdale. Ouvi o tio Roger contar essa história, uma noite dessas. Ele não sabia que eu estava sentada na porta do porão, do lado de fora da janela, ou acho que não a teria contado. O nome do tio da senhora Martin era William Cowan; ele morreu há vinte anos, mas, sessenta anos atrás, era ainda muito jovem. Um jovem de índole muito má, na verdade. Fazia tudo de mal que possam imaginar e nunca ia à igreja. Ria de tudo que se referia à religião, até mesmo do diabo. Achava que ele não existia. Numa bela noite de domingo, a mãe dele insistiu com ele para que a acompanhasse à igreja, mas William não quis ir. Disse que ia pescar e, quando chegou a hora de ir ao culto, fez questão de passar pela igreja com a vara de pescar ao ombro e assobiando uma canção nada cristã. Entre a igreja e o porto, havia um bosque de abetos bem fechado, e o caminho passava bem no meio dele. Quando William Cowan estava seguindo já dentro do bosque, *algo* saiu da escuridão e passou a andar ao seu lado.

Nunca ouvi um termo mais horrivelmente sugestivo do que a inocente palavra "algo" pronunciada pela Menina das Histórias naquele momento. Senti a mão gelada de Cecily em busca da minha, que passou a apertar.

– Como... como *ele* era? – Felix indagou, sua curiosidade falando mais alto do que o terror.

– Era alto, forte e cabeludo – a Menina das Histórias respondeu, os olhos brilhando com uma estranha intensidade por causa da luz que vinha

A Menina das Histórias

das fogueiras. – E ergueu uma das mãos, grande e peluda, cheia de garras, para dar um tapa em cada ombro de William Cowan. "Boa pescaria para você, irmão!", disse, com voz cavernosa. William soltou um grito e caiu de cara no chão ali mesmo, no bosque. Alguns dos homens que estavam à porta da igreja ouviram o grito e correram para lá. Viram apenas William ali deitado, como se estivesse morto, no caminho. Eles o ergueram e o levaram para casa; e, quando o despiram para colocá-lo na cama, havia a marca de uma mão bem grande em cada um dos seus ombros, onde a carne havia sido queimada! As queimaduras levaram semanas para sarar, e as cicatrizes ficaram para sempre. E William Cowan carregou nos ombros, pelo resto da vida, as marcas da mão do diabo.

Não sei como conseguiríamos voltar para casa se tivéssemos sido deixados por nossa conta apenas. Estávamos gelados de medo. Como poderíamos dar as costas ao bosque de abetos, do qual "algo" poderia surgir inesperadamente a qualquer momento? Como cruzar o campo longo, mergulhado nas sombras que havia entre nós e a casa? Como passar por aquele misterioso fosso de samambaias?

Felizmente, o tio Alec apareceu em meio a tamanha crise e avisou que achava melhor voltarmos para casa, já que as fogueiras estavam praticamente extintas. Descemos da cerca e fomos, todos juntos, tomando cuidado para nos mantermos sempre adiante dele.

– Não acredito em nenhuma palavra dessa história – declarou Dan, tentando manter sua costumeira incredulidade.

– É difícil não acreditar – comentou Cecily. – Afinal, não é algo que lemos em algum lugar ou que aconteceu muito distante daqui. Aconteceu em Markdale! E eu mesma já vi aquele bosque!

– Acho que William Cowan se assustou com alguma coisa, mas não acredito que tenha visto o diabo – Dan explicou.

– O velho senhor Morrison, da parte baixa de Markdale, foi um dos que despiram William Cowan, e ele se lembra de ter visto as marcas – disse a Menina das Histórias, com ar de triunfo.

– E como William Cowan se comportou depois do incidente? – perguntei.

– Tornou-se outro homem – ela respondeu, solene. – Mudou muito! Nunca mais riu; nem deu um sorriso sequer. Tornou-se um homem muito religioso, o que foi bom; mas passou a ser taciturno e a achar que tudo que era agradável era também pecado. E passou a comer apenas o suficiente para não morrer de fome. O tio Roger disse que, se William fosse católico romano, teria se tornado um monge, mas, como era presbiteriano, tudo que podia fazer era tornar-se um carrancudo excêntrico.

– Sim, mas o seu tio Roger nunca recebeu tapas nos ombros nem foi chamado de "irmão" pelo diabo – constatou Peter. – Se tivesse acontecido com ele, não continuaria a ser tão alegre depois.

– Espero em Deus que vocês parem de falar do... do... do Coisa Ruim enquanto estamos no escuro – Felicity pediu, irritada. – Estou com tanto medo que fico achando que os passos do papai atrás de nós são... de *algo*. Imaginem! Meu pai!

A Menina das Histórias passou o braço pelo de Felicity e acalmou-a:

– Não se preocupe. Vou lhe contar outra história. Uma bem linda para você se esquecer do diabo.

E nos contou uma das mais delicadas histórias de Hans Christian Andersen[12]. A magia de sua voz afastou o medo que nos invadia. Quando passamos pelo fosso das samambaias, que era um lago pequeno e escuro rodeado por campos banhados de luar, seguimos sem sequer nos lembrar do Príncipe das Trevas. E, para nos sentirmos ainda melhor, à frente, na colina, a luz de casa, suave e protetora, apareceu pela janela, símbolo do eterno amor familiar.

---

[12] Escritor e poeta dinamarquês de histórias infantis. (N.T.)

A ABERTURA DO BAÚ AZUL

    Novembro acordou com péssimo humor do sonho de se achar maio. No dia que se seguiu ao piquenique, uma intensa e fria chuva de outono caiu, e acordamos para um mundo encharcado, tomado pelo vento, com campos cheios d'água e céu carrancudo. A chuva caía sobre o telhado como se derramasse lágrimas por tristeza antigas; o salgueiro junto ao portão movia violentamente seus galhos desfolhados, como se fosse uma criatura espectral tomada por paixões crispando suas mãos descarnadas em agonia. O pomar tornara-se abatido e nem um pouco hospitaleiro. Nada parecia ser como antes, a não ser os velhos, fiéis, confiáveis abetos.

    Era sexta-feira, mas só voltaríamos a frequentar a escola na segunda seguinte, então passamos o dia na tulha, selecionando maçãs e ouvindo histórias. A chuva parou ao entardecer, o vento mudou para noroeste, subitamente gelado, e um pôr do sol fraquinho além das colinas pareceu prometer um dia seguinte mais claro.

    Felicity, a Menina das Histórias e eu fomos buscar a correspondência nos correios por uma estrada onde folhas caídas iam se movendo diante de nós, num estranho tipo de dança. O cair da noite veio cheio de sons esquisitos: o estalar dos galhos dos pinheiros, o assobio do vento no topo das árvores, as vibrações dos pedaços de casca seca que se soltavam das estacas, nas cercas. Mas levávamos o sol e o verão em nossos corações, e a feiura do mundo só fazia intensificar nossa alegria interior.

Felicity estava usando o gorro de veludo novo e uma gola de pele branca muito coquete. Os cachos dourados eram como uma moldura suave para seu rosto, e o vento tornava vermelho o rosado de suas bochechas. A Menina das Histórias seguia à minha esquerda, com os cabelos cobertos pela touca vermelha. As palavras que dizia iam se espalhando pelo caminho como pérolas e diamantes de um antigo conto de fadas. Lembro-me de que eu caminhava com um orgulho quase insuportável, pois encontramos vários meninos de Carlisle, e eu me senti excepcionalmente sortudo por ter tamanha beleza de um lado e tamanho encanto do outro.

Na agência, havia uma das cartas magrinhas do papai para Felix, uma carta bem recheada, vinda do estrangeiro, para a Menina das Histórias, cujo envelope trazia a caligrafia miúda do tio Blair, uma cartinha pequena para Cecily, de alguma coleguinha da escola, em cujo canto estava escrito "Urgente", e uma carta de Montreal para a tia Janet.

– Não sei de quem pode ser – observou Felicity. – A mamãe nunca recebe cartas vindas de Montreal. A carta de Cecily veio de Em Frewen; ela sempre escreve "Urgente" nos envelopes, não importa o que contenham.

Ao chegarmos de volta, a tia Janet abriu e leu a carta. Então deixou-a sobre a mesa e passou os olhos ao redor, parecendo atônita.

– Por essa eu não esperava – comentou, por fim.

– O que aconteceu? – o tio Alec perguntou.

– Esta carta veio da esposa de James Ward. Rachel Ward faleceu. E ela havia dito à esposa de James que me escrevesse, após sua morte, avisando que podia abrir o baú.

– Oba! – Dan exclamou.

– Donald King! – ela o repreendeu. – Rachel Ward era sua parente e agora está morta. Como pode se comportar assim!?

A MENINA DAS HISTÓRIAS

– Eu nunca a conheci – Dan explicou-se, amuado. – E não disse "oba" porque ela morreu, mas porque, finalmente, podemos abrir o baú.

– Então, a pobre Rachel se foi – o tio Alec lamentou. – Devia estar com muita idade. Setenta e cinco, suponho. Lembro que era uma jovem muito simpática. Bem, então aquele velho baú vai, enfim, ser aberto. O que vamos fazer com o que há lá dentro?

– Rachel deixou instruções a respeito – a tia Janet referiu-se à carta. – O vestido e o véu de noiva devem ser queimados. Há duas jarras que devem ser enviadas à esposa de James. As outras coisas podem ser distribuídas entre os familiares daqui. Cada pessoa deve receber uma peça como lembrança de Rachel.

– Oh, podemos abrir hoje mesmo? Nesta noite? – Felicity perguntou, ansiosa.

– É claro que não! – A tia Janet dobrou a carta decididamente. – Esse baú está trancado há cerca de cinquenta anos e pode permanecer assim uma noite mais. Vocês, crianças, não conseguiriam dormir se o abríssemos agora. Ficariam fora de si de tanto entusiasmo.

– Tenho certeza de que também não vou dormir se não o abrirmos – Felicity reclamou. – Pelo menos, a senhora vai abri-lo bem cedinho amanhã, não vai, mamãe?

– De jeito nenhum! – A tia Janet não sabia, mesmo, o que era compaixão. – Quero, antes, tirar todo o trabalho do caminho. Além disso, Roger e Olivia também vão querer estar aqui. Vamos deixar marcado para as dez da manhã.

– Mas isso é daqui a dezesseis horas! – Felicity continuou com a teimosia.

– Vou contar para a Menina das Histórias agora mesmo! – disse Cecily. – Ela vai ficar tão animada!

Todos estávamos animados. Passamos aquele princípio de noite especulando sobre o possível conteúdo do baú. E a pobre Cecily sonhou, durante a noite, que as traças tinham comido tudo.

A manhã seguinte nasceu bonita. Uma neve muito fina caíra de madrugada, o suficiente para formar um delicado véu de renda sobre as sempre-vivas e o chão endurecido. Um novo tempo de floração parecia ter revisitado o pomar. O bosque de abetos atrás da casa parecia estar tecido de encantamento. Não há nada mais lindo do que um bosque de abetos em desenvolvimento, levemente empoado com a neve recentemente caída. E, como o sol permaneceu escondido atrás de nuvens cinzentas, essa beleza tirada dos contos de fadas durou o dia inteiro.

A Menina das Histórias chegou bem cedo, e Sara Ray, a quem a leal Cecily também avisara, apareceu também. Felicity não ficou feliz com isso.

– Sara Ray não pertence à família – protestou, em tom de reprovação, para a irmã. – Não tem direito a estar presente.

– Ela é minha amiga particular – Cecily defendeu, com dignidade. – E está conosco em tudo. Ficaria muito magoada se fosse deixada de fora. Peter também não é da família, mas vai estar aqui quando abrirmos o baú, então por que não Sara?

– Peter não é da família *ainda*, mas talvez venha a ser, não é, Felicity? – Dan a provocou.

– Como você é esperto, não, Dan King? – ela rebateu, enrubescendo. – Talvez queira chamar Kitty Marr também, então, embora ela dê boas risadas da sua boca enorme.

– Parece que as dez horas não vão chegar nunca – a Menina das Histórias queixou-se. – O serviço já foi todo feito, a tia Olivia e o tio Roger já estão aqui; o baú bem que podia ser aberto logo.

– A mamãe marcou para as dez horas e vai manter sua decisão – frisou Felicity, contrariada. – E são apenas nove ainda.

– Vamos adiantar o relógio em meia hora, então. O relógio do *hall* não está funcionando, então ninguém vai perceber a diferença.

Nós todos nos entreolhamos.

– Eu não ousaria fazer isso – Felicity opinou, temerosa.

– Não seja por isso. Eu faço! – a Menina das Histórias decidiu.

Às dez horas em ponto, a tia Janet veio para a cozinha, observando, com ar inocente, que o tempo parecia ter voado depois das nove. Talvez estivéssemos parecendo terrivelmente culpados, mas nenhum dos adultos

A Menina das Histórias

suspeitou de nada. O tio Alec trouxe o machado e golpeou a tampa do baú enquanto todos ficaram ao redor em silêncio. A seguir, veio a parte de retirar as coisas de dentro dele. Foi, realmente, uma *performance* interessante. A tia Janet e a tia Olivia tiraram todas as peças e as colocaram em cima da mesa. Nós, crianças, estávamos proibidos de tocar nos objetos, mas, felizmente, ainda nos era permitido usar os olhos e a língua.

– Aqueles são os vasos que a vovó King deu a Rachel Ward – Felicity observou quando a tia Olivia desenrolou umas faixas de tecido para revelar um par de elegantes vasos de vidro cor de rosa, retorcidos e antiquados, sobre os quais se espalhavam pequenas folhas douradas. – Não são lindos?

– E... Oh! – Cecily exclamou, fascinada. – Vejam! A cesta de frutas de porcelana com a maçã na alça! Parece uma maçã de verdade! Pensei tanto nela! Mamãe, por favor, deixe-me segurá-la um pouquinho. Vou tomar muito cuidado.

– E aquele é o aparelho de porcelana que o vovô King deu a Rachel! – esclareceu a Menina das Histórias, com certa melancolia. – É tão triste... Pensem em todas as esperanças que Rachel Ward deve ter guardado nesse baú junto a essas coisas tão bonitas!

Depois veio um singular candelabrozinho de porcelana azul e as duas jarras que deveriam ser enviadas à esposa de James Ward.

– São lindas! – a tia Janet admirou-se, com um leve tom de inveja. – Devem ter uns cem anos! Tia Sara Ward deu-as a Rachel, e ela mesma as tivera por, pelo menos, cinquenta anos. Acho que uma teria sido suficiente para a esposa de James, mas, é claro, temos que fazer tudo exatamente como Rachel especificou. Olhem! Uma dúzia de forminhas de latão!

– Forminhas de latão não são românticas – a Menina das Histórias declarou, descontente.

– Aposto que você, como todo mundo, gosta muito do que é assado dentro delas – a tia Janet replicou. – Ouvi falar destas forminhas. Uma antiga criada da vovó King as deu de presente a Rachel. Bem, agora vêm as roupas do enxoval. Foram o presente do tio Edward. Como estão amareladas!

Não estávamos interessados nos lençóis, nas fronhas e nas toalhas que estavam saindo agora das profundezas daquele baú. A tia Olivia, porém, parecia estar deslumbrada com eles.

– Que costura! – exclamou. – Repare, Janet, é quase necessário usar uma lupa para perceber os pontos. E essas fronhas com botões, tão antigas! Como são bonitas!

– Doze lenços – contou a tia Janet, olhando-os com atenção. – Veja a inicial no canto de cada um. Rachel aprendeu esse ponto de bordado com uma freira em Montreal. Parece que foi bordado dentro da própria trama do tecido.

– Aqui estão as colchas. – A tia Olivia retirou dois embrulhos do baú. – A azul e branca é a que a vovó Ward deu a Rachel, e a colcha com o bordado do sol nascente é a que a tia dela, chamada Nancy, fez e lhe deu de presente. Ah! E o tapete trançado. As cores não desbotaram nem um pouco! Quero este tapete, Janet.

Embaixo das peças de cama e mesa estavam as roupas de casamento de Rachel Ward. As meninas estavam muito ansiosas para ver essa parte do enxoval. Havia um xale de caxemira ainda embrulhado no papel em que viera da loja e uma echarpe larga de renda amarelada; e também a anágua bordada que custara a Felicity um enrubescimento envergonhado, e uma dúzia de maravilhosos pares de mangas de baixo feitas em musselina da melhor qualidade. Essas mangas, que iam do cotovelo ao punho, estavam muito em moda na época em que Rachel era jovem.

– Este deve ter sido o vestido que ela ia usar para viajar em lua de mel – a tia Olivia deduziu, levantando à sua frente um vestido de seda verde. – Que pena! Ele está todo puído! Mas que lindo tom de verde! Veja a saia, Janet! Tão rodada! Quantos metros de pano acha que há aqui?

– Saias rodadas assim estavam na moda – a tia Janet comentou. – Não estou vendo o chapéu de casamento. Disseram que ela o havia colocado no baú também...

– É. Também ouvi dizer. Mas acho que não. – A tia Olivia vasculhou dentro do baú. – Com certeza, não está aqui. Ouvi também que a pluma

A Menina das Histórias

branca que havia nele custou uma pequena fortuna. Aqui está a capa preta de seda. É um pecado deixá-la com estas outras roupas.

– Não seja tola, Olivia. Elas precisam, pelo menos, ser tiradas do baú. E devem ser queimadas, já que estão tão puídas. Mas, veja: este vestido roxo está ainda muito bom. Pode ser reformado e ficaria ótimo em você.

– Não, obrigada. – Eu me sentiria um fantasma. Reforme-o para você, Janet.

– Está bem. Se não o quer... Não tenho esse tipo de superstição. Bem, parece que tiramos tudo. Falta apenas aquela caixa. Imagino que o vestido de noiva esteja nela.

– Oh! – as meninas murmuraram juntas, prendendo a respiração. E se reuniram em torno da tia Olivia quando ela ergueu a caixa e cortou a fita que amarrava a tampa. Dentro havia um vestido de seda que já fora branco, mas que agora estava amarelado devido ao passar do tempo. Envolvendo-o, como uma névoa, estava o longo véu branco. Dele vinha um perfume estranho, antigo, que mantivera sua suavidade, apesar de tantos anos terem se passado.

– Pobre Rachel Ward – a tia Olivia lamentou, com doçura. – Olhem este lencinho de renda. Ela mesma o fez. Tão delicado quanto uma teia de aranha. E estas são as cartas que Will Montague lhe escreveu. E isto... – Ela pegou uma caixinha de veludo vermelho cujo fecho dourado estava cheio de manchas. – Ah, são as fotografias. Dele e dela.

Olhamos, cheios de curiosidade, para as imagens antigas dentro da caixa.

– Mas ela não era nada bonita! – a Menina das Histórias observou, decepcionada.

Não, Rachel Ward não tinha sido bonita, não se podia negar. A fotografia mostrava um rosto de mulher jovem, com traços fortes e um tanto irregulares, olhos grandes e escuros e cachos negros caindo-lhe sobre os ombros, num estilo antiquado.

– Não era bonita, mas tinha o rosto corado e um sorriso lindo – o tio Alec se lembrou. – Está séria demais nessa fotografia.

– Tinha o pescoço e o colo muito delicados – a tia Olivia opinou.

– Will Montague, por sua vez, era bem bonito! – a Menina das Histórias comentou.

– É. Um canalha bonito – o tio Alec resmungou. – Jamais gostei dele. Eu tinha só dez anos, mas percebia que tipo de pessoa esse sujeito era. Rachel era boa demais para ele.

Adoraríamos dar uma espiada nas cartas também, mas a tia Olivia não permitiu. Afirmou que deviam ser queimadas sem serem lidas. Pegou o vestido, o véu, a caixa de fotografias e as cartas e levou tudo embora. O resto das coisas foi colocado de volta no baú para posterior distribuição. Tia Janet deu um lenço a cada um de nós, meninos. A Menina das Histórias ficou com o candelabro azul, e Felicity e Cecily receberam um vaso rosa e dourado cada. Até mesmo Sara Ray saiu de lá feliz por ter recebido um pratinho de porcelana que tinha, no centro, uma imagem de Moisés e Aarão diante do faraó; Moisés estava usando um manto escarlate, e Aarão, um azul; e o faraó tinha roupas amarelas. O prato tinha a borda ondulada e decorada com uma guirlanda de folhas verdes.

– Jamais vou usá-lo para comer – Sara afirmou, em tom arrebatado. – Vou colocá-lo em pé no frontão da lareira da sala.

– Não vejo utilidade em um prato usado só para decoração – Felicity contrapôs.

– É bom ter algo interessante para se olhar – Sara Ray explicou, certa de que a alma deve ser alimentada tanto quanto o corpo.

– Vou arranjar uma vela para o meu candelabro e usá-lo todas as noites ao ir para a cama – declarou a Menina das Histórias. – E, todas as vezes que acender a vela, vou pensar em Rachel Ward. Mas eu queria tanto que ela tivesse sido bonita...

Felicity deu uma olhada no relógio e avisou:

– Bem, acabou. E foi muito interessante. Mas aquele relógio tem que ser acertado de novo em algum momento do dia. Não quero que a hora de ir para a cama chegue trinta minutos antes do que deveria.

À tarde, quando a tia Janet saiu para ir à casa do tio Roger a fim de levá-lo e à tia Olivia à cidade, o relógio foi acertado. A Menina das Histórias

A Menina das Histórias

e Peter vieram para dormir em casa, e fizemos caramelo na cozinha, a qual os adultos generosamente nos cederam para esse propósito.

– É claro que foi muito interessante ver o que havia dentro do baú – afirmou a Menina das Histórias enquanto mexia o conteúdo de uma panela vigorosamente. – No entanto, agora que tudo acabou, acho que estou triste por ele ter sido aberto. Não há mais mistério. Sabemos tudo sobre ele e não podemos mais imaginar que segredos guardaria.

– É melhor saber do que imaginar – Felicity sentenciou.

– Ah, não. Não é, mesmo. Quando sabemos alguma coisa, temos de nos ater aos fatos. Mas, quando simplesmente sonhamos, nada consegue segurar nossa imaginação.

– Está deixando o caramelo queimar, e isso é um fato ao qual você deve se ater – Felicity reclamou. – Não sente o cheiro?

Quando fomos nos deitar, a lua, essa maravilhosa feiticeira, estava criando um mundo encantado coberto de neve lá fora. Da minha cama, eu podia ver os picos altos dos abetos apontando para o céu prateado. A geada estava presa do lado de fora da casa; o vento era suave, e a terra repousava, envolta em *glamour*.

No quarto do outro lado do corredor, a Menina das Histórias estava contando a Felicity e Cecily a antiga história da bela Helena e do "maldoso" Páris.

– Essa é uma má história – Felicity queixou-se quando terminou. – Helena deixou o marido e fugiu com outro homem.

– Imagino que fosse má há quatro mil anos – ela admitiu –, mas, agora, o mal já passou. Afinal, apenas o bem poderia ter durado tanto tempo.

Nosso verão tinha terminado. E foi lindo. Nele, conhecemos a doçura presente nas alegrias simples, a beleza das madrugadas, o sonho e o *glamour* das horas próximas ao meio dia, a paz duradoura das noites despreocupadas. Tínhamos partilhado o prazer de ouvir o canto dos pássaros, da chuva prateada sobre os campos muito verdes, da tempestade entre as árvores, dos prados em flor e da conversa sussurrada entre as folhas. Tínhamos sido irmãos do vento e das estrelas, dos livros e das histórias, e do fogo na lareira durante os dias do outono. Tínhamos realizado os adoráveis servicinhos do dia a dia, desfrutado uma camaradagem alegre, dividido pensamentos e aventuras. E tínhamos enriquecido nossas vidas com as lembranças daqueles meses de opulência que simplesmente passaram por nós. Tínhamos nos enriquecido com muito mais do que poderíamos saber ou suspeitar. E, diante de nós, abria-se o sonho da primavera. É sempre tão seguro sonhar com ela! Porque a primavera chega, não há dúvida; e, caso não seja exatamente como a tínhamos imaginado, será, com certeza, infinitamente mais doce.

FIM